고향

고향! 고향이란 말은 언제 어디서 들어도 따뜻하고 정감 넘친다. 어머니 품속처럼 따뜻함이 느껴지며 포근하다. 그래서 내가 태어나 자라던 고향마을은 한시도 잊지 못한다.

언젠가는 꼭, 금의환향하리라고 고향 떠나던 날 굳게 다짐했었다. 그런데 제2의 고향이 되어버린 진주에 45년을 머물러 살고 있다. 아직 부(富)를 이루지 못했으니 나와의 다짐은 물거품처럼 되어버리고 말았다. 그렇지만 초등학교 때 글 쓰는 작가의 꿈을 이루었으니 뿌듯함은 감출 수 없다.

지금은 유치원 때 모두 한글은 익힌다고 들었다. 그러나 내가 초등학교 다닐 때는 한글을 터득하고 입학한 아이는 드물었다. 심지어 5, 6학년에 이르도록 국어책을 읽지 못한 친구가 많았었다. 그렇지만 나는 초등학교 가기 전에 한글 읽기와 쓰기는 자유로웠다. 물론 9살 늦은 나이 때 입학했던 것도 있다. 그때는 지금처럼 취학연령이 정해지지 않았었다. 학교가 먼 마을서는 8세보다는 9세 때 입학하는 아이가 많았던 거다.

일찍부터 한글을 깨우쳤는지라, 친척이나 객지 생활하는 형님께 편지쓰기는 내 몫이었다. 다 쓴 편지를 부모님께 읽어 드릴 때는 '우리 행구가 편지를 잘 쓴다.'라며 칭찬해 주셨다. 그리고 또 한 분이 계셨다. 초등학교 5학년 때 담임이신 '차상우' 선생님이셨다(진작부터 뵙기 위해 백방으로 찾았지만, 지금까지 뜻을 이루지 못하고 있다. 실명을 밝히는 이유는 선생님을 찾는 데 도움이 되지 않을까 싶어서다). 국어 시간이면 곧잘 짧은 글짓기를 시키시면서 직접 발표하게 하셨었다. 그런데 유독, 나에게만 발표를 많이 하게 하시는 거였다. 그러면서 말씀하시길 "병선이는 글짓기에 소질 있구나! 열심히 공부해라. 이다음에 너는 훌륭한 소설가가 되고 글 쓰는 작가가 될 수 있다."라고 늘 칭찬해 주셨다.

말하자면 부모님과 초등학교 때 담임 선생님께서 작가의 꿈을 마음속 한편에 심어주셨던 거다. 그렇지만 이를 실현하기는 벅차기만 했다. 나에게 처한 환경이 호락호락 놓아주질 않았었다. 결혼하고 자식을 낳아 기르며 먹고 사느라 초등학교 때 꿈은 까마득하게 잊고 지낼 수밖에 없었다. 환갑이 훨씬 넘고 나서야 걸어왔던 뒤안길을 돌아봤었다. 쌍둥이 손주 녀석들을 우리 부부가 맡아 키운다는 명목이었다. 그러나 나로선 별로 할일이 없었다. 비로소 초등학교 때의 작가 꿈을 깨달았던 거다.

글쓰기에 체계적인 교육을 받은 것이라곤 없었다. 무턱대고 시를 쓰고 남이 보기에 형편없는 수필을 쓰고 소설이랍시고 정신없이 썼다.

어찌했거나 시조, 시인이 되고 수필가 꿈도 이루었다. 여순사건을 배경으로 대하 장편소설 『무죄』(총 9권)를 쓰면서 소설가라는 타이틀도 거머쥐었다. 칠순 겸 출판기념회를 마치고는 줄곧 수필 쓰기에 정신없다.

두 번째 수필집인 『고향』은 고향에 관련된 것들이 대부분이다. 허무한 세월, 그리고 인생살이를 그려낸 것들이다. 내가 태어나고, 어린 시절을 보내면서 지금까지의 한 맺힌 삶을 풀어썼다. 지난날 내가 살아왔던 걸 빗대어 쓴 것들이라 작품성은 떨어질 수밖에 없다.

그러니깐 수필가라는 타이틀을 딴 건 6년 전이다. 2018년 한국수필 6월호에 '찔레꽃'이란 제목으로였다. 신인 문학상에 뽑혔으니 꿈에 그리던 수필작가의 꿈을 이뤘던 거다. 바로 그해에 『농부가 뿌린 씨앗』을 첫 수필집이랍시고 냈었다. 그런데 뭐가 그리 급했는지 지금 생각해 보면 쓴웃음이 나온다.

그때 50년 전통인 경상남도 수필 문학협회 회원으로 이끌어 주신 전임 정동호 회장님께서 한사코 말리셨다. '다듬고 단장한 후에도 몇 번을 거듭 퇴고한 후에 책을 내라. 그래도 늦지 않다.'라며 조언해 주셨었다. 그렇지만 한시라도 앞당겨 내고 싶은 조바심뿐이었다. 책을 출간해야 초등학교 때 꿈인 작가의 반열에 올라선다고 내다봤던 거다. 뭐가 그리 급했는지 인터넷 광고에 올라온 어느 출판사에 부랴부랴 의뢰했었다. 200자 원고지 20매 안팎인 70개 소제목 원고를 보냈었다. 출판사서는 두 권 분량이 넘는다는 걸, 한 권으로 내자며 막무가내처럼 밀어붙였다.

글도 아니며, 작품이라고 볼 수도 없는 원고가 산더미처럼 쌓여 있질 않은가. 정상적으로 출간했다간 출판 비용 폭탄이 걱정되었던 거다. 책 1권 출판 비용이 1, 2백만 원이던가. 이렇게라도 해 출판 비용을 줄이겠다는 맘에서였다. 막상 출간된 첫 수필집을 받아 들었더니 내가 봐도 가관이었다. 300쪽이 넘는 책장에 빈틈이라곤 없었다. 깨알 같은 글자가 빽빽하게 들어차 내가 읽기에도 난해했다. 거기다 수필 쓰기에 금방 입문한 햇병아리가 몇 번씩 다듬고 퇴고 과정을 꼼꼼하게 거치지 않았던 거가 금방 드러났다.

그때 『농부가 뿌린 씨앗』은 급하게 내지 않았어야 했는데 후회막심할 뿐이다. 요즘 많은 수필작가님은 4, 50개 작품으로 책을 내는 것이 유행인지 싶다. 이에 발맞춰 앞으로 엮어질 제3부터 제10 수필집은 독자가 읽기에 불편함이 없게 하리라고 다짐한다.

작품성이 떨어지는 『고향(故鄕)』을 읽어 주시는 독자 여러분께 감사드린다. 또한, 매번 싼 값으로 출판해 주시는 지식공감 김재홍 사장님께 감사드린다. 그리고 담당 편집자 김혜린 대리님과 박효은 과장님, 그리고 직원 여러분께도 감사드리지 않을 수 없다. 또 있다. 『고향』에 대해 서평을 써 주신 전 신일고등학교 문병직 교장 선생님께도 감사드린다.

목차

✲✲ 제5부 / 나의 꿈 나의 소망

제
1
부
:

꿀벌을 보호하지 못하면
지구는 망한다

모정(母情)

　우리나라 대표적인 공영방송서 5부작으로 엮은 거였다. 어느 농가를 주제로 한 다큐멘터리인데 이를 보면서 깜짝 놀라지 않을 수 없었다. 70년을 살았지만, 이런 모습은 한 번도 보지 못했기 때문이다. 한낱 미물인 어미 고양이의 새끼를 위한 모정이 이리 큰지는 몰랐다.

　전형적인 농가 마당에는 하얀 진돗개가 묶여 있고, 현관 출입구 쪽에는 흰 바탕에 검은 무늬의 점박이 고양이가 누워있다.

　이 집 아들인 성싶은 청년이 밖에 나갔다 들어오면서 현관문 앞에 누워있는 고양이에게로 시선이 갔다. 안으로 들어가려다 말고 고양이를 쓰다듬어 주며 말을 건넨다.

　"나비야! 요즘 왜 그러니? 힘이 없어 보인다. 더위라도 먹었니? 배가 너무 홀쭉하네. 배가 고픈가 보구나."라고 하더니 안으로 들어가 두부모 크기보다 조금 작은 고깃덩어리를 꺼내 들고나온다. 뼈만 앙상하게 남아 힘이 쏙 빠진 어미 고양이였다. TV 속의 주인공 청년은 보기에 짠한 맘에서였을 것이다.

조금씩 떼어 주려 하는데 어느새 그걸 낚아챘다. 입에 물고 마당으로 내려서더니 야옹야옹 소리를 질러댄다.

어미 몸집만 하고 그만그만한 새끼 고양이들이 우르르 뛰어나오자, 고깃덩이를 통째로 넘겨주는 거였다. 새끼들이 앞다투어 먹는 걸 보고만 있는 모습을 보고서다. 나는 심한 충격 속으로 빠져들지 않을 수 없었다. 이는 인간세계에 어미가 새끼 위하는 모정과 다르지 않았기 때문이다.

바짝 마른 어미 고양이로서는 다 큰 새끼들보다는 배고픔을 먼저 면하려는 본능일 것이다. 개나 고양이처럼 포유동물은 오로지 젖만 먹여 양육하지 않던가. 고깃덩이나 먹이를 먹지 않고 새끼들에게 물어다 주는 건 본 적이 없다. 이를 보더라도 빼빼 마른 어미 고양이는 오래전부터인 성싶다. 먹을 것이 생기면 다 자란 새끼들에게 주고 자신은 굶주리면서 먹지 않았음을 짐작게 했다.

일찍이 농촌에 살면서 소나 돼지, 고양이와 개, 그리고 닭 같은 가축들이 사는 모습들을 보고 자랐다. 개나 소는 새끼를 낳으면 태를 먹어 치워 흔적을 없앰으로써 천적으로부터 새끼를 보호하려는 본능을 보였다. 혀로 새끼를 핥아대면서 다른 동물들의 접근도 막는 것을 보았다.

그런가 하면 토끼와 고양이가 새끼를 낳을 때면 자기 몸의 털을 뽑아서 천적이 보지 못하게 새끼를 숨기는 본능이 나타났다. 다른 동물의 눈에 띄지 않게 하려는 보호 습성이며 모정 때문이다. 야생 여우나 들개 어미가 새끼에게 먹이려고 사냥한 먹이를 현장서 먹질 않았다. 물고 와서 새끼에게 던져 주는 걸 TV 다큐멘터리서 보았었다. 한 낱 야생동물이지만 모정만큼은 사람에게 뒤지지 않았다. 그런데 집에서 기르던 가축은 먹이를 물고 와 새끼에게 먹이는 모습이야말로 나로선 일찍이 보질 못했었다. 오직 젖만 먹일 뿐이었다.

모정 얘기가 나왔으니 하는 얘기지만, 포유동물이 아닌 암탉의 눈물겨운 모성애도 해마다 경험했다. 요즘은 암탉이 알을 직접 품지 않게 한다. 부화한 병아리를 농장에서 분양받아 키운다. 이에 어미 닭의 모정을 요즘 아이들은 직접 체험하질 못할 것이다. 옛날 고향 집에서는 설을 쇠고 난 후였다. 날이 어느 정도 풀린 봄에 암탉이 병아리를 부화하게 했다. 그때는 많이 키우는 집에서나 20여 마리 안팎이다. 대부분 열 마리 안팎의 암탉에 한두 마리의 수탉이었다. 집 안과 밖을 맘대로 활보하며 모이를 주워 먹고 자랐다.

어미 닭이 번식 본능으로 알을 낳지만, 저네들 나름대로 산란의 고통이 따를 것이다. 알을 부화하기 위해 21일 동안 품고 새 생명을 탄생시키는 모정은 실로 놀랍다. 어미 닭이 3주간인 세 이레를 온종일 꼼짝하지 않고 알을 품는다. 해 질 녘에야 둥지에서 나와 잠깐 물과 모이를 먹고 다시 품으러 들어간다. 다음 날 같은 시간에 다시 밖으로 나왔다가 부지런히 물과 모이를 먹고는 들어가 알을 품는 모정이야말로 눈물겹다. 부화 2, 3일을 남기고는 아예 밖에도 나오질 않는다.

부화한 병아리들을 어미 닭이 데리고 다니면서 흙바닥과 검불들을 후벼 먹이를 찾아 먹인다. 어미 닭은 배가 고플 테지만, 좀처럼 모이를 먹지 않고 새끼들에게만 먹이는 걸 보았다. 어쩌다 지렁이 새끼 같은 먹이라도 발견하면 어미가 먹지 않는다. 꼬꼬꼬 신호음을 내 새끼들을 불러 먹이는 거였다.

알에서 깬 지 며칠 된 놈들은 어미와 떨어져 제법 멀리까지 간다. 어미가 보이지 않으면 삐악삐악 운다. 어미 닭은 꼬꼬 소리를 내며 불러 모으느라 바쁘니 먹이 먹을 여유가 없다.

새끼를 거느린 암탉은 개나 고양이 등 천적이 나타나면 목숨을 걸고 새끼를 보호한다. 병아리 옆에는 얼씬도 못 하게 하는 것도 자주 봤다. 네 발 달린 포유동물들은 새끼들에게 젖꼭지만 물려주면 그만이다. 그러나 암탉은 달랐다. 병아리들을 데리고 다니면서 온종일 먹이를 찾아 먹이는 거였다. 자신은 먹지 않고 한사코 새끼에게 먹이는 거였다. 해가 지면 우리 안에 들어가서도 다음 날 아침까지 날개 안에 품는다. 미물이지만 이런 모정을 발휘하는 거야 말로 감동이지 아닐 수 없다.

자신을 희생하면서 새끼를 기르고 보호하는 어미 닭을 누가 미련한 닭대가리라고 비하하는지 모르겠다. 수탉을 보자. 정확한 새벽 시간에 날이 밝는다고 세상에 알리는 일도 한다. 위험이 발생하면 경고음을 내서 동료들에게 알린다. 천적이 나타나면 암탉들을 보호하는 일을 도맡는다. 수탉의 희생정신과 어미 닭의 고귀하기만 한 모정을 과소평가는 말아야겠다.

지난 초복 날 친구가 카톡으로 보내준 동영상은 마당 텃밭 울타리 아래에서 암탉이 노란 병아리들을 거느리고 먹이를 찾는 거였다. 어찌나 아름답던지 몇 번이나 돌려보기도 했다.

지금까지는 아무런 의식 없이 치킨이나 삼계탕도 먹었지 않았는가. 지난 초복 날도 아내가 끓여 주던 삼계탕을 아무런 생각도 없이 먹었었다. 고귀한 어미 닭의 모정과 희생정신은 안중에도 없었다.

동물들은 어린 새끼를 목숨을 걸고 보호한다. 그러나 다 자라면 절대로 보호하지 않는다. 사냥 법을 익힐 때가 되면 독립시킨다. 그런데 사람들은 다 자란 자녀들에게 늙어 죽을 때까지 보호 근성을 보인다. 우리 인간도 동물들의 세계에서 본받을 만한 일은 보고 배웠으면 하는 바람이다. 부모 은공을 모르며 성장한 자식들은 동물들이 살아가는 모습을 보면서 부모님의 희생정신과 은공을 깨달아야 할 것이다.

벌써 25년 전 임신년(壬申年)에 돌아가신 어머니께서 베풀어 주신 거룩한 사랑이 불현듯 떠올려진다. 하늘보다 높고 바다보다 깊은 모정을 떠올릴 때마다 나도 몰래 눈물을 글썽인다.

방송의 힘

▽
▼
▽

　우리나라가 일제 압박에서 해방되고, 미군정이 시작되면서다. 신문보다는 방송매개체가 빈약했다. 국민이 바른 정보를 얻을 수 없어 극도로 혼란스러웠다. 중국 상해 임시정부가 돌아오지 못하는 이유를 국민은 몰랐다. 미군정이 귀환을 막고 있어 곧장 들어올 수 없었던 건, 안타깝기 그지없는 일이다. 우리 뜻과는 다르게 소련과 미국이 중심이 된 좌우 이데올로기에 휩싸였다. 결국은 한반도가 둘로 나뉘고 말았다. 북한은 소련이, 남한은 미국이 우리에게 은혜를 준 나라로 계몽했다. 그때 신문과 방송이 한몫했던 것이다.

　정부가 수립되었을 당시만 해도, 우리나라는 언론매체가 활발하지 못할 때다. 일부 상류층만 신문이나 라디오 방송을 통해 세상 돌아가는 것을 어느 정도나 파악하고 살았다. 대한민국 정부가 들어서고도 모진 독재를 경험했다. 4·19 혁명으로 이승만 정부가 무너지고 들어선 순수한 민간 정부는 그리 오래가질 못했다. 쿠데타 군사정부가 들어서고는 신문도 그랬지만 방송 매체가 어용 단체가 될 수밖에 없었다. 5공화국 때가 되니 우리나라 어지간한 서민들에게까지 흑백 TV가 안방에 자리 잡았다. 저녁이면 "○○○ 대통령은……"으로 시작되는 일명 땡전 뉴스가 시작되었다. 신문이나 방송들이 정권 찬양선전에만 열을 올렸다. 국민은 자연스럽게 이에 빠져들 수밖에 없었다. 방송에서 왜곡 보도하면, 일반 국민은 방송프로그램을 전적으로 믿고 따랐다.

얼마 전 유엔에서 세계행복지수를 조사하면서 북한을 조사 대상에서 제외하고 순위를 매겼다 한다. 인권을 유린당하며 먹고살기도 비참한 꼴찌 순위였기 때문에 조사할 가치가 없다고 판단해 제외했다는 뜻이다. 그렇지만 북한의 조선중앙TV에서는 세계에서 제일 행복하게 사는 나라가 중국이고, 북한이 2위라고 발표했다고 한다. 그런데 남한은 순위를 잘 매겨 준 것 같다. 지구촌에 형성된 국가가 2백여 나라가 훨씬 넘는데 행복지수 세계 152위라고 했으니 말이다.

방송세뇌란 참으로 무섭다. 북한에서는 시간과 때를 가리지 않고, 낮이나 밤이나 위대한 원수님, 경애하는 장군님으로 시작해 어버이 같으신 수령님으로 끝났다. 대를 이어 감사하며 충성하자고 세뇌했다. 이에 북한 주민들은 지상낙원에서 사는 것처럼 착각 속에 사는 것이다.

남과 북이 갈라져 어언 70년 넘는 세월이 흘렀다. 우리나라는 4·19혁명에 이어 쿠데타가 두 번씩이나 일어났다. 현직 대통령이 망명하거나 자리에서 물러났다. 안가에서 유흥을 즐기다 죽기도 했다. 그런가 하면 교도소에 수감당했던 대통령이 몇이나 있었다. 그뿐 아니다. 탄핵당하고 곧바로 교도소로 간 대통령도 있었다. 그러나 북한에서는 할아버지 아버지 손자에 이르기까지 세습화가 이루어졌다. 방송을 통해 철저히 사상 교육을 한 때문이다. 이를 보더라도 방송의 힘은 대단하다고 하지 않을 수 없다.

우리도 한때 군사 독재정권에 방송들이 아부했던 적이 있었다. 그리고 패널들의 좌담회와 토론회 형식으로 출연한 자들에게 수없이 세뇌 교육을 받았었다. 엉뚱하게도 북한에서 댐을 만들어 서울을 물바다로 만든다는 거짓 방송도 했다. 벌 떼처럼 들고일어나는 국민의 민주화 운동을 잠재우기 위해서였다. 우리는 이에 감쪽같이 속았다. 성금을 모으고 평화의 댐 만들기에만 정신을 쏟았다. 횃불처럼 일었던 민주화 운동을 잠재우고 독재정권을 유지했던 건, 방송의 힘이 이처럼 컸었다.

이처럼 국민은 신문이나 방송 자체를 신봉했었다. 정권에서 거짓 프로그램을 만들어 각 언론에 내려보냈다. 언론사들이 독재정권에 영락없는 꼭두각시가 되었던 것이다. 왜곡 보도를 해도 국민은 신문이나 방송 내용을 그대로 받아들였다. 그러나 인간의 손바닥이 제아무리 크다 해도 하늘을 가릴 수는 없는 법이다. 진실을 알리기 위한 선각자들의 고난이 밑거름되어 결국은 민주화를 이룩했다. 또한, 국민 의식 수준도 향상했으니 특정 기관에 세뇌당하는 일이 앞으론 없을 테다.

얼마 전에는 몰지각한 사람들이 국민의 사랑 받는 인기가수나, 탤런트를 끌어들여 엉터리 건강식품을 판매했다. 의료기나 화장품 같은 것을 판매하는 몰지각한 업체들도 있었다. 연예인을 출연시키고 전국을 돌면서 엉터리 건강식품을 만병통치약으로 선전해 그들은 수입을 올렸다. 여자들이나 노인을 판매 대상으로 삼았던 일명 약 장수 패들에게 현혹당했었다. 우리나라 제일의 방송 매체에 인기를 한 몸에 받던 연예인을 끌어들였던 거였다. 만병통치약이라고 선전하니 소비자들은 아무런 의심도 하지 않았다. 너도나도 시중가의 몇 배씩이나 돈을 내고 샀다. 그런가 하면 작물을 심어놓은 밭에서 불청객으로 사는 것들이었다. 농부를 괴롭혔던 한낱 잡초에 불과했던 것들이 방송을 타게 되면 하루아침에 유명세에 올랐다. 좋은 예로 밭에 잡초인 하찮은 쇠비름이 당뇨병에 효과가 있다며 방송을 탔다. 하루아침에 귀한 약초로 대접을 받아 잡초라는 오명을 씻었다. 이처럼 방송의 위력은 참으로 대단하다고 할 수밖에 없다.

대중음식점에 가다 보면 주인이 방송에 출연했던 장면의 사진을 크게 확대해 걸어 놓은 걸 보기도 한다. 모 방송국 유명 맛집 방문 프로그램에 선정되었다는 거다. 그런가 하면 취재 내용인 대문짝만 한 사진과 글귀가 붙어 있는 업소도 심심찮게 본다. 방송을 통해서 알려진 인기 스타 연예인들하고 관계 있는 것처럼 꾸민 거다. 방송에 출연했다거나 방송국에서 방문만 해도 그 집은 대박을 터뜨린다. 하루아침에 방송의 힘 덕을 톡톡히 본 것이다.

이처럼 방송 매체를 통해서 알려진 사람들은 공인이라는 걸 알아야 할 것이다. 각종 프로그램이나 뉴스를 진행하는 사람도 마찬가지다. 일거수일투족을 조심해야 할 것이다. 방송의 위력이야말로 대단한 것이니 말이다. 이들의 행동거지 하나하나가 사회에 미치는 영향은 대단히 크기 때문이다.

어버이날 맛본 행복

　참으로 화창한 5월이다. 뒷산에 흐드러지게 핀 아카시아 향에 취하고 싶어 오르는 중이다. 그런데 오르내리는 사람들의 가슴팍에 빨간 카네이션이 곱게 피어 있다. 며칠 전까지만 해도 은근히 기다렸던 날이지 않은가. 정말이지 깜박했다가 어버이날인 것을 알았다.

　설날과 추석 명절을 맞거나, 생일날이나 결혼기념일이 다가오면 은근히 설렌다. 차로 몇 분 거리에 떨어져 사는 딸과 사위에게 은근히 기대한다. 오늘처럼 어버이날을 맞게 되면 용돈이나 선물을 바라는 버릇이 생겨난 것이다.

　친구들과 모임이나 술자리에서다. 명절 때나 생일날, 결혼기념일 때 자식들에게서 받은 용돈 자랑하는 친구가 있다. 자동차를 선물 받았다느니, 항공 여행권을 받았다느니 하면 나로선 기가 죽는다. 이런 얘기를 들을 때마다 부럽지 않을 수 없다.

　얼마 전에 모 취업사이트에서 부모님이 살아계시는 자녀에게 설문 조사를 했단다. 용돈을 정기적으로 드리고 있는가 질문했다는 것이다. 절반이 넘는 56%가 드리고 있다는 거다. 그리고 명절이나 기념일에 무슨 선물을 받기를 원하더냐고, 질문을 받았을 때란다. 압도적으로 현금을 원했고 다음이 상품권을 선호하는 거로 조사되었다는 거다.

얼마 전, 국회서 부모님께 드리는 용돈에 대해 연간 6백만 원까지 소득공제를 해주는 소득세법 개정안을 발의했다는 것이다. 이는 부모님께 매달 30만 원씩 용돈을 드리고 연봉이 6천만 원인 사람의 기준이라 한다. 이 같은 법안은 칭찬해 주고 싶다. 이는 곧 솔직한 우리 부부의 바람이다. 그렇다고 매달 용돈을 바라질 않는다. 명절날이나 생일날, 기념일 등 이런 날에 몇만 원의 용돈 봉투라면 감사할 뿐이다.

요즘은 누구나 양력을 사용하지 않던가. 그런데 아내는 부부의 생일만큼은 음력으로 고집하는 이유를 모르겠다. 내 생일과 결혼기념일이 4월에 같은 달이라 생일과 결혼기념일을 뜻깊게 보내고 싶어서다. 양력으로 쇠자고 제안했지만, 번번이 거절당했었다.

우리 부부는 둘만의 여행은 해보지 못하고 지금까지 살았다. 어버이날이나 결혼기념일이 뜻깊을 성싶었다. 가까운 데라도 하루나 이틀 오붓하게 보내고 오자고 제안했었다. 그러나 돌아오는 대답은 늘 같은 대답인 다음으로 미루자는 거였다.

'가지 많은 나무는 바람 잘 날 없고 자식 많은 부모는 근심 걱정 없는 날이 없다.'라는 속담이 있다. 그런가 하면 '자식 이기는 부모 없다.' '무자식이 상팔자다.' '가까이 살아야 자식이지 멀리 떨어져 살면 이웃만 못하다.'라고 예로부터 전해 내려오는 이런 말들은 나에게는 상관되지 않는 속담으로 알았다. 그런데 세월을 묵다 보니 현실은 그게 아니었다. 구구절절 우리 부부에게 어울리는 말이지 아닐 수 없다.

일찍이 봐왔던 바로는 부모 속 썩이는 자식은 대체로 아들이었다. 딸자식은 부모 위하는 맘이 돈독한 거만 보며 살았었다. 그런데 우리 부부로선 일명 딸딸이 집이 않은가. 자식으로 인해 크게 호강 받으면야 말할 나위 있겠는가. 딸만 둘 가졌으니 자식으로 인해 속상할 일은 없을 줄로 여기며 살아왔던 거다. 그런데 둘째가 결혼 적령기가 넘은 지 오래니 소박한 꿈은 여지없이 깨지고 말았다.

옛날과는 다르게 요즘 우리나라 결혼 적령기도 많이 늦추어졌다는 거다. 어느 결혼 중매 사이트서 발표했다고 한다. 남녀 결혼 적령기로 30대 초반을 꼽았다. 남자가 30에서 33세, 여자는 30세서 31세로 남녀 모두 30대 초반이 결혼 적령기라는 거였다. 그런데 우리 부부는 이와는 대조적이다. 마흔에 가까운 둘째가 아직 시집가기를 거부하고 혼자 살고 있으니 자나 깨나 걱정이다. 거기다 생활비까지 아내에게 받아 가고 있다. 무얼 하는지 진주가 아닌 곳에 멀리 떨어져 산다. 우리 부부 생일날이나 어버이날이 와도 꿈쩍도 하지 않는다.

큰딸과 사위가 쌍둥이 손자 녀석들을 데리고 와 생일을 기념해 주므로 그나마 시름을 달랜다. 매주 주말만 되면 쌍둥이들을 데리고 오니 손자들 재롱에 그나마 위안이 됐다. 작은딸도 이처럼 하고 살면야 금상첨화지 않겠는가. 그런데 요즘 유행인 홀로족으로 사는 걸 고집

한다. 머지않아 엄청난 불효라며 깨닫고 후회할 것이다.

쌍둥이를 키우느라 경제적으로 어려워하는 딸 사위에게 무리한 바람인 성싶다. 명절이나 생일 기념일 같은 날에 선물 받기를 바라서는 아니 된다고 하면서도 그런 맘은 잠시뿐이다. 산행하고 집에 돌아와서도 올해에도 어버이날을 그냥 넘어가 버릴 모양인가 싶다는 노파심이 떠나질 않는다.

그런데 해가 설핏해지니 아내 전화기가 요란한 신호음을 낸다. 나가서 저녁 먹자는 사위 전화였다. 맛집으로 알려진 음식점으로 우리 부부를 데리고 간다. 어느새 초등학교에 다니는 쌍둥이가 빨간 카네이션을 저들 부모를 대신해 가슴에 달아준다. 내가 좋아하는 돼지불고기에 소주를 곁들인다. 오늘 어버이날 선물을 제대로 받는구나! 싶다. 그뿐만 아니다. 나와 아내에게도 용돈 봉투를 따로따로 준비해 주지 않는가.

올해 어버이날은 맛있는 저녁상과 용돈 봉투를 선물 받았으니 쌍둥이 손주 녀석들에게 용돈을 안겨 할애비 노릇도 했다. 참으로 행복한 어버이날이었다. 그러나 맘속 한편으로는 둘째가 함께했으면 금상첨화인데 하는 맘도 오랫동안 떠나질 않는다.

고향

5월이 좋다

산도 푸르고 하늘도 푸르다. 풀과 나무들이 본연의 푸름을 완전하게 갖추는 계절이다. 울타리가 있는 데라면 덩굴장미들이 터줏대감처럼 새빨간 꽃봉오리들을 터뜨리는 곳이 많다. 이에 사람들은 오월을 말하기를 실록의 계절이라 하지 않던가. 그런가 하면 장미의 계절이라고 말하는 이도 있다. 그렇지만 난 누가 뭐래도 아카시아 계절이라고 말하리라.

'우리나라 전 지역에 여기저기에서 꽃 축제가 벌어진다. 사람들을 집 밖으로 달려 나오게 하는 달이다.'라고 어느 공영방송 TV 프로그램에 출연한 예쁘장한 여자 리포터가 떠들어댄다. 이어서 '철쭉제가 끝나기 무섭게 덩굴장미가 전 국토를 빨갛게 물들이고 있다. 마치 빨간색 물감을 세상에다 부어놓은 듯하다.'며 가족이 함께 꽃놀이 나서란다.

그렇지만 나는 시큰둥하다. 달콤한 향기가 없다. 거기다 가시가 있질 않던가. 나로선 오직 아카시아만 맘속에 요동친다. '꿀벌과 아카시아를 보호하지 못하면 지구는 망한다.'라고 청소년 동화를 쓴 잠재의식이 있어서일까. 오직 내 맘속 깊이 자리 잡은 건 향기 그윽한 아카시아꽃뿐이다.

그런데 지구온난화로 인한 환경 영향인 듯싶다. 예년 같으면 5월 초가 지나고 중순이어야 아카시아가 만개했었다. 그런데 개화 시기가 점점 빨라지고 있으니 걱정이 앞선다. 잔인하다고 알려진 4월이 다 가지 않았는데도 버선발 모양 꽃망울을 내단 나무가 있다. 이는 정상적인 개화가 아니고 계절을 초월한 것이라 마냥 반길 수 없다.

우리 속담에 '늦게 배운 도둑이 날 새는 줄 모른다.'고 했던 것처럼 요즘 내가 그 짝이다. 밥 먹고 잠자는 시간 외에는 PC 앞에 앉아서 글만 쓴다고 일명 '방콕 주의자'라고 말하는 친구도 있다. 그렇지만 내가 좋아하는 5월을 맞았지 않은가. 아카시아가 은은한 향을 내뿜는 계절에만큼은 컴퓨터를 박차고 밖으로 나오지 않을 수 없다. 아카시아꽃 숲길을 걸으며 꿀벌들이 춤추고 노래하는 소리를 직접 듣기 위해서다. 은은하고 진한 향을 가까이에서 직접 맡으면 그렇게 좋을 수 없다.

내가 사는 아파트는 선학산을 오르는 초입에 있다. 등산하는 사람들을 베란다 너머로 보면서다. 건강을 위해서는 2, 3일 만에 한 번씩이라도 선학산에 올라가야겠다고 다짐하곤 했었다. 그런데, 나와의 약속을 잘 지키지 못했다. 이유는 산을 갔다 오려면 적어도 2, 3시간은 족히 빼앗겨야 하기 때문이다.

그런데 내가 제일 좋아하는 아카시아가 피는 계절이지 않은가, 꽃

중에서는 으뜸인 향기에 좀이 쑤셔 가만히 있지 못하겠다. 집에서 뛰쳐나가 선학산을 오르는 대열에 합류했다. 집단을 이뤄 꽃핀 현장에 직접 가 향기에 취해 즐기고 싶어서다.

아니나 다를까 집을 나오자마자 탐스러운 꽃을 터뜨리고 나를 맞는다. 은은하게 짙은 향기를 내 몸속 깊이 들여 마시기 위해 심호흡한다. 정말이지 이렇게 행복하지 않을 수 없다.

꿀벌들이 노래와 춤을 들려주고 보여주려는 듯. 윙윙 소리를 내며 날아다니는 모습을 바라본다. 하늘 높이 솟은 아름드리 아카시아를 쳐다보느라 목을 뒤로 젖힌다.

목 아픈 줄도 모르고 마냥 행복에 빠진다. 잡다하고 자질구레한 잡념들은 다 사라져 버리면서 무아지경이다.

5월에 들어서자마자 선학산 입구에서부터 버선 모양 꽃 주머니들을 활짝 터뜨린다. 은은하고 진한 특유의 향기를 내뿜는다. 그야말로 아카시아의 계절이다. 우리나라 전 지역에 분포한다지 않던가. 5월의 여왕 아카시아가 내뿜는 은은한 향 내음을 전국에 모든 국민이 만끽할 수 있으리라.

이곳 진주를 비롯한 남부지방에서 시작된 아름다운 백색의 꽃 등고선이 대구를 거친다. 동해안 쪽으로 갔다가 우리나라를 빙 돌면서 그윽한 꽃향기로 5월 내내 시심(詩心)을 불러일으킬 것이다.

이윽고 선학산 전망대에 올랐다. 눈앞에 바로 보이는 남강이 오늘은 더 푸르다. 비봉산자락이 은빛 색깔로 장관이다. 서로 경쟁하듯 흐드러지게 터뜨려 온통 하얗다. 석호산과 석갑산 자락도 온통 하얗다. 아카시아 꽃향기야말로 고향을 그리게 한다고 일찍이 글쟁이들이 말하지 않았던가. 자태들을 뽐내는 아카시아꽃 무리를 보며, 어느새 향수에 빠져든다. '아카시아 향기가 바람에 날리니 고향에 친구들도 지금쯤 소 몰고 가겠네.'라는 어릴 때 불렀던 동요가 절로 불러진다.

은백색 아카시아가 온 산을 뒤덮고 유유히 흐르는 남강물 위에 향기를 실어 유등 띄우듯 흘려보낸 성싶다. 진주성과 도심을 향해 흐르다 말고 아카시아 향에 취한 것처럼 보인다. 진주 팔경인 망진산 봉수대 절벽과 시가지를 돌아 나오더니 뒤 벼리 절벽을 돌아 더디게 흐른다. 5월처럼 푸르른 남강은 이윽고 새 벼리로 서서히 빠져나간다. 그윽한 향기를 그냥 두고 가기가 끝내 아쉬운 모양이다.

꿀벌들이 노래하고 춤을 춘다고 시인들은 표현하지만 실은 그게 아니다. 아카시아꽃이 품어 대는 달콤한 꿀을 얻기 위해 날갯짓하는 소리다. 나로선 춤을 추며 노래하는 것처럼 보이고 들린다는 말이다.

꿀벌과 아카시아꽃은 서로 상생(相生)하는 관계다. 아카시아꽃은 꿀을 내주는 대신 꿀벌들로 인해 수정받아 열매를 맺는 도움을 받는다. 꿀벌들로선 새끼를 기르며 살아가는 데 없어서는 아니 될 고귀한 꿀을 얻는다. 이들이 찰떡궁합으로 상생하는 모습은 참으로 거룩하다. 꿀벌과 아카시아가 달콤한 신혼부부처럼 5월을 살아가는 고귀함은 우리가 본받을 만하다.

꿀벌을 보호하지 않으면 지구는 망한다

'꿀벌을 보호하지 않으면 지구는 망한다.' 이와 같은 말은 세계적인 물리학자 아인슈타인 박사가 했던 경고다. 지금은 80억에 이르는 지구촌 인류에게는 끔찍하지 않을 수 없다. 이 같은 경고를 듣고 읽는 이에게 경각심을 갖게 하는 말이지 아닐 수 없다.

이 같은 경고를 처음 들었을 때는 선뜻 받아들일 수 없었다. 그러다가 요즘 들어 두꺼비 부부가 꿀벌을 기르고 환경보호 활동하는 내용으로 청소년 장편소설을 쓰면서였다. 인간의 세계뿐 아니라 동식물을 망라한 생명체가 존재하는데 꿀벌이 크게 영향을 미친다는 걸 알게 된 것이다. 인류는 그 무엇보다 환경을 지키는 일을 우선시해야 옳다고 깨달았던 거다.

일찍이 우주 만물을 창조하신 창조주께서는 인간과 동식물과 땅을 기는 하찮은 지렁이까지 심혈을 기울여 만드셨다. 그리고 나뭇가지에 진딧물까지도 처음 만드실 때 암수를 만드시고 짝짓기를 하게 해 동족 번식 본능을 부여하셨다. 들과 산에 자라는 풀과 나무도 마찬가지다. 이들의 번식 방법은 수꽃의 꽃가루가 암꽃에 전달되어야 교배가 이루어지는 거는 말할 나위가 없다. 동물의 암과 수가 짝짓기가 이루어져야 번식되는 것처럼 말이다. 오른쪽 산에 서 있는 나무가 왼쪽 산에 서 있는 나무에 찾아가 꽃가루를 받아 올 수 없다. 그래서 하느님께서는 꿀벌이나 나비류인 곤충에게 수꽃가루를 전달하는 임무를 맡기셨다. 그러고는 수고의 대가로 풀과 나무, 꽃들이 만들어 낸 꿀을 받아먹고 살게 한 것이다. 그런데 나비를 비롯한 다른 곤충들은 화분 전달하는 일이 미미한 수준이다. 이 같은 일은 꿀벌이 다 맡아 한다고 해도 틀린 말은 아닐 것이다.

그런데 산업화 현상으로 지구환경이 날로 나빠지는 걸 우려하지 않을 수 없다. 날로 변하는 환경을 뒷짐 진 채 바라만 봐서는 아니 될 일이다. 이처럼 환경보호와 지킴이 역할이야말로 중요하다. 그렇지만 꿀벌을 보호하는 일도 이와 버금가는 일이다. 해가 갈수록 지구온난화 현상이 두드러지고 있다질 않던가. 그 여파로 여름나기와 겨울나기가 고역스럽다. 올해는 지난여름보다 더 덥다. 겨울나기도 해가 갈수록 더 추우니 홍역을 치를 수밖에 없다. 이는 환경오염으로 인한 지구온난화 현상 때문이라는 환경 학자들의 한결같은 주장이다.

이에 경각심을 갖고 화학 재료 땔감을 사용하지 않는다. 플라스틱 용기나 일회용 종이컵을 사용하지 않는다. 그리고 화학 세제를 사용하지 않은 것으로만, 지구 환경보호 지킴이 역할을 다했다고 할 수는 없다. 꿀벌 보호를 하지 않은 채 환경오염 예방 규칙을 철저히 지켰다고 치자. 그리고 지구촌 전체를 깨끗한 환경인 청정지역으로 만들어

놓았다. 그러나 꿀벌을 보호하지 않으므로 이들이 없어지고 나면 어떤 일이 벌어질까. 산에 나무와 들에 잡초를 비롯한 과일과 열매채소와 농작물을 망라한다. 열매나 씨앗으로 번식을 못 하게 되는 것은 뻔한 일이지 않은가. 이에 얼마지 않아 이 땅은 황폐해져 버릴 것이다. 이런 판국에 깨끗한 청정지역이 무슨 의미가 있을 것인가. 동식물이 영원히 생존할 수 없으니 지구가 망해버린다고 해야 하지 않겠는가 말이다.

모든 식물의 꽃들과 상부상조한 합작품으로 만들어 낸 꿀을 먹고 사는 꿀벌은 가만히 쳐다보면 볼수록 경이롭다. 동물의 피를 빨아먹고 사는 쇠파리나 모기 같은 해충에 비한다면 얼마나 거룩하냐 말이다. 이들이 주식으로 하는 꿀을 인간이 보너스로 받고 있다. 기호식품이며 때로는 병을 치료하는 약제나 화장품 재료로 긴요하게 쓰이기도 한다. 좋은 예로 위경련으로 고생하시던 어머니께서는 벌꿀 덕을 톡톡히 봤었다. 옛날엔 우리뿐만 아니다. 병원에 익숙지 못했던 그때는 어느 집이나 상비약이었다.

이에, 꿀벌들이 생산해 내는 꿀에 대한 이해를 돕기 위해 어렸을 때 꿀에 얽힌 얘기를 해보겠다. 내가 예닐곱 살쯤 기억이다. 위경련을 앓던 어머니는 가끔 한 번씩 급체하고 경련을 일으킬 때가 있었다. '아이고 나 죽네! 사람 살려주소.'라며 소리를 지르며 네 방구석을 기셨다. 때아닌 밤중에 고함을 지르는 바람에 우리 삼 남매는 겁에 질려 잠에서 깼던 적이 많았다. 아버지께서는 어머니 등을 두들겨 댔다. 신음과 등 두들기는 소리에 겁이 난 우리 삼 남매는 잔뜩 긴장하며 움츠리고 있어야 했다. 이도 잠시뿐 아버지의 등 두드림도 효과가 없었다. '아이고 나 죽네!'라며 다시 신음이 커지면 된장 물을 만들어 먹이고 나면 통증이 멎은 듯했다. 그러나 이런 비상 처방들은 소용이 없었다. 된장 물도 효과가 없자, 아버지는 다시 부엌으로 나가셨다. 아궁이에 불을 지피시고 돌확을 불에 달구셨다. 가슴팍에다 얹어 주면 통증은 좀 가라앉은 듯했다.

이런 얘기는 60년도 지난 얘기다. 내가 어렸을 때 겪었던 기억을 되살려 본 것이다. 여순사건과 한국전쟁을 겪으며 얻었던 고질적인 급성 위경련이었다. 부모님과 동네 어르신들은 가슴에 피라고 부르기도 했다. 처음에는 등을 두들기고 된장 물을 마시거나 돌확을 달구어 배 위에 얹으면 효험이 있는 듯했다. 그러나 주기적으로 발병하다 보니 이런 방법들이 별로 효과가 없었다. 위경련이 발병했을 때는 지금이라면 당연히 병원으로 달려갔을 테다. 그때라고 병원이 없었으랴. 그때 집안 형편으로선 아예 쳐다봐서는 아니 된다는 의식이 팽배했다. 돈 많은 귀족만 가는 곳으로 알았으니 말이다. 지금 생각해 보면 참 안타까운 일이 아닐 수 없다.

이 풀뿌리가 좋다더라, 저 나무뿌리가 가슴에 피에 효험이 있다더라, 마을 사람들에게서 들었던 대로 매달릴 수밖에 없었다. 좋다더라, 좋다더라, 처방에만 매달리던 어느 날이었다. 아버지께서 구해온 석청 효과를 톡톡히 본 것이다. 위경련이 발병할 징조가 나타나면 어머니는 꿀을 몇 숟갈씩 잡수셨다. 곧바로 효과가 나타났다. 심한 태풍이 올라오다가 진로를 변경해 가는 듯 언제 아팠냐는 듯했다.

꿀이 이처럼 어머니의 위경련에 효과를 봤다는 얘기를 하고 싶은 것도 있지만 꿀벌이 우리 인류에 지대한 영향을 끼친 얘기를 하고 싶어서다. 곧, 아인슈타인 박사가 일찍이 인류에 경고하지 않았던가.

석청

▽
▼
▽

석청이란, 양봉이 아닌 자연 속에서 자란 야생 꿀벌이 저장해 놓은 꿀을 말한다. 바위틈새나 큰 나무의 속이 빈 곳에 집을 짓고 모아 놓은 꿀을 인간이 채취한 거다.

내 어릴 때만 해도 꿀을 칭하길 석청으로 불렀었다. 석청인지 양봉 꿀인지 일반인으로서는 알 수 없었다. 위경련 통증이 가라앉는다는 말을 듣고, 아버지께서 힘들게 구해오셨다. 지금에야 이런 꿀 구하기는 별 어려움이 없다. 돈만 있다면 얼마든지 구할 수 있는 세상이다.

위경련을 일으키려는 조짐이 나타나면 어머니께서는 꿀을 한 숟가락 떠 잡수셨다. 효과는 금방 나타났다. 삼동 설한에 매서운 칼바람이 몰아치다가 갑자기 멎은 것처럼 진정되었다. 말하자면 위경련을 맺게 하는 데는 톡톡히 효과를 봤었다.

그때는 석청이라 불렀던 꿀은 만병통치약으로 통했다. 값도 값이려니와 워낙 귀한 것이라 구하기가 퍽 어려웠다. 위경련 통증을 치료하기 위해 꿀을 구하는 공력을 쏟는 거보다는 쉬운 방법인 의료시설에 찾아가야 옳지 않겠는가. 남원이나 순천 등 아무 곳이나 가까운 병원엘 데리고 갔더라면 좋았지 싶다. 그렇지만 그때만 해도 농촌에 사는 사람으로선 병원에 가는 문화는 누구나 익숙지 못했다.

석청을 처음 사 오던 날 삼 남매에게 조금씩 맛을 보게 했으니 그야말로 꿀맛을 보게 된 것이다. 어느 날이었다. 작은방 벽장 위에 숨겨 놓은 꿀단지를 찾아냈다. 아마도 서너 숟가락 퍼먹었던 것 같다. 1분도 지나지 않은 것 같았는데, 가슴속을 예리한 칼로 도려낸 것 같다고나 할까. 뱃속에서 뜨거운 불이 이는 것 같았다. 마치 어머니가 위경련을 일으킬 때 방 안 구석을 기듯 나도 배앓이를 똑같이 재현했으니 말이다. 이후로는 꿀은 아예 쳐다보기도 싫었다. 그냥 질려 버린 것이다. 그래서인지 70 나이가 되도록 꿀은 입에 넣기가 싫었다. 그렇지만 지금 생각해 보면 얻은 것도 많다. 고뿔도 남처럼 많이 앓지 않았다. 아무런 잔병치레하지 않고 무럭무럭 자랐으니 말이다.

옛날에는 생활 형편이 넉넉한 집에서는 즐겨 먹는 기호식품이었다. 각종 음식물뿐 아니라 김장김치에도 꿀을 사용했다. 떡을 찍어 먹기도 했고 꿀차도 만들어 먹었었다. 요즘으로 보면 가정상비약이기도 했었다. 음식물을 먹고 체했을 때, 그리고 입술이나 손발이 부르터 피가 질질 흐를 때다. 꿀을 발라주면 상처가 낫고 금방 부들부들해졌다. 그리고 감기에도 생강, 무와 같이 달여 먹으면 효험을 보곤 했다.

이러니 부잣집에서는 보물단지처럼 꿀단지는 귀한 대접을 받았다. 그러나 가난한 집에서는 꿀단지를 들이기는 어려웠다. 좋은 예로 같이 놀다가 집에 일찍 들어가려는 친구가 있다. 그리고 약속했던 시간에 늦으면 '집에 꿀단지를 숨겨 놓았느냐?'고 이런 말을 많이 쓴다. 도둑이나 맞으면 어쩌나 하는 맘에 꿀단지를 지키느라 집을 비우기를 꺼린다는 말이다. 그리고 무슨 보물단지나 되는 거처럼 품고 있다가 시간 약속도 늦었냐는 말도 된다. 말하자면 꿀은 이토록 귀한 것이라는 말이다.

요즘 꿀은 유리병에 담는데, 먼 거리 이동하는 꿀은 플라스틱 용기에 담는다. 옛날에는 옹기그릇 재질로 만들어진 단지 안에 담았으니 그야말로 글자 그대로 꿀단지다. 이처럼 꿀은 귀한 것이라 옛날부터 선물이나 뇌물로 많이 사용됐다. 지금도 마찬가지로 선물 품목으로 단연 꿀단지가 돋보인다.

요즘도 진 꿀은 귀한 대접을 받는다지만, 유명한 장인이 만든 도자기에 꿀을 담은 꿀단지가 제격일 테다. 유명한 장인이 만든 뒤주 모양의 상자 안에 정성을 들여 담은 꿀단지는 금상첨화가 아니겠는가. 이런 정성을 들여 담은 거를 값으로 따질 수 없다. 보내는 사람의 정성이 담겨 있는 걸 받는 사람은 기분 좋지 않겠는가 말이다.

꿀 이야기가 나와서 하는 얘기지만, 진짜 꿀을 찾기는 어렵다고 모두가 한결같이 말한다. 그때 아버지께서는 꿀을 사 오면 종이에 찍어서 불에 태워 냄새를 맡아 보기도 하고 젓가락으로 찍어보기도 했다. 바로 흘러내리지 않으면 진짜 꿀이라고 인정하셨다. IMF 환란을 맞으면서 직접 양봉을 해봤던 나로서도 진 꿀인지 가짜 꿀인지 구별하지 못할 지경이니 하는 말이다.

이처럼 옛날에 아버지께서 해보신 실험들은 요즘 세상에서는 다 부질없는 일이다. 가령 설탕의 농도를 짙게 해, 꿀벌에게 먹인다든지 다른 화학첨가제를 섞는다면 전문가가 아니면 식별할 수 없다. 순전히 설탕물을 먹여 흘러내리지 않게 농축하는 일도 가능하기 때문이다. 이에 시중에서 한 병에 몇만 원에 판매되는 꿀은 대체로 진 꿀이라 말할 수는 없다.

우리나라에서 생산되는 꿀은 대부분 아카시아꽃에서 채취한 거다. 이런 형편이니 만약에 아카시아가 없다면 꿀벌이 살아갈 수 없다 해도 틀린 말은 아니다. 꿀벌은 아카시아 피는 시기 이외에는 설탕을 먹이로 삼을 수밖에 없다. 양봉인들이 설탕물을 벌통에 넣어 주면 꿀벌은 이를 뱃속에 삼켰다가 애벌레 꿀벌을 먹여 키우기도 한다. 그리고 벌집에 토해 저장하면 이것이 바로 꿀이 되는 것이다. 그런데 일부 몰지각한 사람들이 꿀벌하고는 전혀 상관없는 방법으로 만들어 낸다. 화학 재료인 향이 나는 첨가물을 사용해 가짜 꿀을 대량 만들어 판매했다가 적발되기도 했었다.

꿀벌과 함께 했던 때의 즐거움

▽
▼
▽

예로부터 우리나라는 삼강오륜을 중요시해 왔다. 그런데 '꿀은 부자 지간에도 믿을 수 없다.'라는 이런 말은 나로선 받아들이기 싫은 말이 아닐 수 없다. 생면부지인 사람에게도 가짜 꿀을 속여 팔면 사기죄로 처벌받아야 한다. 어떠한 범죄를 막론하고 그만한 대가를 치르게 하는 세상이 아닌가 말이다. 하물며 부모 형제를 속인다는 건 있을 수 없는 일이다.

양봉하는 사람들이 그리고 꿀을 취급하는 자가 양심을 저버리는 데서 비롯되었다고 본다. 이런 여파로 '내 꿀은 진짜 꿀이다.'라고 제 아무리 강조해도 사람들은 믿질 않는 세상이다.

이처럼 다른 방법으로는 안심하고 진 꿀을 찾기 힘들다. 다만 한 가지 방법은 아카시아꽃이 만개했을 때다. 꿀벌을 직접 키우는 양봉장에 가서 구매한다면 이는 100% 믿어도 된다. 아카시아꽃이 필 때는 양봉하는 사람들은 절대로 설탕을 먹여 꿀을 수확하지 않는다. 내가 직접 벌을 키워본 경험이 있어 자신 있게 말하는 것이다.

양봉인에게 1년 중 가장 바쁠 때가 아카시아꿀을 채취하는 때라고 밝혔었다. 순 100% 진 꿀을 채취하기 위해 그동안 설탕물을 사료로 삼아 꿀벌이 저장한 꿀을 전부 긁어내야 하기 때문이다. 이때는 꿀벌이 계속해서 꿀을 물고 들어오니 꿀 따기에 눈코 뜰 새 없다. '농부가 가을 추수 때는 소변하고 나서 바지춤 추킬 새 없다.'라고 하지 않던가. 진 꿀 따기만도 바쁜데 비싼 설탕을 먹여서 헛수고하는 어리석은 일을 하는 자가 어디 있으랴.

벌써 20여 년도 훨씬 전이다. 그러니 IMF를 겪던 때 지인의 소개로 양봉을 시작하면서다. 지구생태계를 유지하기 위해서는 아카시아와 꿀벌을 보호해야 하는 일이 우선이라고 깨달았던 거였다. 양봉은 무조건 벌만 키우면 되는 거가 아니라 관련 지식과 기술 습득은 필수라는 걸 알았다. 농업기술원에 교육도 받으러 다니며 책자를 뒤졌다. 인터넷에서 꿀벌과 아카시아는 밀접한 관계에 있는 걸 공부했다. 아카시아는 우리에게는 없어서는 안 될 중요한 자리에 있는 나무임을 깨닫고 나니, 아카시아꽃 향이 그렇게 좋을 수가 없었다.

덕분에 길게는 몇십 년 짧게는 몇 년씩 비결을 쌓았던 사람들 못지않게 양봉 지식을 쌓을 수 있었다. 경험 많은 베테랑들보다 꿀을 더 많이 생산했던 적이 있어 아래와 같이 소개해 본다.

우리나라가 IMF 고난이 한창인 2000년 초부터다. 양봉에 필요한 기구들을 준비했다. 오랫동안 양봉을 했던 같은 교회를 다녔던 P 집사님과 경북 봉화에까지 올라갔었다. 질병과 추위에도 강한 우수한 꿀벌 군을 구매하고 본격적으로 양봉을 시작했다. 채밀할 때는 적어도 6, 7명의 일손이 필요하므로 다른 양봉인과 품앗이 팀을 이뤄야 했다. 진주에 아카시아꽃이 질 무렵이면 경북 봉화에까지 꽃을 따라 꿀벌들을 화물트럭에 싣고 이동했다.

그런데 요즘은 아카시아 개화가 그때보다 10일 넘게 앞당겨졌다. 이는 지구온난화 현상 영향이라 하니 걱정이지 않을 수 없다. 내가 양봉할 때는 남쪽 진주지역에서는 5월 중순쯤 지나야 아카시아꽃이 지기 시작했다. 그런데 경북 봉화에는 꽃이 피기 시작했다. 남쪽보다 기온 차가 5, 6도 차이가 나며 개화 시기도 열흘 이상 늦다. 이런 걸 보면 우리나라 국토가 좁다고도 할 수 없을 것 같다.

아카시아 군락도 남쪽 지방에는 띄엄띄엄 군락을 이룬다. 윗녘으로 올라갈수록 아카시아 숲이 많다. 하얗게 덮인 꽃들이 장관이었다. 꽃 향기 그윽하며 꿀벌들 날갯짓하는 소리가 윙윙거리니 별천지에 온 것 같았다. 남녘에서부터 꽃을 따라 이동해 온 많은 양봉업자와 한 축에 낄 수 있었다. 몇십 년씩 양봉에 종사했던 사람들과 꿀 수확을 같이 할 수 있다니 감격스러웠다. 같은 팀을 이룬 베테랑 팀원들보다 매번 꿀 수확은 내가 일등을 했다.

꿀을 한번 채밀하고 나면 보통 3, 4일 간격으로 채밀한다. 다음 채 밀하는 날까지는 며칠씩 여유가 있어 좋았다. 팀원들끼리 모여서 맛 있는 것도 만들어 먹는다. 가까운 명승지나 경치 좋은 곳을 찾아 구 경하러 다니는 재미가 쏠쏠했다.

산새 좋고 경치 좋고 공기 맑은 청정지역 곳숲에서 둘만의 생활은 낭만이었다. 아카시아 꽃향기를 맡으며 온통 꽃밭에서 사는 생활은 즐거웠다. 그렇지만 세상에 힘들지 않은 일이 어디 있으랴. 군수가 많아지니 벌통들은 무게가 2, 30kg씩이나 되므로 다루기가 힘들었다. 수시로 벌통 뚜껑을 열고 벌들의 상태를 살펴야 했다. 벌에 쏘이는 것을 방지하기 위해 두꺼운 옷을 입어야 했으며, 그물망을 뒤집어쓰고 작업을 해야 하니 온몸이 땀범벅이 되곤 했다.

집단체제인 꿀벌 세계

▽
▼
▽

꿀벌이나 개미 하면 먼저 이솝이야기가 떠오를 것이다. 매미나 베짱이는 지혜도 없고 놀기만 하고 게으르다고 알려졌다. 그런데 꿀벌과 개미는 집단생활을 하며 각자가 맡은 일을 열심히 하는 모습을 보고 교훈을 얻는다.

꿀벌 세계는 미물인 곤충들로 이뤄진 집단이라며 예사로 보는 이도 있을 것이다. 그렇지만 우리나라 농수산부에선 가축으로 분류하고 있다. 소나 돼지, 오리, 닭이나 같은 가축 위생법을 적용하는 것이다. 꿀벌을 곤충으로 표현해야 맞는 말이지만 우리나라에서는 양봉 농가를 축산농가로 인정해 준다는 거다.

농약 살포로 인해 가축이 죽는 농가는 없다. 그러나 꿀벌은 농약에는 치명적이다. 아직 아카시아꽃이 피기 전에 농약을 뿌려 놓은 과수원에 날아갔다가 피해를 보는 꿀벌이 많다. 그런가 하면 꿀벌에 기생하여 사는 기생충도 있다. 낭충봉아부패병, 부저병 같은 전염병과 진드기 방제를 위해서는 특히 신경 써야 한다. 몇 년 전서부터는 이름 모를 돌림병으로 토종벌이 몰살당했었다. 양봉도 마찬가지로 큰 피해를 봤으니 한시도 긴장을 풀어서는 아니 될 일이다.

꿀벌은 여왕벌을 중심으로 한 집단체제며 우리 인간들과 같은 모둠 생활한다. 맡은 직책이 분담되어 있다. 우선 여왕벌을 중심으로 병정 벌이 있다. 수벌과 일벌로 각자가 맡은 일에 최선을 다하며 부지런하다. 모든 꿀벌은 여왕벌을 통해서 번식된다. 그들 집단에서는 여왕벌이 어머니 역할을 하며 번식을 담당한다고 보면 된다. 흔히들 '수벌은 놀고만 먹는 베짱이와 매미와 같다.'라고 말한다. 어떤 양봉업자들은 수벌들을 마구 제거하기도 한다. 그러나 수벌이 부족하면 여왕벌이 건강한 알을 낳지 못한다. 병정 벌은 적의 침략을 막아내는 군인 역할을 하고 일벌은 새끼를 양육하며 꿀 모으기를 담당하는 것이다.

물이 오염되어 깨끗지 못하면 물고기가 살지 못하는 것처럼 환경이 오염되어 공기가 깨끗지 못하면 꿀벌도 살지 못하는 것은 자명한 일이다. 악어새와 악어가 밀접한 관계에 있는 것처럼 꿀벌과 아카시아는 서로 밀접한 관계에 있다. 이들의 어느 한쪽이 인간이 일으킨 재해로 본분을 다하지 못한다면 큰일이지 않을 수 없다. 동물이나 식물을 망라해 이 모든 생명체는 살다가 연한이 다 하면 모두가 죽어 없어질 수밖에 없다. 꿀벌과 아카시아를 계속해 존속시키지 못하면 이로 인해 살아 있는 생물체도 타격을 받게 되므로 지구가 망한다는 말이다.

어떤 사람들은 '꿀을 생산해 내는 꽃이 많지 않냐? 생태계 보전은 아카시아와 꿀벌로 단언해 버린다.'라고 불만을 표하며 태클을 걸어올 사람도 있으리라 본다. 그런데 다른 꽃들에서 얻은 꿀로서는 꿀벌들이 먹고 새끼를 기르기에는 턱없이 모자란다. 그래서 아카시아 개화기가 지나면 설탕물을 제공해 주어야 꿀벌이 살 수 있다는 말이다.

얼마 전엔가 토종 꿀벌들이 이름 모를 전염병으로 몰살을 당한 적이 있었다. 그런데 무슨 병인지 죽은 원인을 밝혀내지 못했다. 이로 인해 우리나라 토종벌을 기르는 자와 양봉인들이 어려움을 겪었었다. 이들의 얘기를 들어보면 세월이 갈수록 어려워진다고 한다. 이름 모를 질병이 많고 꿀 생산도 해가 갈수록 줄어들고 있다고 한다. 꿀벌들의 천적이 침투하지 못하게 보호해 주며 관리해 준다. 그리고 질병 예방 규칙을 철저히 지키고 있다는 거다. 그러나 이미 환경은 더럽혀져 버렸기에 꽃들이 꿀 만드는데 활발하지 못해 꿀 생산에 영향이 크다는 거다.

우리나라는 꿀을 생산하는 주 밀원이 아카시아이다. 그런데 개화가 일정치를 않다. 어떤 해는 빠를 때가 있는가 하면, 며칠씩 늦을 때가 있다. 이런 영향으로 눈으로 보기에는 꽃이 활짝 피고 싱싱해 보인다. 그러나 꿀샘은 말라 있으니 꿀 수확은 형편없다는 거다.

이런 현상들은 아마도 사람들의 생활에서 발생하는 일산화탄소와 질소 아황산가스로 인해 발생하는 스모그 현상이라고 보아야 할 것이다. 대기 오염에서 오는 환경오염으로 미치는 지구온난화 현상 때문이다. 또한, 산성비로 말미암아 아카시아꽃들이 꿀을 제대로 만들 수 없는 환경에서 오는 현상들이 아닌가 싶다.

우리가 사는 지구가 정상적으로 자전하면서, 태양 빛을 받아들이기에 지장 받지 않게 해야만 될 것이다. 사계절이 정상적이지 못하고 기온 변화가 일정치 못한다면, 환경에 민감한 식물들이 제대로 활동할 수 있겠는가 말이다.

고향

양봉이 어려워지고 있다

▽
▼
▽

　진주에서 태어나 70년 넘게 사는 40년 지기 친구에게 들은 얘기다. '어렸을 때, 여름이면 남강 물에서 개구쟁이들이 멱을 감고 겨울이면 썰매를 타고 놀았었다. 그런데 남강에 멱 감는 아이들 모습도 보이지 않는지 오래다. 꽁꽁 결빙된 얼음판에서 썰매 타는 모습은 아예 볼 수 없다.' 그런가 하면 '요즘 들어 겨울에 흰 눈 내리는 모습을 보지 못하고 넘기는 해가 너무 많다.'라고 진주 토박이 친구에게 들었을 뿐만 아니라 나도 직접 체험했었다.

　겨울에 눈이 내리지 않는 이런 현상은 결코 듣고 말일이 아니다. 사계절이 뚜렷하지 않은 현상은 우리 모두의 책임이 크다. 만약 환경오염으로 인해 꿀벌이 자연에서 꿀 얻지 못해 죽는다고 치자. 어떤 일이 벌어질 것인지는 생각만 해도 끔찍하다.

　환경오염과 변화로 꽃들이 꿀 만들기가 원활하지 못하므로 꿀벌이 어려움에 빠져 있다. 따라서 양봉업자들도 생활이 어려워진다, 어쩔 수 없이 설탕을 먹인 사양 꿀을 만들게 된다. 소비자들은 아예 진짜 꿀은 없다고 단정 지어 버리는 것이다.

진주 중앙시장에서 침구류 가게를 운영하는 고향 친구가 이와 같았다. 아내에게는 하지 못했던 얘기와 가슴속에 있는 속내를 털어 낼 만큼 친한 40년 지기 친구다. 내가 양봉하는 줄 알고 꿀을 한 말 주문했던 적이 있었다. 아카시아가 한창일 때 틈을 내 꿀을 채취해 친구에게 가져갔었다. 그런데 '진짜 꿀이 맞느냐?'고 의심스럽다며 몇 번이나 되물었다. 맹세코 진짜 꿀이라고 말했지만, '꿀은 부자지간에도 못 믿는다며 탕 꿀이 아니냐.'고 농담처럼 말하는 것이다. 그렇지만 친한 친구가 이런 말을 하니 기분이 좋지 않았다. 이 모두가 환경오염으로 꿀 생산이 줄어들자 일부 몰지각한 양봉인들이 설탕을 먹인 꿀을 생산했던 것 때문이다. 그러기에 이를 의심하는 소비자인 친구를 탓할 수도 없는 일이다. 그렇지만 그때 '꿀은 부자지간에도 믿지 못한다.'며 나의 진실을 믿어 주지 못한 친구가 했던 말은 지금까지 잊히지 않는지 모르겠다.

여기서 탕 꿀이란 단어를 굳이 설명한다면 꿀벌에게 설탕을 먹여 생산하는 꿀을 말한다. 내가 짧은 기간 양봉을 했던 때에 들어서 아는 단어이다. 일반인들은 양봉장에 와 보고는 설탕 포대가 쌓여 있는 모습을 보고는 의아해한다. 설탕물을 먹여 가짜 꿀을 만들고 있구나 하고 오해하는 이들이 많다. 이는 꿀벌의 먹이가 설탕인 걸 모르기 때문이다. 옛날에 설탕을 구하기 힘들었을 때는 조청과 물엿을 만들어 먹였다. 설탕이 나오고부터는 양봉인들이 한결 수월해졌다. 이제는 설탕이야말로 꿀벌에게는 없어서는 아니 될 절체절명의 양식이 되는 것이다.

아카시아꽃이 피는 늦은 봄을 제하고는 꿀벌은 주인에게 설탕물을 얻어먹고 산다. 겨울만 빼고 항상 꽃이 피어 있으니 꿀벌은 이런 꽃들에서 꿀을 따오고 새끼를 치고 살 수 있으리라고 생각하면 큰 오산이다. 꿀벌은 우리나라 주 꿀밭인 아카시아꽃이 필 때 말고는 충분한 양을 얻지 못한다. 다른 꽃들이 아무리 만발할지라도 꿀벌들이 먹고 살기에는 턱없이 모자라니 하는 말이다.

꿀벌들은 일 년 내내 그들이 생산한 진짜 꿀만 먹고는 살지 못한다. 인간의 도움을 받아야 한다. 아카시아꽃이 피고 질 때 외에는 일 년 열두 달 꿀을 강제로 빼앗지 않는 것이 옳다. 꿀벌들이 필요로 하고 남는 꿀만 얻는 거가 꿀벌을 제대로 보호하는 일이다.

꿀 얘기는 잠시 접어 두고 아카시아 얘기를 해보자. 하얀 꽃이 흐드러지게 핀 모습을 보면 얼마나 아름답던가. 그리고 향긋한 꽃 냄새는 어떻던가. 내 어렸을 때는 '아카시아 흰 꽃이 바람에 날리니 고향에도 지금쯤 소 몰고 가겠네.' '동구 밖 과수원 길 아카시아꽃이 활짝 폈네.' 이런 동요를 부르며 등하굣길인 신작로 길을 오갔다. 아카시아 잎자루를 따면서 가위바위보 게임을 했다. 한 잎씩 따다 보면 어느새 집에 다 오곤 했었다.

아카시아 잎은 토끼나 염소들이 제일 좋아하는 나뭇잎이다. 이렇듯 동물이 좋아하는 풀이나 나뭇잎은 사람도 먹을 수 있다고 보면 된다. 아카시아꽃이 피기 전 버선발 모양으로 맺어 있을 때 밀가루를 묻혀 식용 기름에 튀겨먹어 보라. 과자가 귀하던 시절만이 아니다. 요즘에도 그 맛이야말로 일품이지 아닐 수 없다. 이를 보더라도 우리는 산과 들에 자라는 야생 아카시아 한 그루라도 허투니 봐서는 아니 될 것이다.

2023년에 경남예술문화진흥원에서 발간비를 지원받았다. '꿀벌을 보호하지 못하면 지구는 망한다'라는 제목으로 청소년 장편소설을 썼다. '우리는 모두 환경 지킴이로 살아가야 한다.'는 주제다. 꿀벌이 우리에게 주는 고마움을 표현했고, 아카시아가 꿀벌과 우리 인간에게 미치는 영향이 얼마나 큰가를 얘기했다.

이처럼 우리는 꿀벌에게서 얻은 교훈을 소홀히 해서는 아니 되리라. 아카시아와 꿀벌을 힘과 정성을 다해 보호해야겠다. 이를 소홀히 한다면 우리의 미래도 없다고 본다.

고향

아카시아가 일등공신이었다

▽
▼
▽

요즘, 우리나라는 어디를 가도 벌거숭이 민둥산이라곤 없다. 전국에 산들이 푸른 수풀로 덮여 있다. 조림사업을 열심히 펼친 데다 난방과 취사에 나무를 대신해 준 화석연료 덕택이다. 기름이나 가스 같은 화석연료가 국토를 푸르게 하는 데에 크게 이바지했다. 그렇지만, 대기 오염을 불러왔던 주범이란 건 부인할 수 없으리라.

불현듯 가을걷이가 끝난 옛날 집 풍경이 떠올려진다. 곶감을 깎아 싸리나무 막대기에 꽂아, 처마 밑에 내걸어 놓았다. 한 달 정도 건조하면 맛있는 곶감으로 변했다.

우리 속담에 '곶감 빼 먹기다'는 말이 있질 않던가. 맛있다고 빼 먹기만 하면 금방 바닥이 나고 만다는 뜻이다. 감을 깎아 보충하지 않고 빼 먹기만 하면 아무리 많은 양이라도 금방 없어져 버리고 만다. 빼 먹은 만큼 감을 깎아 꿰놔야 한다는 말이다. 이처럼 산에 나무를 땔감으로 사용하면서다. 베어낸 만큼 심고 가꾸어야 했다. 심지는 않고 베어내기만 했으므로 벌거숭이산이 되고 말았던 거다. 비가 많이 내리면 산사태가 자주 일어나, 인명피해가 발생하기도 했다. 그러나 나라 살림은 궁색해 나무를 심을 여력도 없었다.

그런데 아카시아야말로 적은 비용으로 묘목을 기를 수 있고 사방사업용으로 그리고 땔감용으로도 적합한 수종이었다. 그리고 벌거숭이 산에 산사태 방지용으로는 아카시아만 한 나무가 어디 있으랴. 황무지나 메마른 땅이라도 잘 자란다. 이런 사실을 나무 전문가들이 밝혀냈던 건, 박수받을 만하다. 마침내 우리나라가 새마을 운동이 시작되면서 모든 산에 아카시아 묘목을 심기 시작했다. 심은 지 2, 3년만 지나면 어른 키만큼 자라니 성장속도가 빠르다. 이들은 뿌리가 땅속 깊이 내리지 않는다. 땅 표면으로 뻗은 뿌리에서 번식하며 흙을 껴안아 아우르니 큰비가 내려도 주변 흙이 이탈하지 않는다. 땔감으로도 크게 한몫했으니 금방 베어낸 생나무도 연기도 적고 잘 탔다. 또한, 베어내도 다른 싹이 돋아 무럭무럭 자랐다. 산림녹화, 취사와 난방에 그리고 홍수 예방에 많은 공헌을 했다.

옛날이나 지금도 정부에서는 산림 보호는 소나무 중심으로 했다. 밥을 해 먹거나 방에 군불용으로도 베지 못하게 했다. 일년초와 아카시아를 비롯한 잡나무까지만 허용했었다. 어쩌다 나뭇짐에 조그마한 소나무 가지 하나만 눈에 보였다 하면 벌금을 물렸다.

요즘은 건축자재에 소나무를 별로 쓰지 않는다. 목재 용도로 별로 쓰임새가 없으니 산을 소유한 사람들도 옛날처럼 수입을 올리지 못한다. 우리나라 전 지역에 소나무 숲은 가뭄과 홍수조절에 그리고 맑은 공기 조성에 도움이 되긴 했다. 그렇지만 너무 과잉보호했던 것 같다.

차라리 목재로도 두루 쓰이며 우리나라 산림녹화에 일등공신이었던 아카시아를 보호했어야 옳지 않았나 싶다. 소나무꽃가루처럼 공해 피해를 주지 않아 좋다. 보릿고개 넘던 시절에 생 꽃을 따 먹기도 했고 기름에 튀겨먹기도 했었다. 이처럼 인간이 살아날 수 있도록 크게 이바지를 한 나무에 모두가 무관심했다.

대한민국이 경제성장을 이루자 모두 꽃이 있는 곳을 찾아다니며 즐긴다. 매화 벚꽃 축제를 시작으로 진달래, 철쭉, 장미 등, 가을이면 코스모스축제와 국화 축제가 열린다. 그러나 아카시아꽃을 찾아다니는 사람들이 많지 않음은 의아스럽다. 향기로 말하면 벚꽃보다 몇 배 진하지 않던가. 다양한 이로움을 주는 꽃이다.

가장 큰 업적은 꿀벌을 살게 해주므로 식량과 과일 채소를 만들어주는 데 아카시아야말로 일등공신이었다. 그렇지만 사람들은 꿀벌과 아카시아의 고마움을 모르고 살지 않던가. 우리가 살아가는 데 햇빛, 물, 공기 없이는 살지 못하는 것처럼 말이다. 창조주 하느님께 무료로 받고 살면서 그 은혜를 깨닫지 못하며 산다. 이처럼 아카시아와 꿀벌 고마움도 모르며 사니 얌체지 않을 수 없다.

전국에서 유일하게 경북 칠곡에서만 아카시아꽃 축제가 열린다고 한다. 칠곡 지자체를 제외한 다른 지방에서도 아카시아와 벌꿀 축제 행사를 많이 열고 홍보해야 할 것이다. '아카시아와 꿀벌을 보호하지 않으면 지구는 망한다.'라는 걸 정부가 나서서 국민에게 경각심을 갖게 해주었으면 하는 바람이다.

제2부 ┊

갑과 을

소머리에 올라탄 자(者)

▽
▼
▽

1

60년도 전에 초등학교 졸업하기 전부터이다. 겨울 농한기가 되면 마을 사랑방에 서당을 열고 한문을 가르치던 분이 계셨다.

그 덕분에 나도 겨울방학이면 한문 공부를 한 적이 있었다. 처음 갔을 때는 갑자(甲子) 을축(乙丑) 병인(丙寅) 정묘(丁卯)의 육십갑자를 줄인 말로 육갑(六甲)을 쓰며 읽었었다.

갑(甲) 을(乙) 병(丙) 정(丁) 무(戊) 기(己) 경(庚) 신(辛) 임(壬) 계(癸)의 십간(十干)과 자(子) 축(丑) 인(寅) 묘(卯) 진(辰) 사(巳) 오(午) 미(未) 신(申) 유(酉) 술(戌) 해(亥), 십이지(十二支)의 12 동물에 관한 띠 공부를 했었다.

육갑과 천자문을 비롯한 한문 공부를 했던 터라, 후배 동생들을 불러 모아 한문을 가르쳤다. 그리고 나에게 필요한 공부를 했었다. 12간지 중에 쥐가 맨 앞에 등장하게 된 재미있는 얘기도 서당 공부를 하면서 들었다. 그때 훈장 선생님에게서 들었던 기억을 더듬어 적어 보면 이렇다.

고향

하나님께서 육십갑자를 만들기 위해 순번을 지정하기로 했다는 것이다. 12 동물들이 서로 앞번호로 넣어달라고 졸라댔었다. 그 바람에 지금으로 말하면 마라톤 경주를 열었다는 거다. 하루 동안 달려야 할 거리를 지정해 주고 결승점을 들어오는 순서대로 순번을 정해 주기로 했다. 이에 12마리의 동물들이 서로 앞에 들어오려고 경쟁을 벌였다. 그런데 소는 쉬지 않고 끈기 있게 달리는 사실을 알았던 약삭빠른 쥐가 황소 뿔 위에 앉아 있었다. 덩치가 큰 동물이라 몸집이 작은 쥐가 머리 위에 뿔 사이에 앉은 놈을 느낄 수도 없었다. 다른 동물이 앞서 달리는 모습이 보이지 않자, 제 딴에는 1등이라는 뿌듯함으로 결승점을 향해 달려오고 있었다. 마침내 결승선 바로 앞에 이르렀을 때였다. 머리에 뿔을 잡고 앉아 있다가 난데없이 뛰어내리는 동물은 약삭빠른 쥐였다는 것이다. 이로 인해 갑이라는 맨 앞자리를 억울하게 소가 빼앗겼다는 우스운 얘기다.

위의 얘기를 통해 순위가 정해졌던 갑인 쥐와 을인 소의 존재가치를 따질 나위가 있겠는가. 인간세계에서 가치를 따진다면야 쥐는 아무런 득이 없고 인간에게 해만 가져다주는 동물일 뿐이다. 그렇지만 소와 사람은 태초부터 서로 상생했으니 떨어져서는 잠시도 살지 않았다. 서로 밀접한 관계를 형성하고 지금까지 함께 해왔다.

말하자면 쥐는 소의 머리에 나 있는 뿔 위에 앉아 비교적 편안하게 갑의 자리를 차지했었다. 소는 땀을 뻘뻘 흘렸어도 을을 차지하고 말았다. 이처럼 갑의 자리를 차지한 쥐는 을을 차지한 소에게 감사해야 하지 않겠는가. 소의 우람함과 부지런하고 끈기 있는 뚝심도 인정해

주고, 배려하는 마음가짐을 가져야 하지 않겠는가 말이다. 갑을 관계 얘기를 하기 위해, 쥐와 소에 얽힌 얘기를 마치 이솝 얘기처럼 언급하느라 서두가 길었다.

내가 천자문을 배우고 육갑을 공부할 때만 해도 갑을 관계라는 용어 자체가 없었다. 그런데 얼마 전부터 갑과 을이란 신조어가 만들어졌다. 이 같은 용어를 처음 대하게 된 것은 거의 30년 전인 성싶다. 월세방으로만 옮겨 다니며 살던 때라, 전세 계약서를 쓸 일이 없었다. 그 후 돈이 조금 모이자 보증금을 조금 걸고 부동산 중개소에서 전세 계약서를 작성할 때였다.

계약서에는 건물 주인이 임대인(賃貸人)이 되며 세를 사는 나는 임차인(賃借人)인 거였다. '임대인을 갑이라 하고 임차인을 을이라 한다.'라고 표기된 계약서는 매번 받아 들었던 거다. 이사할 때마다 계약서에 글귀 내용은 갑인 임대인을 대할 때마다 기가 죽을 수밖에 없었다.

이후로도 계속되는 셋방살이로 부동산 임대차계약서를 작성하면서 갑과 을이 되는 계약 관계는 면하지 못하고 살았다. 그러던 어느 해 조그마한 아파트가 내 소유가 되면서 셋방살이로 인한 갑을 관계는 면하게 되었으니 뿌듯하기 그지없었다.

그러나 갑과 을이 되는 계약서를 쓰지 않고 살 수 있겠다는 맘은 오래가지 못했다. 말하자면 갑을 관계를 맺어야 하는 일이 발생했던 거였다. 그러니깐 유통업을 했던 때였다. 모 제지회사와 대리점 계약을 하면서 그 회사에 아파트를 담보물로 제공하고 대리점 계약을 했었다. 이처럼 임대차 계약을 맺는다거나 물류회사와 총판이나 대리점

고향

계약을 맺을 때는 어김없었다. 돈을 빌리기 위해 금융기관에 담보물을 맡겨야 할 때도 갑을 관계는 변함없었다. 회사나 은행은 갑이 되고 언제든지 소비자는 자동으로 을이 되는 거였다.

언제든지 보면 갑에 우선권이 있다. 을 처지에서는 손해 보는 맘은 떨칠 수 없다. 이처럼 화장지회사 대리점 자리를 얻기 위해 갑에게 을이 되어야 하는 멍에를 쓸 수밖에 없었다. 처음에는 담보가액까지 제품을 내려보내 주고, 어음결제도 인정해 주었다. 그러나 웬걸, 몇 년 지나고는 어음은 입금 처리도 해주지 않았다. 담보물의 50%를 초과하면 제품을 주지 못하겠다고 으름장을 놓기도 했다.

지금도 변함없는 갑의 갑질 횡포는 그때도 노골적으로 행해졌다. 그렇지만 약자인 을로서는 어쩔 수 없었다. 말하자면 뚝심으로 묵묵히 달리기만 하던 소였다. 소머리에 탄 자는 갑을 차지했지 않은가. 을을 차지한 소에겐 미안하거나 고마움을 표해 주는 아량은 그들에게서 찾아볼 수 없다.

갑과 을

▽
▼
▽

우리나라 국민을 3부류로 구분했던 적이 있었다. 상류층, 중산층, 서민층으로 나누어 불렀다. 그런데 얼마 전부터는 중산층이라는 단어는 별로 쓰지 않는 것 같다. 부유층과 빈곤층으로 나뉘고 만 것이다. 그러더니 어느새 갑과 을로 굳어져 버리고 말았다.

대다수 중산층이 을로 떨어져 버렸다. 말하자면 유의어(類義語)인 상하(上下) 관계로 굳어져 버린 것이다. 요즘 들어서는 갑과 을의 빈부 격차가 좁혀지기는커녕 격차가 점점 더 벌어지는 모양새다.

국회에서는 1년에 수백 건씩 국민을 위한 법안이 발의되어 만들어지기도 하고 폐지되기도 한다. 주로 갑에게만 해당하는 법안이 많다. 을에게 해당하는 가난한 서민과 빈곤층 노인을 위한 복지법을 만들기에는 인색한 것처럼 보인다. 좋은 예로 언젠가부터 등장한 대체휴일제도라는 것도 그렇다.

위에서 잠시 설명했듯이 갑이 된 쥐는 땀 흘리고 수고하는 소에 머리 위에 앉아 있었다. 뿔을 잡고 앉아 있다가 손쉽게 갑의 자리를 차지했었다. 수고하고 땀 흘리며 묵묵히 달리기만 했던 소가 아니라면 갑의 자리를 차지했을 리는 만무했다. 뚝심 있게 달렸던 을인 소의 덕을 톡톡히 본 것이다.

다시 말하면 우리나라는 서민층의 낮은 임금으로 인해 부유층은 부를 축적했을 것이다. 을이 된 빈곤층이 힘들여 일하고 있을 때 갑인 부유층은 대한민국 정부에서 만들어 준 대체휴일인 여가를 즐긴다. 이야말로 갑이 즐기는 모습을 봐야 하는 을에 속한 사람들의 심정은 헤아려 주지 않은 발상이다. 요양보호사나 간병인, 비정규직 근로자, 그리고 감시 단속적 근로자, 등 수없이 많다. 을에게도 이에 걸맞은 제도를 만들어 줘야 형평성에도 맞지 않겠는가.

복지국가 건설을 외치는 정부로선 부유층보다는 빈곤층을 위한 정책을 더 많이 펼쳐야 옳다. 요즘 좋은 예로 서민층으로 살았던 이들은 나이가 들어서도 폐지를 줍고 살아가는 사람이 많다. 그런데 겨우 목구멍에 풀칠하는 빈곤층인 이들이 죽을 판이다. 고철이나 폐지, 고물값이 수년째 곤두박질치더니 이제는 아예 폭락해 버렸다. 폐지 줍기에 나서는 노인들이 온종일 5천 원 벌기도 힘들다는 말을 들었다. 아예 폐지 줍기를 포기해 버린 노인이 있는가 하면 생활고를 비관해 생을 포기해 버리는 노인들이 늘어나고 있다는 것이다. 하루 5천 원 벌기는 손수레를 이용하는 70대 남자 노인들이라야 벌 수 있다 한다. 할머니들은 유모차에 폐지를 주워 5천 원을 벌려면 몇 번을 고물상을 들랑날랑해야 하겠는가. 폐지 1kg에 70원, 아니 백 원이라 쳐도 그렇다. 유모차에 10kg을 싣는다고 해도 천 원밖에 되지 않으니 이

돈으로 뭘 하겠냐 말이다.

'우리나라는 마침내 선진국들과 어깨를 나란히 했다. 세계경제협력기구인 OECD에도 일찍이 가입한 나라이다. G7 정상 회의에 초대받은 선진국이다.'라며 정부에서는 생색을 냈었던 적도 있었다. 이는 등잔 밑은 파악하지 않고 불빛을 쬐는 사람들만 쳐다본 처사가 아닐 수 없다.

우리보다는 선진국들을 보라. 국민의 인권과 복지 생활과 경제문화예술, 청렴도 등 모든 분야에서 앞서간다. OECD 국가만 보더라도 그렇다. 우리나라는 불명예스러운 1위 자리를 차지하고 있는 분야가 이처럼 많다. 국가 청렴도는 말할 것도 없고, 국민 빈곤율과 노인 빈곤율에서 압도적 1위를 차지한다. 노인 자살률이 1위를 차지하고 있음을 인터넷에서 쉽게 찾아볼 수 있다. 이처럼 우리나라의 빈부 격차는 시간이 지날수록 벌어져만 간다. 이 글을 쓰는 시간에도 빈곤 국민이 생을 포기해 버리는 자살을 감행하고 있을 테니 말이다.

갑인 윗물이 맑아야 아랫물도 맑다는 말이 있다. 요즘 총선이나 선거 때를 보면 수억 수십억을 가진 후보자가 많다. 몇억 이상을 쓰면 당선이고 그 이하를 쓰면 낙선이라는 말이 공공연하게 떠돌고 있다. 그래선지 시의원이나 군의원 후보만 보더라도 가난뱅이 출마자는 당선 확률이 낮다는 거다. 하나처럼 재산가들이니 이들이 일터에서 부정을 저지르지 않고 그만큼 모았을까 의구심이 든다. 양심을 져 버리지 않고는 부를 축적했겠는가 말이다. 이에 비해 을에 속한 사람들은 목구멍에 풀칠하며 근근이 생명줄을 이어갔다. 학교 교육을 제대로 받기나 했겠는가. 양처럼 순박한 이들이 양심을 저버리는 일은 할 수 없어 가난을 대물림하며 살 수밖에 없었을 테다.

소머리에 올라타 덕을 봤던 탓으로 갑의 위치에 있었던 자들을 비교해 본다. 을의 위치에서 허덕이는 사람은 훨씬 힘든 일을 오랫동안 하면서다. 임금은 갑에 비한다면 절반 수준이다. 가난 때문에 못 배운 탓으로 힘든 일만 하면서 살 수밖에 없다. 요즘 많이 활성화된 요양보호사 제도야말로 화급을 다퉈 개선해야겠다. 좋은 벼슬자리 직책이나 된 것처럼 요양보호사를 양성하는 교육학원과 요양보호센터가 우후죽순처럼 생겨난다. 이만 꼬집는 거가 아니다. 이와 비슷한 유사 단체가 많다는 말이다. 재주는 곰이 부리지만 돈은 주인이 챙긴다는 말이 있질 않던가. 아파트 경비원도 지정해 준 기관에 나가 며칠씩 교육을 받고 신임 이수증을 획득해야 한다는 것이다. 불쌍한 노인들을 대신한 각종 교육원이나 이를 부려 먹는 센터만 살판이다. 나라에선 이들이 어떻게 하고 있는지를 점검하며 감시를 게을리하지 말아야 할 것이다.

평생을 막노동 일만 하다 마침내 감시 단속적 근로자로 전락해 버린다. 비정규직이라 퇴직연금도 받을 수 없다. 늙은 후에도 아파트 경비원이나 청소부로 건물 관리인이나 주차 관리인으로 전락하기도 한다. 이들은 생활고에 시달리다 자신의 목숨을 자신이 끊는 일이 비일비재하다. 이를 개선하기 위해선 저학력자에 적용하는 최저임금제를 고학력자와 평준화하는 정책으로 나아가야 한다. 하루바삐 임금 격차와 빈부 격차를 줄이는 것이 급선무라고 본다.

지금까지는 가방끈이 긴 사람은 갑이 되고, 가방끈이 짧은 사람은 을이 되는 수밖에 없었다. 부유층은 갑의 권위를 누리고 빈곤층은 을이 되어 3D 업종에서 허덕일 수밖에 없었으니 말이다.

얼마 전까지만 해도 우리나라는 농민들을 위해 이중 곡가제를 시행했었다. 농민들을 보호하기 위해 정부에서 쌀을 비싼 가격으로 사서 국민에게 싸게 판다는 개념으로 보면 된다. 또한, 농민들이 농사지은 마늘이나 고추 같은 농산물값이 턱없이 오른다거나 폭락할 때도 있다. 정부에서는 이를 방출하거나 사들여 조절해 왔었다. 만약에 가뭄이나 일기 불순으로 마늘 값이 폭등한다면 외국에서 수입해 오기도 한다. 반대로 너무 많은 양이 생산되어 값이 폭락하면 이를 사들여 저장했다가 어느 정도 안정되고 값이 오를 기미가 보일 때 방출해 값을 조절하는 것이 정부에서 하는 일이다. 가뭄이나 홍수 태풍으로 국민이 재해를 당하면 정부에서 보상해 주기도 하는 것처럼 말이다. 빈곤층 노인이 수집하는 고철 폐지나 재활용품이 되는 것들을 비싼 값으로 사들여야 할 일이다. 이는 빈곤층에게는 하루 수고를 보상해 주는 일이 될 것이다. 국가적으로 볼 때는 깨끗한 자연환경이 만들어질 것이니 금상첨화다. 이야말로 누이 좋고 매부가 좋은 일이지 않겠는가.

대체휴일을 즐기는 사람들

▽
▼
▽

　지금 우리나라에 빈곤 인구가 5백만 명 가까이 이른다고 한다. 폐지나 고물을 주워 팔아 삶을 이어 가는 노인들이나 극빈자만 해도 2백만 명에 가까이 이른다는 것이다.

　몇 년 전까지만 해도 폐지값이나 고철값과 헌 옷이나 알루미늄 캔, 이런 것들이 kg당 2, 3백 원씩 했었다. 손수레에 가득 수집할 때는 1만 5천 원에서 2만 원씩 벌 수 있었다는 거다. 오후 밤늦게까지 수집하면 3~4만 원씩 벌기도 했다고 한다. 그런데 폐지값은 kg당 4, 50원까지 떨어졌다가 요즘은 100원에서 왔다 갔다 하는 성싶다. 고철값은 폐지값보다 더 떨어졌고 알루미늄 캔이 아닌 참치나 일반 통조림 캔은 아예 사지를 않는다고 한다. 고철이나 폐지값 폭락으로 아예 폐지 줍기를 포기해 버린 노인들이 늘고 있다는 것이다. 생활고를 비관하고 자살하는 빈곤층들이 늘어나니 폐지값 폭락이야말로 재앙이라 해야 않겠는가.

　나로선 폐지값 폭락은 어지간한 천재지변으로 인한 재해보다도 훨씬 더 큰 재난이라고 본다. 요즘 코로나19가 극성이므로 국고를 풀어 전 국민에게 생계비를 지원한 것처럼 말이다. 나라에서는 이들 빈곤층 국민을 더는 내버려 둬서는 안 된다고 본다. 폐지를 수집하는 고물상이나 제지업체를 지원해 적당한 가격으로 회복시켜야 한다. 국가에서 폐지나 고철을 사들이는 방법을 취한다든지 해야 한다. 아니면 이런 어려움에 빠진 사람을 보상 차원에서 지원해 준다든지 빨리 대책을 세워야 할 것이다.

2022년 두드러진 무역적자와 금리 인상이 있었다. 그여파로 고철이나 폐지값 폭락으로 노인 빈곤층이 더 어려움을 겪고 있다. 그러나 상류층인 갑들은 눈도 깜박하지 않는다. 먹고 마시고 즐길 방법 만들기에 여념이 없다. 추석이나 설만 보더라도 귀성길 고속도로와 아파트 주차장에는 고급 외제 차로 넘친다. 고급 선물세트를 들고 다니는 갑에 속하는 상류층은 을에 속하는 빈곤층은 안중에도 없다.

이번 설에도 내가 사는 아파트 경비실에는 택배로 부쳐온 선물세트가 넘쳐났다. 평소보다 몇 배나 많은 쓰레기가 배출되는 것을 본다. 정말 이름도 모를 각종 음료수 페트병과 용기가 넘쳐 어수선하다. 을로선 그야말로 평생 맛도 보지 못했던 걸 담았던 것들이다. 일반 주택가를 보더라도 그렇다. 거의 甲(갑)들이 먹고 마셨던 포장용 상자 종이들이다. 갑들이 먹고 마시며 즐겼던 것들을 온종일 모아 고물상에 가지고 가 봤자 고작 몇천 원 손에 쥔다. 을(乙)인 빈곤층들이 볼 때는 자격지심이 우러나오지 않을 수 없다.

요즘 기름값이 들쑥날쑥하고 중동사태와 우크라이나와 러시아의

전쟁 등 국제정세가 불안정하다. 세계 경제가 좋지 않은 데다 지구촌 인구가 동시에 앓고 있는 코로나19로 무역실적이 저조하다는 뉴스를 들었다.

그런데 갑에 속한 사람들은 올 추석과 지난 설 명절에도 대체휴일 법을 만들어 즐기는 모습을 봤었다. 연휴 기간에 토요일과 일요일이 포함되면 월요일이 대체휴일이다. 이들이 먹고 마시고 즐기던 뒤치다 꺼리 일을 하는 아파트 경비원을 보라. 이런 모습을 보면서 기분 좋겠는가 말이다. 을에 속한 힘 약한 아파트 경비원들이나 건물과 시설물을 경비하는 경비원들을 포함한 감시 단속적 근로자들은 차례를 지낸다거나 설 명절을 가족과 보내지 못했다.

우리나라 노동법에는 하루 8시간 근무를 원칙으로 한다. 요즘은 토요일 일요일은 쉬는 날로 정해져 있다. 주 40시간을 기본으로 정해진 줄로 안다. 그러나 감시 단속적 근로자들은 하루 24시간 격일제 근무를 하고 있다. 우리나라가 정한 최저임금을 받으면서 말이다.

요즘 새로 짓는 아파트들은 경비실 공간이 많이 넓어졌다. 하지만, 지은 지 오래된 아파트의 경우 1평 정도의 공간에서 24시간 살아야 한다.

그런데 허울 좋은 근로기준법을 적용한다는 거다. 점심과 저녁 먹는 시간 그리고 잠자는 시간이라는 명목이란다. 하루에 5, 6시간을 임금에서 제하고 국가가 정한 최저임금만 적용한다. 24시간 아파트 안에 있어야 하는데 말이다. 점심, 저녁 먹는 시간을 그리고 잠자는 시간에 임금을 주지 않는 거야말로 갑의 횡포인 것이다.

임금을 주지 않는 시간이라면 식사 시간과 잠자는 시간을 근로자에겐 자유로운 시간이 되어야 할 것이다. 점심이나 저녁 식사 시간에 자유롭게 밖에 식당에서 사 먹을 수도 있도록 해야 옳다. 집에 가서 먹고 올 수도 있고 쉬게 해야 하지 않겠는가 말이다. 잠자는 시간도 집에 가서 잘 수 있게 해 줘야 마땅하다. 그런데 임금도 받지 못하는 시간에 경비실 안에서 있게 하고 주민들의 택배도 내줘야 한다. 잡다한 주민들의 민원도 처리하라고 하니 말이 되는가 말이다.

대체휴일을 왜 갑만 즐겨야 하는가 말이다. 을도 함께 즐겨야 공평하지 않겠는가.

OECD 회원국이며 복지선진국 대열에 나란히 선 나라라면 갑과 을 제도는 없어져야 한다. 빈부 격차를 줄이든지 아니면 인권이라도 동등한 사회가 되었으면 하는 바람이다.

갑과 을의 공평한 삶

▽
▼
▽

　얼마 전에 신문이나 방송 언론에서 많이 갑론을박했었다. 갑을 관계에 관한 얘기가 많은 화젯거리가 된 적이 있었다. 그렇지만 갑과 을의 형평성 개선점을 찾지 못하고 흐지부지되어 버리고 말았다.

　우리나라는 예로부터 외국인이 말하길 동방예의지국이라고 칭호했다. 그러나 속내를 살펴보면 그게 아니다. 빛 좋은 개살구 모양이니 말이다. 갑과 을이 모두, 화해와 평등 차원에서 인격을 존중해 주어야겠다. 서로 상부상조하며 살아가는 모습을 그들에게 보여주었으면 하는 바람이다.

　얼마 전 아파트 신축공사 현장에서 두 달여를 경비원으로 일한 적이 있었다. 갑을 관계의 틀 속에서 항상, 맘 한편에 부담감을 안고 근무했었다. 건설회사 직원이랍시고 어깨 힘주고 도도한 모습이었다. 공사 현장을 돌아다니는 시공회사 직원을 사대부가 대감 모시듯 대해야 했었다. 자기 아버지 같은 연배의 현장에 근로자들에게 먼저 인사하고 예의를 표해 주어야 마땅하지 않을까.

내가 근무한 지 얼마 되지 않는 며칠 사이에 3명씩이나 경비원 일을 하지 못하고 그만두는 것도 봤었다. 일이 힘들어서가 아니었다. 시공회사 직원들의 눈에 거슬리면 곧바로 해고당했다.

근로자가 회사 사규(社規)를 위반하면 경고나 징계 경위서를 쓴다거나 그 후에 사직을 권하는 거로 알고 있다. 그러나 기관이나 시설, 건물, 건설 현장 경비직, 청소 허드렛일을 하는 사람은 다르다. 감시 단속적 근로자들은 이런 절차는 무용지물이니 그야말로 파리 목숨이나 매한가지다.

갑인 시공회사 직원들에게 비위라도 거슬리게 해 지적을 받는다고 치자. 아무 대꾸도 변명도 하지 않고 자리를 피하기는 쉽지 않다. 자식보다 어린 갑에게 별일도 아닌 일로 지적을 당하고 군소리를 듣는다는 것은 정말이지 자존심 상하는 일이다. 대부분 울화가 치밀어 오를 것이다. 이때마다 이런 일을 하지 않으면 밥 굶어 죽느냐는 맘일 것이다. 24시간 격일제 근무니 하루 12시간이 넘는 일을 한다. 국가가 정한 최저임금에 훨씬 못 미치는 임금을 받으면서다. 이런 일을 내가 꼭 해야 하나, 이런 맘은 누구라도 같을 것이다.

우리처럼 나이 든 사람들은 국가에서도 일할 수 있는 사람으로 인정치 않는다. 일터나 직장에서 60이 넘는 사람들은 정년(停年)제를 시행하는 것이다. 그런데 몇십 년 전과 비교해 보면 평균 수명이 놀랍도록 늘어났다. 충분히 일할 수 있는 사람들인데도 나락으로 내몰리고 만다. 그나마 좋은 일터에서 정년을 맞이한 사람들은 노후자금도 넉넉히 모아 놓았을 테다. 퇴직금도 있을 테고 국민연금도 충분하게 받

고향

으므로 노후를 즐겁게 보낼 수 있을 것이다.

그러나 비정규직 근로자는 해당 분야에 경력을 쌓은 능력 있는 고급 인력이지만, 그 경력은 무시당한다. 정년 나이가 되면 물러나야 하니 말이다. 그 후에는 대부분 건물시설물이나 공사 현장 같은 곳에 다시 일자리를 구한다. 허드렛일 청소부나 아파트 경비원 같은 일을 하면서 말이다. 인권을 유린당한 채 감시 단속적 근로자로 일할 수밖에 없다.

우리나라는 무역 규모가 세계 10위 국가다. 갑의 위치에 사람들은 경제 선진국이니, 복지선진국, 인권 선진국이라며 떠들어 댄다. 이런 모양을 을의 위치 사람들이 볼 땐 한숨만 나올 테다.

모든 국민이 잘사는 나라인 체, 복지선진국인 체하는 거야말로 언어도단이라 하겠다.

OECD가 얼마 전까지만 해도 복지나 경제 선진국들만의 모임이었다. 우리나라가 1996년 12월에 29번째로 가입하고 지금은 37개국이라 한다. 그런데 회원국 중에 불명예의 꼬리표가 제일 많이 붙어 있는 대한민국은 부끄러운 일이다.

이처럼 우리나라는 비정규직 근로자 문제가 심각한 나라에 속한다. 우리처럼 나이가 많은 사람이야 그렇다고 치자. 젊은 인력들은 용역 업체에 소속되어 기업체에 파견 형식으로 일하는 사람이 많다. 기업들은 용역 업체에서 파견받아 일만 시키면 된다. 다시 말해, 비정규직이나 기간제 근로자를 사용하면 모든 골치 아픈 문제의 책임을 면한다. 값싼 노동력으로 자기들은 돈만 벌면 된다는 식이다. 아무 때나 한번 신은 짚신은 벗어 내던져 버리면 된다는 식이다. 비정규직 을인 근로자들의 문제는 나라에서 시급히 해결해야 할 일이다.

감시 단속적 근로자 분야가 수없이 많다. 그런데 이들은 근로기준 법상의 근로 시간과 휴게 등, 휴일과 연차나 월차 규정을 제대로 적용 받지 못한다. 그들은 여름에 에어컨을 켜고 겨울에 따뜻한 히터를 작동한다. 사무실에서 편케 일하는 갑에 비하면 을의 임금은 절반도 미치지 못한다.

아파트 경비원이나 각종 시설, 대학, 빌딩 등 어두운 밑바닥서 일하는 근로자가 이루 헤아릴 수 없이 많다. 건물이나 주차를 관리하는 근로자와 청소원 등 이런 사람의 임금도 사무실 근로자와 같아야 한다. 이들도 월차나 휴가, 각종 수당을 적용받아야 옳다. 근로기준법을 이들에게도 바르게 적용해 갑과 을이 공평한 삶을 누릴 수 있어야 좋은 나라다.

고향

K의 야반도주

▽
▼
▽

얼추 40여 년 전 일이다. 어렵게 얻은 직장을 적성이 맞지 않는다
는 이유였다. 충청도 어느 벽지에 발령받은 지 며칠 만에 사직서를 냈
다. 아내와 함께 마산을 거쳐 진주에 왔을 때 얘기를 하며 돌이켜 보
면 참으로 눈물겹다. 연탄 한 장 쌀 한 됫박을 사려 해도 돈이 없었
다. 그야말로 땡전 한 푼 없이 만삭이던 아내가 출산했다. 산모와 아
기를 병원에 눕혀놓고 병원비가 없어서 발을 동동 굴렀었다. 마산 시
내를 헤매다 손수레에 화장지를 싣고 가는 사람을 붙잡고 장사를 좀
시켜달라고 매달렸었다. 그때가 엊그제 같은데 세월이 참 빠르다.

그때 화장지를 손수레에 싣고 다니면서 장사하며 알게 된 사람이
K라는 사람이었다. 그의 권유로, 어느 유통업체 설명회에 참석했었
다. 그곳이 바로 다단계회사였다. 나를 소개한 K는 화장지 종류와 아
기 기저귀, 생리대 등 위생제품업종 사업을 하는 사람이었다.

매사에 꼼꼼하고 정확하기가 이를 데가 없는 사람이었다. 트럭을
운전하며 영업을 하다가도 한적한 곳에 차를 세우고, 적재함에 실린

물건을 하나하나 체크를 했다. 그날에 판매 개수와 차에 실린 물품을 하나하나 대조했다. 그날 일보와 틀림없어야 영업활동을 할 만큼 매사에 빈틈이 없던 사람이었다. 그런데 어느 날 화장지 장사보다는 몇 배나 좋은 아이템을 찾았다면서, 사업 설명회를 들으러 가자는 거다. 이미 몇 달 전부터 화장지 판매업을 하지 않고, 새로운 그 사업에 뛰어들었다는 거다.

　나로선 화장지를 실은 리어카를 끌며 판매를 하면서 고전할 때였으니 귀가 솔깃했다. 말끔하게 정장을 차려입은 K에게 그만 뿅 하고 자석에 끌리듯 끌려들어 가고 말았다. 꼼꼼하고, 정확하고, 매사에 빈틈이 없는 사람이지 않던가. 나보다는 많이 배우고 총명하고 똑똑한 사람이라고 인정하던 사람이라, 의심할 여지가 없었다.

　K는 나에게 정장을 하고 설명회에 나오라 했다. 그러나 정장 양복이 없어서 그에게 얻어 입고 설명회장에 갔다. 입구와 곳곳에 청와대 권력 실세들하고 찍은 사진이 걸려 있었다. 유명한 경제학자들이 추천사를 하는 사진도 걸려 있었다. 청와대와 정치권에 친분이 있는 것처럼 하기 위해서였다. 당시에는 다단계 피라미드 판매 방식이, 우리나라에 처음 유행하고 있을 때였다. 설명회에 왔던 사람들은 누구 할 것 없었다. 성공의 지름길인 탄탄대로에 들어선 기분에 빠져들게 했다.

　'건강식품과 자기(瓷器) 한 세트만 구매하고 등록만 하면 곧바로 매월 얼마씩 입금된다. 그리고 다른 사람을 데려다 꼬리를 달면 된다는 거다. 상품을 판매하지 않아도 각종 수당이 통장으로 자동 입금된다.'

라고 했다. 다른 사업자들을 일일이 앞으로 불러내더니 교육생들에게 매일 몇십만 원씩 입금된 통장을 보여주게 하는 것이었다. 그러면서 '우리의 생활지침도 달라져야 하고 삶의 격이 바뀌어야 한다.'라고 늘 어놓았다. 이러니 퐁당하고 빠지지 않을 사람이 어디 있으랴.

그때가 40년도 훨씬 전이기 때문에 자가용 승용차를 소유하기는 힘들 때였다. 그때 그들 집단의 골드나 다이아몬드 직급자는 자가용 승용차를 타고 다니는 거였다. 일반인과는 다르니 품격을 세워야 한다고 했다. 우리가 이동할 때는 언제든지 택시를 이용하게 했다. 사람을 만날 때도 호텔에 커피숍을 이용해야 업체의 위신이 선다는 것이다.

그때 나로선 워낙 옹색한 때라, 많은 돈은 투자하지 못했다, 기본인 한 세트 값만 지급하고 몇 달 동안 허송세월했었다. 나와는 달리 K는 부인과 함께 사업에 전념했다. 직급을 받기 위해 빚을 얻어 제품을 과다하게 불러 내렸다. 판매는 하지 못하고 창고에 쌓아 놓아야 하니, 빚은 눈덩이처럼 불어나게 되자 결국은 부부가 야반도주했다. 40년이 지난 지금까지 소식을 모른다.

이후로는 수많은 다단계사업체가 활동하다가 사라지고, 다시 나타나는 과정을 관심을 두고 살펴봤다. 얼마나 많은 피라미드 다단계 사업 종목이 우후죽순처럼 생겨나고 사라졌는지 헤아릴 수 없다.

다단계 업체가 잠적할 때마다 수많은 피해자가 발생했다. 가정이 파괴되고, 처가와 시가에까지 불똥이 튀었다. 그리고 일가친척 친구 이웃이 패가망신하는 아픔을 겪는 것을 수없이 보아 왔다.

다단계 판매의 유감

　다단계 업체서 꾸려 놓은 구조 형태를 보면 이집트 피라미드식이다. 그 사업체의 우두머리와 아래로 몇 사람을 제하고는 백이면 백, 천이면 천, 모두가 구렁텅이로 빠져들 수밖에 없는 구조다.

　좋은 예로 남이 벌여 놓은 다단계 사업에 뛰어들어 돈을 벌어 부자가 되었다거나 성공한 사람은 본 적이 없다. 70 나이에 가깝도록 살펴보는 동안 내 주위에서는 한 사람도 보지 못했으니 하는 말이다. 바로 이런 이유로 내가 아는 사람이 다단계 사업에 동참하겠다 하면 입술에 게거품을 만들어 내며 말렸다. 일가친척이나 친구가 다단계 사업을 하려 하면 낮과 밤을 가리지 않았다. 그 사업을 해서는 십중팔구는 망하게 된다는 잠재의식은 40년 지나도록 변함없다.

　그런데 고향 친구 H가 다단계 사업을 한다는 거였다. 나와는 누구보다도 우정이 돈독했고 지금의 아내를 만나게 다리를 놓았던 친구였다. 약 40년 전에 부산에 단칸셋방에서 어렵게 살던 친구를 진주로 데리고 와, 화장지 장사를 하게 했다. 보따리 하나만 덜렁 들고 진주에 왔던 친구가 장사를 열심히 하더니, 집도 장만했다. 그런데 IMF 환란으로 인해 친구와 나 할 것 없이 화장지 유통업도 마찬가지로, 된서리를 맞고 말았다.

H가 뜬금없이 오가피가 주재료인 건강식품 다단계 사업을 하겠다고 하지 않은가. 기를 쓰고 말렸지만, 소용이 없었다. 이미 맘을 굳힌 상태였던 거다. 내 말을 듣지 않으면 나하고는 절교할 수밖에 없다고 막말을 했지만, 아랑곳없었다. 나로선 정말이지 유감이지 아닐 수 없었다. 친구는 부인과 함께 다단계 사업에 몰두하면서 직급도 높아졌다.

얼마 후에는 모든 다단계 업에 종사하는 사람들의 선망 대상인 골드마스터와 다이아몬드 직급에 올라섰다는 거였다. 진주와 이웃 시내에 큰 사무실까지 운영하면서 잘 나간 듯 보였다. 그런데 사업이 신통치 않아선지, 몇 년 전부터는 건강식품 외에 전화기와 다른 물건도 병행했다. 그런데 십 년 넘게 하던 사업을 접었다는 거다. 그리고는 오일장이 열리는 곳을 찾아다니며 노점 장사를 하는 거였다.

H를 보더라도 다단계 피라미드 사업은 창업주와 측근 몇 사람 외에는 절대로 성공이 보장되지 않은 사업임을 나는 오래전에 확신했다. H가 취급하는 주 품목은 오가피 추출물이었지만, 마치 만병통치약이나 되는 것처럼 선전하고 다녔다. 고향 친구와 친지들을 그리고 주변에 친구들을 찾아 판매할 것이 불을 보듯 뻔했다. H가 물건을 팔러 오면, 아무런 효과가 없는 것이니 사지 말라고 한발 앞서 단단히 일러두기도 했었다.

우리 집에 약 두 달 동안 장모님께서 와 계신 적이 있었다. H가 딸을 나에게 소개를 해, 부부가 되게 한 역할을 했던 사람임을 알고는 그를 무척 좋아했었다. 우리 부부가 일을 나간 틈을 타 장모님에게 찾아와 자기 사업체의 건강식품을 팔기 위해 무던히도 노력했지만 끝내 실패했다. 이는 친구의 다단계 제품은 만병통치약이 아니고 아무런 효과가 없다고 설득해 놓았기 때문이다.

까마귀 날자 배 떨어진다는 말이 있다. H가 다단계 사업에 한창일 때는 친한 친구들이 간 질환 암에 걸려 사경을 헤매는 이가 셋이나 있었다. 한번 걸리면 고치기가 어려운 간암이라, 시한부 삶을 하고 있을 때다. 혹시라도 맘이 약해질까 봐 'H가 건강식품을 팔러 오면 절대로 사지 마라.'고 병을 앓는 친구 부인들에게 단단히 일러 났었다. 그렇지만 헛수고만 했던 거였다.

H는 친구 부인들을 찾아다니며 자기 회사의 오가피 진액을 먹으면 어떠한 암도 낫는다며 만병통치약으로 끈질기게 설득했다. 친구 부인들은 남편이 앓는 암에 효과가 있을 거라는 말에 지푸라기라도 잡는 심정이었으리라. 병이 낫는다 하니 남편에게 사 먹였을 테다. 안타깝게도 셋이 모두 줄줄이 죽고 말았으니 살아남은 친구가 없다.

친구 부인들이 오가피 엑기스를 샀다는 사실을 오랫동안 숨겼으므로 한참 후에야 알았다. 마치 만병통치약이라도 되는 듯 친구 부인들에게 감언이설을 늘어놓은 H를 나는 얼마나 증오했는지 모른다. 이로 인해 우리는 서로 마음에 받은 상처가 아직도 아물지 않고 있다.

이처럼 다단계 업체들은 많은 소비자를 현혹했고 많은 사업자를 병들게 했다. 소비자들도 이제는 그들의 술책에 빠져들지 않아야 할 것이다.

J 교장이 말했던 제안

    내 고향 순천에서 J 교장이 주축이 되어 창설한 문학회가 있었다. 회원이 되면서 그와 친해졌었다. 지역에선 이름난 명문 중고등학교를 졸업했다, 명문대 국어 국문학을 전공해 박사학위까지 받았다. 몇 년 전에는 모 중학교에서 교장으로 퇴직한 사람이다.

    몇 달 전 일이었다. 순천에서 진주에까지 나를 찾아와 '좋은 아이템이 있는데 같이 해보자.'라고 제의했다. 무슨 아이템인지 물었더니 전화기 사업이란다. 나는 바로 직감했지만 의아했다. J 교장으로선 현재 서 있는 위치나 사람 됨됨이를 내 나름대로 판단했을 때. 도무지 이해가 되지 않았다.

    평소에 존경했고 자기처럼 교장으로 퇴직한 선배가 제의해 왔다는 거다. 교육장에 참석해 보니 다단계도 아니고 비전이 있는 사업이라고 판단했기에 나를 찾아왔다는 거였다.

    J 교장이 참여하려는 전화기 사업은 이미 진주에서 몇 년 전부터 유행하고 있었다. 친한 친구가 그리고 아는 사람들이 참여했었다. 지

금은 소강상태에 빠진 명백한 피라미드 다단계이지 않은가. '그 집단에서 하루라도 빨리 빠져나와야 한다.'라고 입에서 게거품이 나오도록 설득했다. 한나절이나 설전을 벌이며 설득한 끝에 어느 정도 수긍하고 돌아갔다. 그 후 몇 달 동안 소식이 전혀 없었기에 전화기 사업을 포기한 줄로 알고 있었다.

그런데 J 교장이 며칠 전에 카톡을 보내왔다. 순천에서 알아보고 설명회에 참석해 들어보니 내 얘기와는 상당 부분 다르다는 것이다. 이미 그는 전화기 다단계에 깊이 빠져 버린 것 같았다. 지난봄엔가 나를 찾아와 전화기 사업을 같이해 보자고 제의할 때, 도무지 이해할 수 없었다. 다단계 사업은 해서는 절대로 안 되는 사업이라고 설득해 돌려보냈지 않은가. 그런데 다단계회사의 강사가 강의하는 동영상과 함께 장문의 편지도 보내왔다.

'강 선배님! 지난번 염려 말씀에 감사드립니다. 그 이후로 제 나름대로 그 사업의 문제점을 파악해 보고자 노력했습니다. 그런데 선배님께서 말씀하신 내용과 상당히 거리가 있어 이에 혼란이 오고 있습니다. 순천에 어느 분의 사업 설명회 동영상을 하나 보내드립니다. 기존 다단계와 if가 어떻게 다른지 설명하고 있는 것인데 한번 들어보시고 의견 주셨으면 합니다. 대단히 죄송합니다.'라는 장문의 이메일편지를 보내왔었다.

그가 피라미드 다단계에서 빠져나온 줄 알았다가 아직도 어둠 속에서 헤매고 있다니 심히 안타까웠다. 평생을 교육계에서 후진 양성을 하였으며 명예로운 정년을 맞았다. 뭇사람들에게 존경받으며 은퇴한 사람이 아니던가. 평생 공력 들여 쌓았던 영광의 금자탑을 무너뜨리려 하는 이유를 알 수 없었다. 말하자면 주변에 뜻있는 사람들은 모두 다 증오하는 피라미드식 다단계 사업이 분명하지 않은가.

J 교장이 다단계 사업을 고집하는 것은 천부당만부당하다고 생각되며 안타깝기 그지없었다. 왜 하필이면 주변 사람들이 증오하는 사업에 뜻을 두는지 이해가 되지 않았다. 만약에 끼니 잇기가 옹색해 가족이 굶어 죽게 된다고 해도 그렇다. 곧은 선비정신이 깃든 그로써는 그런 제의가 들어와도 거절해야 마땅했다. 평생을 교직에만 몸담았으며 또한 문인이지 않은가. 현재 내로라하는 스마트폰 업계와 경쟁력을 판단한다면 도무지 현실성이 없는 사업이다. J 교장이 맘에 둔 if 뿐이 아니라 다른 다단계 업체도 모두 자기네들은 다단계라고 말하지 않는다. 무슨 워크넷 판매며, 방문판매 등을 내세우며 유망업체라고 늘어놓는다. 그들은 그럴듯하게 변명하지만, 누구한테 물어봐도 명백한 다단계가 아닐 수 없다.

문학평론가며 수필가인 그는 우리나라 최고학부에서 국문학을 전공했다. 박사학위까지 받은 사람이 걸맞은 분야에 내력을 쏟아야 할 일이다. 지자체에서 주관하는 각종 시민학교, 지역대학에 평생교육원, 각종 문화 문학 교실, 그리고 기관 특강이랄지 얼마든지 격에 맞는 일을 할 수 있는 사람이 아니던가.

다단계 폐해

▽
▼
▽

　그는 순천서 ○○문학을 창설할 때 주축이었다. 회장을 여러 차례 맡아 이끌었던 적이 있어 J 회장이라고 평소에 부른다. 한나절 동안 설전을 벌이느라고 게거품을 쏟아 낼 수밖에 없었다. 그가 염두에 둔 다단계 사업은 부당하다고 끈기 있게 설득했었다. 마침내 수긍하고 돌아갔던 성싶었다. 그런데 다단계회사의 세미나 동영상과 교육 내용을 들어보니 내가 주장했던 것과는 상당한 차이가 있다며 카톡을 보내왔다. 다음은 내가 아는 다단계 판매에 대한 부당한 것들을 정리해 카톡으로 보내 설득한 글 내용이다.

　'내가 보내는 카톡 글은 정리해서 준비했던 원고도 아니고, 스마트폰에 내 생각을 쓰다 보니 두서도 없습니다. J 회장님의 뜻에 맞지 않더라도 이해하여 주시기 바랍니다. 요즘은 상대방에게 옳은 말을 해주지 않는 사람이 많습니다. 약이 되는 얘기는 해주지 않는다는 말입니다. 다른 사람에게 J 회장님께서 하시려는 일을 상담이라도 할라치면, 사탕발림하는 말로 일관하는 사람이 많다는 것입니다. J 회장님이 나로선 이해가 되지 않습니다. 진주는 이미 if 전화기 다단계 사업이 시들고 있는데 순천에는 왕성한 것 같습니다. 진주에 나와 친한 친구는 전화기 사업에 뛰어든 지가 몇 년이 넘었습니다. 아직도 골드 직급도 못 받고 있습니다. 거기다 같은 사업장 사람들에게 한 사람도 아닙니다. 세 사람에게 합계 몇천만 원을 빌려주었다가 받지 못하고 있습니다. 그 친구는 요즘은 불볕더위 속에 막노동판에서 막일하고 있습니다. 또한, 골드마스터 직급을 가졌으면서도 다른 일을 병행하는 사람도 있습니다. J 회장께서 원하신다면, 그 사람들과 면담을 주선할 용의도 있습니다. 그리고 보내주신 사업 설명회 동영상은 먹통으로 열리지 않습니다. 그곳에 누구에게 잘 되는 사업이라고 권유를 받았다 할지라도 나는 J 회장을 위한 충정으로 말했으니 양해하시기 바랍니다. 결론으로 말씀드립니다. 우리나라의 1%의 사람들이 수십 수백억 재물을 움켜쥐고, 나라를 좌지우지하고 있습니다. 이들에게는 부를 축적하기에 유리한 조건을 갖고 있습니다. 나머지 99%의 국민이 낸 세금으로 이들을 살찌워 주는 것처럼입니다. 다단계도 먼저 뛰어든 사람들을 살찌워 주는 사업입니다. 결과적으로는 내 돈은 위에 사람들이 나눠 갖고 나와 같은 이들에게 나눠주는 구조입니다. 내 아래 라인 사람들을 많이 끌어들여 그 돈으로, 내 주머니를 채워야 하는 제도입니다. 그런데 그게 맘대로 되겠습니까. 대다수 사람이 아니, 다단계에 뛰어든 99%의 사람들은 구렁이 알 같은 돈만 날리고 맙니다. 다단계 사업주만 살찌우고 만다는 말입니다.'

아직도 전화기 다단계 사업에 미련을 버리지 못하고 맘속 깊이 갈

등을 겪는 그와 카톡으로 주고받은 내용을 간추려 보았다. 전화기 사업에 먼저 뛰어든 퇴직한 선배 교직자 제의에 혹하고 가 버린 것 같다. 퇴직 후에 다른 일거리를 찾는다기보다는 자신과 안성맞춤인 일거리라고 잘못 판단한 것 같다.

J 교장은 영락없는 학자풍이 풍기는 사람이다. 술도 많이 마시지 않으며 담배도 피우지 않는다. 사람들과의 대화에서도 고저(高低)가 없다. 도무지 사업 수완이라고는 찾아볼 수 없는 사람이다. 다단계 피라미드 사업을 할 수 있는 조건이라고는 찾아볼 수 없다. 어쩌다 심경에 변화를 일으키게 되었는지 안타까운 일이 아닐 수 없다. 그가 한시라도 빨리 다단계 전화기 사업을 해 보겠다는 맘을 바꾸기를 바랐었다. 그런데 이 같은 일이 있고 한참 후에 다단계 사업에 빠져들지 않았던 거로 들었으니 다행이지 않을 수 없다.

수없이 많은 다단계 업종이 우후죽순처럼 생겨났다가 한몫 챙기고는 바람처럼 사라져 버리는 것을 나로선 너무 많이 보아 왔다. 수천억이 아니라 몇조의 돈을 챙기고 잠적한 사건도 있었다. 이에 온 나라를 떠들썩하게 했던 적도 있었다. 이처럼 우리에게 해악이 큰데 정부에서는 다단계사업체를 무슨 연유로 허가해 주는지 모를 일이다.

다단계 업자들의 수법은 몇 년 동안 그럴듯하게 운영한다. 그러다가 어느 날 잠적해 버린다. 혹은 해외로 도피했다가 바지사장을 내세우기도 한다. 회사 이름만 바꿔서 다시 창업하고는 사람들을 불러 모은다. 자기 회사는 절대로 종전의 다단계가 아니다, 네트워크다, 마케팅사업이다, 등등 그럴듯하게 사탕처럼 달콤한 말로 선량한 사람을 유혹하는 건, 이들만 일삼는 특징이다.

그들은 친구들에게 혹은 학교 동창이나 직장동료였던 사람들에게만 찾아다니면서 자기들 업체로 끌어들인다. 그러나 백이면 백 성공한 사람은 없다. 이제는 이들의 습성을 모르는 사람이 없을 테다. 행여 다단계 사업을 하겠다는 사람이 나타난다면 색안경을 쓰고 바라보리라.

건망증

▽
▼
▽

7월 말까지 재산세를 내라는 고지서가 날아왔다. 기한이 많이 남았지만, 미리 내려 갔었다. 그런데 건망증이 발목을 잡았다. 정작 고지서를 책상 위에 놓고는 챙기지 않았단 거였다. 그날 헛걸음하고는 불볕더위가 겁나 차일피일 미루었다.

이제는 7월 말일이 코앞이라 연체료를 물지 않기 위해. 삼복더위를 무릅쓰며 부랴부랴 나왔다. 그런데 이런 일이 있나, 현금을 찾아 세금을 내야 하는데 입출금 통장을 챙기지 않았다. 맥이 확 풀린다. 관공서에 내는 세금은 왜 카드론 낼 수 없는지 궁금하다. 집에 되돌아와 통장을 챙겼다. 다시 농협 창구에 찾아가 현금을 인출해 세금을 내고 나니 온몸이 땀투성이다. 머리를 잘 굴리지 못하면 팔다리가 고생한다고 하지 않던가. 삼복더위에 이놈의 건망증이 온몸을 힘들게 했던 거다.

집에 돌아왔을 때는 머리에서 얼굴을 타고 내린 굵은 땀방울이 가슴팍을 흠뻑 적셨다. 목덜미를 타고 내린 땀방울이 등허리 골짝을 타며 제놈들의 놀이 기구나 되는 양 즐긴다. 이놈들을 다스리기 위해 선풍기를 돌려댄다. 에어컨을 켜야 더위를 빨리 가시게 하는 걸 잘 안다. 그렇지만 거실과 안방에 전시품이 되어 마냥 기다리게 할 수밖에 없다. 쌍둥이 손자 손녀들이 집에 올 때나 일을 시켜야 할 것 같아서다.

젊었을 때는 한여름에도 찬물로 사워를 곧잘 했었다. 어찌 된 일인지 환갑이 넘고부터는 찬물 사워를 못 하겠다. 삼복더위인데도 보일러를 돌려 데운 물로 샤워하고 나온다. 그런데 땀방울인지 물방울인지, 구별 못 하겠다. 거실 바닥에 뚝뚝 떨어진다.

거실에 홀로선 입식 에어컨은 30년이 다 된 늙은이 모양이라 전기 요금 폭탄이 우려되어 더위 식히는 일을 시키지 못한다. 안방 벽걸이 에어컨도 내 배짱으론 켜지 못하겠다. 땡볕에 나가 일하는 아내가 미안해서다. 삼복 중에 제일 덥다는 중복 날을 선풍기 한 대로 버티는 중이다. 그런데 방바닥이 뜨뜻해지지 않는가. 아뿔싸, 샤워하고는 보일러 끄는 걸 깜박한 거다. 구두쇠 영감, 자린고비 짓을 했던 거가 무색해지는 순간이 아닐 수 없다.

나야말로 두메산골에서 지지리도 가난하고 나이가 많으신 부모님 슬하에 태어나 근면 정신을 교육받고 자랐었다. 그래선지 물 한 방울 전기 한 토막이라도 아껴 쓰는 데는 이골이 났다. 이런 꼼쟁이로 살던 내가 화장실에 갔다 오면서 헛불을 켜놓을 때가 많다. 세면대를 사용하고 물을 잠그지 않을 때도 있어 아내에게 지청구를 자주 듣는다. 이놈의 건망증이란 놈이 나를 짓눌러서다. 늙어서인 거 같기도 해 서글픈 맘이 감돈다.

바깥에 외출할 일이 있으면 옛날과는 달리 요즘은 챙겨야 할 물건이 많다. 먼저 안경을 챙겨 써야 하고, 스마트폰을 챙긴다. 신용카드가 들어있는 지갑도 챙겨야 한다. 그리고 대머리 늙은이라 모자도 챙겨 써야 한다. 외출하다 보면 이 중의 하나는 챙기지 못하고 나가는 날이 많다. 버스정류장까지 왔다가 되돌아가 빠뜨린 걸 챙겨 오는 날이 허다하니 말이다. 그뿐 아니다. 몇 시간씩 볼일을 보고 들어오면 현관에 불이 켜져 있다. 벽걸이 선풍기가 '왜 이제야 오십니까?' 하며 지친 듯 돌아가는 날도 있다. 이런 탓에 '치매 전조현상이다. 병원에 가보라.'는 소리를 아내에게 듣기도 한다.

이보다 나를 당황하게 하는 일이 있다. 가끔 중요한 문학 모임이나 점잖은 분을 만나러 갈 때 바지 지퍼를 올리지 않아 당황했던 적도 많다. 이 때문에 내가 외출할 때 아내가 집에 있는 날은 늘 내 바지 지퍼를 확인하는 걸 잊지 않는다.

얘기가 나왔으니 하는 말이지만, 나처럼 건망증을 겪는 친구가 있다. 수십 년 단골로 이용한 목욕탕에 갔는데 일주일에 하루 쉬는 수요일을 깜박했단다. 이는 나도 자주 겪는 일이지 않은가. 이렇게 허탕 치고 집에 돌아오니 부엌에서 하얀 연기가 나고 있더란다. 보리차 주전자를 올려놓고 끄지 않고 나갔다는 것이다. 똑같은 건망증을 앓는 친구에게 동병상련의 정이 가지 않을 수 없다. 친구는 고심 끝에 '확인'이란 글자를 문설주에 붙여 놓고 외치기를 개발했다고 한다. 집을 나갈 때 가스 불을 껐는지, 현관문을 잠갔는지 확인하기 위해서란다. 확인, 확인이라 외치는 방법을 들며 날며 생활화했다는 거다.

한번은 볼일을 보기 위해 집을 나왔다가 현관문 앞에서 확인 소리를 외치고 나왔는지 헷갈렸단다. '확인' 단어를 외고 살았지만, 그 방법이 친구는 신통치 않은 성싶다는 얘기다. 정작 집 나올 때 현관문 앞에서 확인 주문을 외웠는지 헷갈렸다는 거였다. 화장실 세면대 물을 잠갔는지, 도무지 생각이 나지 않아 불안해서 견딜 수가 없었다는 거다. 헐레벌떡 집에 뛰어와 보면 현관문이 열려 있더라는 거다. 이처럼 건망증은 나이가 들면 누구에게나 찾아오는가 싶다. 친구가 했던 얘기를 떠올리며 그나마 위로받곤 한다.

아내는 요양보호사 일을 나갈 때면 '주전자에 보리차가 끓으면 잊지 말고 불을 꺼라.'라고 신신당부한다. 그런데 컴퓨터 앞에만 앉으면 야속한 시간이란 놈은 어찌 그리 빨리 가 버리는지 모르겠다. 7, 8월에 번개처럼 한두 시간 가는 건 눈 깜빡할 새다. 내 나름대로 시간을 재며 신경을 곤두세우지만, 그만 깜박하는 일이 잦다. 두 되나 되는 물이 어느새 수증기로 반쯤 날아가 버릴 때가 비일비재하다. 스테인리스 주전자를 태우기 일보 직전에 아차 하고 부엌으로 달려간 적이 몇 번인지 모른다. 친구가 했던 것처럼 맘속으로는 '물 주전자 확인'이라고 외치기 작전을 사용했지만, 이런 방법은 나도 친구처럼 별 도움이 되지 않았다. 아예 물이 끓을 때까지 컴퓨터 앞에 앉지 않기로 했다.

TV를 켜놓고 서성인다. 화면 아래로 분마다 바뀌는 시간 표시에 눈을 떼지 않는다. 주전자에 물, 주전자에 물, 이라고 되풀이하며 주문을 외운다. 계속 부엌을 들랑날랑한다. 드디어 물이 끓는다. 가스레인지 불을 끄고 나서야 컴퓨터 앞에 앉는다. 오늘이야말로 퇴근하는 아내를 당당히 맞이할 것 같다.

겨울나기 걱정

'강물처럼 흘러가고 나면 다시는 돌아오지 않는 것이 세월이란다.' 이런 말들은 말쟁이들이나 글쟁이들뿐이 아니라, 나이 지긋한 노인이면 누구나 자주 사용하는 말이다. '세월이 쏜살같고 번개처럼 빠르다.'라는 말은 오랜 세월을 묵은 사람이라야 실감 날 것이다. 오랜 세월을 묵은 황혼길에 들어선 사람들로선 누구나 하루가 눈 깜짝할 새일 거다. 요즘 내가 그렇다. 한 달은 금방 가고, 1년은 어느새 지나가 버린다. 정말이지 허무한 세월이 아닐 수 없다.

바로 며칠 전만 해도 에어컨을 켜고 지냈다. 밤새도록 선풍기를 돌리면서 덥다고 노래를 불렀다. 어느덧 더위가 물러가고 추석도 지나갔다. 이제는 올겨울을 어떻게 보내야 하나 은근히 걱정이 앞선다.

내가 태어나 자라던 고향 마을은 섬진강 지류인 황전천이라는 샛강이 흐른다. 개구쟁이 시절, 여름에는 시도 때도 없이 풍덩 뛰어들었다. 해가 지도록 물놀이를 하면서 더위를 잊었었다. 그렇지만 하루 24시간 물속에 있을 수는 없지 않은가. 요새처럼 선풍기나 에어컨 같은 냉방기구가 없었으니 물 밖에서가 문제였다. 냉장고도 없던 시절이었으니 시원한 물 한 모금도 마시지 못하고 살았었다. 해마다 찾아오는 여름 더위를 치르기는 겨울과 달리 고역이었었다.

개구쟁이였던 그때는 양말도 신어 본 기억이 없다. 폭설이 내려도 뛰어다니다 보면 전혀 추운 줄 몰랐었다. 강물이 얼면 썰매 타고 팽이치기를 했다. 눈이 내리면 눈사람을 만들고 눈싸움을 하며 놀았다. 즐거운 추억만 있으니 추워서 힘들었던 기억은 전혀 없다.

이처럼 젊을 때는 항상 여름나기가 지겨웠다. 그런데 지구온난화현상인 듯싶다. 해가 갈수록 더 덥고 여름이 길게 이어지고 지겹다. 개구쟁이 때처럼 옷을 훨훨 벗어 던지고 물속에라도 뛰어들고 싶을 때가 하루 이틀이던가. 러닝과 팬티라도 벗어 던지고 나면 조금은 낫지 않을까 싶다. 그렇지만, 도심 속 주변 환경이 허락하질 않는다.

하늘의 뜻을 깨달을 수 있다는 지천명의 나이가 넘고부터인가 싶다. 항상 여름나기를 걱정했던 나의 몸에 변화가 찾아왔다. 해마다 겪어야 하는 추위가 점점 견디기가 힘들어지기 시작했다. 이순에 이르고선 여름나기나, 겨울나기가 힘들기로는 반반이었다. 젊었을 때 친구들과 말잔치라도 벌이게 되면 항상 여름나기가 걱정이라고 말했었다. 그런데 환갑이 지날 무렵부터는 따뜻한 방안에 앉아 있어도 발이 시리고 무릎이 시리다. 겨울나기가 훨씬 힘들다는 말로 바뀌고 말았다.

오장육부의 장기들이 노쇠해진 탓인가 보다. 허리 협착증이 원인이 되어 신경계통에 문제가 발생했나 싶다. 해마다 겨울이면 나를 고질적으로 괴롭히는 것은 발 시림이다. 두꺼운 면양말에 털신 실내화를 신는다. 컴퓨터 앞에 앉아 소설이랍시고 한 줄 쓰려 하면 양쪽 발은 시리다 못해 아리다. 대여섯 살 개구쟁이 때 양말도 신지 않고 강에 나가 썰매를 타고 놀다 집에 돌아와서다. 뜨끈뜨끈한 온돌방 이불 밑에 발을 집어넣으면 얼었던 발이 녹기 시작할 때 아려오는 것과 같다. 찾아다닌 병원마다 척추 협착으로 대퇴부를 관통하는 혈관 신경을 눌러서라는 거다.

옛날 부모님은 화로에 잉그락 불을 담아 방 가운데 놓고 쬐면서도 '어깨에서 찬 바람이 분다. 무릎이 시리다.'라고 겨울만 되면 입에 달고 살았다. 이제는 내가 그때 부모님 나이에 이르렀다. 두 분이 하셨던 말씀을 그대로 흉내 내며 겨울나기를 한다.

정말이지 겨울만 되면 온몸에서 찬 바람이 불어대는 거 같다. 가스보일러가 돌아가고 난방장치가 완벽한 방안에서다. 두꺼운 내복에다 솜바지에 잠바도 겹으로 껴입고 대하 장편소설이랍시고 몇 년째 쓰고 있다. 해마다 완전무결하게 대비했지만, 추위가 엄습해 온다. 올해도 잊지 않고 찾아올 겨울나기가 걱정이다.

그렇다고 여름나기도 수월하다는 말은 아니다. 더 힘들기로 말한다면 겨울 보내기가 여름보다 지루하고 힘들다는 말이다. 4, 50대 중년이 넘도록 겨울나기는 문제없다고 자신 있게 얘기하곤 하던 내가 아니던가. 무더운 여름나기가 힘들다고 걱정하던 내가 어느 땐가부터 겨울나기 걱정하고 있으니 영락없는 변덕쟁이 노인이 되고 말았다.

겨우내 보일러를 틀어놓고 두꺼운 이불 밑에서만 누워서만 뒹굴 수는 없지 않은가. 요즘은 밖에 나갈 때 두꺼운 내복과 오리털 파카를 입는다. 시내버스 안에는 찬바람이 들어올 틈새 구멍 하나 없다. 히터가 작동되니 추위 걱정은 없다. 그런데 거리를 걸을 때가 문제다. 씽씽 불어대는 시베리아 찬바람이 내 얼굴과 눈을 마구 강타한다. 전에는 흐르지 않던 눈물 닦아내기도 고역이다. 이처럼 매년 잊지 않고 불청객이 단골처럼 찾아오는 겨울 보내기가 고통스럽고 지루하다.

다람쥐나 뱀과 개구리가 추운 겨울에는 겨울잠을 자고 따뜻한 봄에 일어나지 않던가. 이처럼 한숨 푹 자고 일어나면 따뜻한 봄으로 변해 있으면 좋겠다.

올해도 변함없이 찾아올 불청객인 겨울 맞고 보내기가 걱정된다. 세상 떠나시던 부모님 나이에 이르니 어깨와 무릎이 시리다. '온몸에서 찬바람이 일어난다.'라는 두 분 말씀을 요즘 내가 그대로 되뇌며 살고 있다.

제 3 부

⋮

고향(故鄕)

감나무가 있는 마을

1
...

잠시 수그러진 듯하던 코로나19 확진자가 날씨가 더워지면서 증가하고 있다. 삼복더위에 마스크로 코와 입을 가로막았으니 단 몇백 미터만 걸었다 들어와도 온몸이 비지땀이 흐른다. 이런 날은 여간해선 밖에 나가기가 싫다. 오늘도 방안에 변함없이 들어앉았다. 죄 없는 애먼 선풍기만 돌리며 방안에 콕 처박혀 지낸다. 그야말로 영락없는 방콕맨이다.

수필이랍시고 몇 줄 쓰다 보니 시원하고 달콤하며 와삭와삭 씹히는 잘 익은 단감이 그립다. '꿩 대신 닭'이라는 말처럼 '복숭아나 사과를 먹으면 되지 않냐?'고 이렇게 말하는 사람도 있을 테다. 그러잖아도 아내가 일 나가면서 밥상 위에 복숭아를 깎아놓았었다. 입에 넣고 씹는데 신맛이 강하다. 이러니 단감 맛과 어찌 견줄 수 있으랴.

'과일 중에 무슨 과일이 제일이냐?'고 누가 묻는다면 조금도 서슴지 않고 '잘 익은 단감이다.'라고 말할 테다. '고기도 먹어 본 사람이 잘

고향

먹는다.'라는 속담이 있질 않던가. 내가 이처럼 단감 마니아가 된 건 온통 감나무뿐인 마을에 태어나 자라선가 싶다.

　얘기를 꺼냈으니 고향마을에 감나무 얘기를 하지 않을 수 없다. 뒷산에 풀을 벤다거나 땔나무를 하러 올라갔을 때는 동네가 환히 내려다보였다. 집마다 마당에 담장을 따라 그리고 텃밭 어귀마다 감나무 숲이 어우러졌었다. 마당 가운데 자리 잡은 덕석 위에는 빨간 고추가 널려져 있다. 그만그만한 초가집들이 마치 꼬막 껍데기를 엎어 놓은 모양이었다. 암탉이 날개 밑에 병아리를 품은 것처럼 옹기종기 오두막집들이 모여 있었다. 감나무 숲사이로 보이는 마을풍경은 영락없는 한 폭의 산수화였다.

　감나무는 물 빠짐이 좋은 사질토라면 아무 데서나 잘 자라는 우리나라 대표적인 과일나무다. 이처럼 내가 나고 자랐던 동네는 이들이 자라기 좋은 환경에다 토질도 맞는가 싶다. 다른 곳보다 유난히 감나무가 많았다. 뒷산 자락이나 밭 언덕배기에 조그마한 틈만 있으면 어김없이 크고 작은 나무가 자랐으니 하는 말이다.

　누군들 나고 자란 고향이 없는 사람이 있으랴. 내 고향 마을은 순천에서 전라선 기차를 타고 남원 쪽으로 가다 보면 괴목역과 구례구역 사이에 자리 잡았다. 기찻길 옆에 아담하게 자리했으니 꿈에 선들 어찌 잊으랴.

　태어나 자라던 내 보금자리야말로 기찻길 옆, 지붕엔 박넝쿨이 뒤덮은 오막살이였다. 동요 속에 등장하는 오막살이 마당에 텃밭에는 옥수수가 자랐다. 내 나고 자란 집은 감나무가 자라며 수호신처럼 서 있는 오두막집이었다. 이른 봄이면 병풍처럼 동네를 둘러싼 뒷산에는 온통 진달래가 발갰다. 이가 지고 나면 곧이어 철쭉이 온산을 붉게 덮는다. 여름엔 온통 감나무 숲이 우거지고 왕매미 공연장으로 변하던 숲속 마을이다.

가을바람이 불어오면 알궁둥인 채로 하얀 박들이 지붕에서 뒹굴며 논다. 그런데 서산 가는 해님이 부끄러웠을까. 진초록 잎으로 반쯤 가리다 내놓기를 반복한다. 솔바람이 놀자며 찾아올 때마다 깜박깜박 숨바꼭질하는 양, 하얀 궁둥이를 살짝살짝 선보이다가 감나무 그늘로 숨는다. 때맞춰 감들이 익느라 붉어지고 잎도 함께 붉어져 간다. 마침내 세월 따라가는 듯 발갛게 물들었던 잎이 먼저 멀리 여행길 떠난다. 나무에는 감들만 빨갛게 남는다. 마을 전체가 온통 발갛다. 때마침 덩치 큰 검은 괴물 기차가 괴성을 지르며 검은 연기를 공중에 수 놓는다. 칙칙폭폭 소리를 내며 힘겹게 범바위골 재를 오른다. 그야말로 영락없는 동화 속 고향 마을이다.

아래채 옆에 일찍이 자리 잡은 단감나무는 내가 태어날 때도 이미 세월을 오래 묵은 고목이었다. 사립문 쪽과 텃밭 둘레로는 워래감이라 부르는 감나무를 아버지께서 심으셨다. 그때 마을에는 장둥감과 워래감이란 두 품종이 주를 이뤘다. 우리나라 토종은 아니고 일제강점기 때 일본서 들어온 품종인 성싶다.

사립문 쪽에 워래감은 위가 뾰족한 이집트 피라미드 모양이다. 대봉감 크기보다는 조금 작다. 그렇지만, 단맛은 정말이지 일품이었다. 지금은 그때 우리 집 감처럼 감칠맛 나는 감은 찾을 수 없다. 세 살 위 형님과 빨갛게 익은 홍시를 따먹기 위해 무던히 오르락내리락했었다.

그때는 요즘처럼 단감나무는 집단으로 재배하지 않았었다. 그래서 였는지 우리 집 단감은 동네 선배 형님 누나들의 서리 대상 1순위였 었다. 세월을 오래 묵은 늙은 단감나무는 이처럼 수난을 유난히 많이 겪어야 했었다.

부모님께서는 아까운 맘에서였는지 하나 뚝 따서 잡수시는 걸 본 적이 없다. 그렇지만 세 살 터울인 형님과 나는 학교에 가고 왔을 때 나, 소 먹이러 가면서 들랑날랑 따먹었었다. 그런데 이런 호사를 해마 다 오래도록 누리지는 못했다. 그때는 가용 돈 거리는 만들기가 우리 집 형편으로선 쉽지 않았다. 어머니께서는 제대로 익을 때까지 기다 릴 수 없으셨던 거다. 닷새 만에 서는 장터에 다 익기도 전에 내다 팔 곤 했었다.

그때는 겨울엔 고구마며 여름엔 풋감이 군것질용 간식거리로 한몫 했었다. 요새 사람들은 '떫은 풋감을 어떻게 먹느냐?'고 반문할 것이 다. 이처럼 풋것 때는 항우장사라도 그냥은 먹을 수 없다. 단지나 조 그만 독에 따뜻한 물을 붓고 담근다. 2, 3일 우린 후에 먹으면 타닌 성분인 떫은맛이 달아나고 없다. 그뿐 아니다. 벼가 자라는 논바닥에 2, 3일 파묻어 놓으면 떫은맛이 싹 가신 꿀맛으로 변했었다. 그때 까 까머리였던 우리만의 노하우였는 성싶다. 마땅한 군것질거리가 없던 때라 훌륭한 간식거리였다. 이처럼 모두가 어렵게 살았던 그때는 배고 픔을 달래 주는 데는 풋감이 크게 일조했었다.

그때는 새벽잠을 설쳐가며 감 줍기 전쟁을 치러야 했다. 골목 길가

나 밭 언덕바지 아래 떨어진 걸 줍기 위해서다. 비라도 오는 날이면 감 줍기 전쟁은 정말 뜨거워진다. 날도 새기 전이다. 3, 4시쯤만 되면 단잠에 빠진 나를 아버지께서는 어김없이 깨우셨다. 날이 밝도록 기다렸다가는 남들이 다 주워 가 버리고 나면 허탕 치기 일쑤기 때문이다. 칠흑 같은 어둠이라 감처럼 보여 손으로 집어 보면 물컹한 개똥을 집을 때도 있었다. 이처럼 남 먼저 주우러 나가지 못했던 날은 온 식구가 간식을 굶어야 했다. 그때 철부지였던 나로선 이런 일을 시키는 아버지를 원망도 많이 했었다.

어느덧 세월이 많이 지나버렸다. 물에 담가 떫은맛을 우려낸 감은 그때 먹어보고는 그만이었다. 70 나이가 넘도록 한 번도 먹어보지 못했으니 그때가 그립다. 요즘은 나무 아래 떨어져 뒹구는 풋감들은 쳐다보지도 않는다. 가로수로 심어진 은행나무에서 떨어진 은행 열매처럼 공해만 될 뿐이다.

감나무가 곳곳에 서 있는 고향 마을을 시도 때도 없이 떠올릴 때가 많다. 눈물짓게 하는 사연도 많지만, 살며시 미소 짓는 즐거운 추억은 더 많다.

2
...

요즘은 단감재배가 광범위로 활성화되었다. 이 때문인지 옛날처럼 우린감은 시장에서 사라지고 없다. 옛날엔 가을만 되면 5일만에 열리는 시장에 우려낸 감 팔기 바쁠 때가 아니던가.

그때 우린 감보다는 홍시를 만들어 팔면 훨씬 비싼 값을 받을 수 있었다. 얇은 헝겊이나 종이에 카바이드를 싸서 항아리나 독 밑바닥에다 놓는다. 그리고 생감을 차곡차곡 쟁인다. '보기 좋은 떡이 맛도 있다.' 하질 않던가. 2, 3일 후에는 색깔도 발갛게 곱고, 물렁물렁한 먹음직스러운 홍시가 된다.

시장에 파는 홍시가 카바이드를 이용해 만든 것이라, 염려스러운 노파심은 오랫동안 감출 수 없었다. 그런데 인체에 해로운 줄 알았더니 기우였다. 인터넷을 찾아봤더니 '쓸데없는 걱정이며 오해다 안심하고 먹어도 된다.'고 적혀 있질 않던. 화학물질인 카바이드로 숙성시켜 만든 홍시가 인체에 해롭지 않단 건 의외였다.

내가 좋아하는 단감은 너무 비싸다며 대봉감을 아내가 상자째로 사왔다. 홍시를 단감 대신 먹으라는 속셈이었다. 그런데 얼마 전에 사 온 생감이 한꺼번에 홍시가 되어버리지 않는가. 날마다 억지 춘향처럼 먹어치우느라 즐거움보다는 곤욕을 치렀었다. 이처럼 내가 좋아하는 단감이나 홍시는 오래 보관하고 먹지 못하는 것이 큰 단점이 아닐 수 없다.

그러고 보니 30년을 가까이 감나무가 숲을 이룬 마을에서 태어나고 줄곧 살았었다. 고향을 떠나면서 집터와 논밭을 한 평도 남기지 않고 다 팔았던 것이 지금은 못내 아쉽다. 그때 부모님은 형님으로 말미암은 타의에 의해서였다. 고향 떠나 타지에서 살다 돌아가셨다. 어머니마저 돌아가신 지 오래니 고향에 자주 갈 일도 없다.

어쩌다 고향 마을에 갔을 때는 마을풍경이 몰라보게 변해 있었다. 내 살던 때는 산자락 골짜기 밭 언덕에 그리고 마당과 텃밭엔 여지없이 감나무들이 자리 잡고 있었지 않은가. 마을 곳곳에 수호신 역할을 야무지게 해내던 수령이 오래된 감나무들이었다. 그런데 지금은 온통 매실나무들이 차지했다. 젊은 사람들이 도회로 떠나고 나니 노인들만 사는 동네라서란다. 푸른 숲을 이루던 수많은 아름드리 감나무를 베어내고 그 자리에 매실나무를 심어 버렸다. 하늘 높이 자란 나무에 올라가 감 따기가 위험하다. 그리고 일손이 많이 가고 힘이 든다는 것이 이유였다.

나고 자란 고향 마을이 아쉽게도 지금은 매화나무숲으로 바뀌어버린 건 나로선 아쉽기 그지없다. 감나무가 있는 마을에서 매화꽃 피는 마을로 어느새 변해버렸으니 말이다.

'십 년이면 강산도 변한다.'는 말이 있지 않던가. 20대 때 고향 떠났으니 오죽하겠는가. 산천이 다섯 번이나 바뀌도록 세월이 흘러 버렸지 않은가. 새롭게 변해버린 고향에 갈 때마다 이처럼 아쉬움은 감출 수 없다. 여름에는 동네 앞으로 대마(大麻)밭이 숲을 이루고 가을에는 무와 배추가 자랐었다. 마을에 감나무녹음이 우거진 아름다운 모습과 단풍이 발갛게 물든 감 나뭇잎 사이로 빨간 감들이 익어가는 그때 고향 마을 모습이 아니었다.

그때 나무하러 산에 올라 내려다보면 옹기종기 사이좋은 오두막집들이 감나무 사이로 보였다. 앞쪽도 산이요, 뒤쪽도 산이요, 양옆에도 산이었다. 병풍처럼 바람막이해 주면 발갛게 단풍 들었던 잎은 먼 길 떠난다. 잘 익은 감들만 발갛게 달려 있고 마당엔 빨간 고추가 덕석에 널려 있는 모습도 지금은 볼 수 없다. 동네 앞으론 서울로 향해 가는 검은 기차가 칙칙폭폭 힘겹게 범바위 재를 오른다. 철길을 따라 섬진강을 만나러 가는 황전 전이라 불리는 냇물이 동무 삼고 흘러갔다. 황금 들판 너머로는 신작로도 역시 동무 삼아 서울로 향했었다. 제무시 트럭이 누렇게 흙먼지를 일으키며 터널을 만들고 간다. 이런 그림 같은 풍경을 뒷산에서 내려다보는 재미가 쏠쏠했다. 유명한 화가가 그린 한 폭의 풍경환들 어찌 비교하랴.

　얼마 전 고향에 갔을 때다. 이장을 맡은 선배 형님에게 아쉬움을 토로했었다. "동네가 너무 많이 변해버렸습니다. 감이 익어가는 마을이었던 그때가 그립습니다."라고 했더니 "자네 말도 맞네. 그렇지만 새봄에 한번 와 보소. 우리 동네가 온통 매화꽃 향기 속에 파묻힌 꽃동네가 되었네. 감나무로 덮여 있을 때보다는 훨씬 아름답다네."라며 위안 삼으라는 듯 말했다. 맘속 한 편에 매화 꽃향기와 하얀 꽃으로 덮인 꽃동네를 상상해 본다. 선배 형님 얘기를 듣고 보니 조금은 위로는 되지만, 미련은 감춰지지 않는다.

　고향 마을을 병풍처럼 안아 감은 벌거숭이 산들은 언젠가부터 아름드리나무숲이 우거져 버렸다. 그때만 해도 봄이 오면 온 산에 진달래가 피었다가 지고 나면 철쭉꽃이 붉게 물들였었다. 곧이어 감나무 숲속엔 왕매미 울어대고 감이 빨갛게 익어가는 아름다운 내 고향 마을 그때 풍경을 이제는 볼 수 없으니 아쉽다. 그렇지만 온 동네가 매화 향기 넘치는 꽃동네로 변했다지 않는가.

　이제는 날씨가 한결 시원해졌다. 극성이던 코로나19란 놈이 꼬리를 감추고 잠잠해졌다. 내년에 새봄이 오면 나고 자라던 나의 고향 마을에서 매화 향에 취해보리라.

고향(故鄕)

▽
▼
▽

　고향! 고향이란 말은 언제 어디서 들어도 따뜻하고 정감 넘친다. 어머니 품속처럼 따뜻함이 느껴지며 포근하다.

　스마트폰 네이버 국어사전에서 고향이란 단어를 검색해 봤다. 태어나 자란 곳이며 조상 대대로 살던 곳이란다. 그리고 마음속 깊이 고이고이 간직된 그립고 정든 곳이라고 표기되어 있다. 그러고 보니 벌써 수백 년 전부터다. 선조께서 자리 잡고는 대대로 살았다. 그런데 현세에 이르러 객지에 살고 있질 않은가. 대를 이어 사는 틀을 내가 깬 셈이다.

　태어나 자란 곳을 비단, 인간만 그립고 정든 곳이라 할 수 있겠는가. 미물인 물고기로 은어와 연어들이 그렇지 않던가. 그리고 철새들도 날씨가 추워지면 강남 갔다가 고향으로 돌아온다. 또한, 인간과 친한 제비가 춘삼월에 박씨를 물고는 따뜻한 금수강산 고향이 그리워 다시 돌아온다고 않던가.

　정든 고향을 그리워하기론 물고기와 철새뿐이겠는가. 네 발 달린 야생동물도 태어나 자란 곳을 멀리 떠나지 않는다는 거다. 죽을 때까지 한곳에서만 산다는 것이다.

수구초심(首丘初心)이라는 사자성어가 있질 않던가. 여우가 피치 못한 일로 태어난 곳에 다시 돌아갈 수 없게 된다는 것이다. 죽을 때가 되자, 태어난 고향 쪽을 쳐다보며 죽는다는 말이다. 미물인 물고기와 철새 그리고 동물들도 자기가 태어난 고향을 그리워하며 다시 찾는다는 것이다. 하물며 만물의 영장인 인간으로선 오죽하랴.

이처럼 고향을 그리워하는 노래들이 많다. '타향살이 몇 해던가', '꿈에 본 내 고향' 등 이런 노래들은 본의 아닌 타의에서였을 것이다. 일제강점기 때 고국과 고향을 떠난 사람들이 불렀던 노래들이다. 그리고 '고향 무정', '흙에 살리라' 등 고향과 관련된 노래가 이루 헤아릴 수 없이 많다. 고향을 소재로 한 노래치고 히트 치지 않았던 노래가 별로 없다.

그러고 보니 고향을 소재로 한 노래를 불렀던 가수는 대체로 인기를 얻었다. 그런가 하면 고향을 그리워하는 글을 써 보지 않은 글쟁이는 없을 것이다. 그래서 나도 고향과 연관된 글을 많이 쓰는가 싶다.

고향 떠났던 여우가 피치 못할 사정으로 고향으로 돌아가 죽지 못하자 머리를 태어난 쪽을 바라보며 숨을 거둔다고 앞서 밝혔다. 이처럼 고희 넘게 살면서 수구초심 같은 본능은 가시지 않는다. 내 맘은 늘 고향을 떠나 산 적이 없으니 말이다.

일찍이 우리는 육 남매였었다. 큰누님과 나만 덩그러니 남겨두고 먼저 세상 떠난 형제들이 애타도록 그립다. 30년 전에 그리고 40년 전에 세상 떠난 부모님도 애간장이 녹도록 그립고 보고 싶다. 그리고 일찍이 고향 떠난 친구들도 그립다.

내가 태어나 살던 곳은 한 시간 반이면 족히 가는 곳이니 지척에 두고 있다. 진주에 처음 왔을 때만 해도 멀기도 하고 불편했다. 자동차도 가지지 못했을뿐더러 운전도 할 줄 몰랐다. 그때는 기차나 버스를 이용했으니 고향 마을에 한 번씩 갈 때는 한나절이 걸렸었다. 요즘은 시대변천 영향으로 한 시간 남짓이면 갈 수 있다. 자동차가 성능이 좋아졌으며 도로가 좋아진 것이다. 옛날에는 2차선 남해고속도로는 제대로 속력을 내지 못했다. 앞선 화물차가 짐이라도 많이 싣고 가게 되면 뒤따르는 차들이 속력을 낼 수 없었다. 거북이걸음을 할 수밖에 없었으나 지금은 4차선 도로로 확장되었다. 차들이 멈춰 서 있다가 가는 일은 별로 없다.

내가 고향에 살 때는 순천에서 남원 간 편도 1차선 비포장 신작로였다. 자동차가 지나갈 때는 누런 흙먼지 터널을 곧잘 만들고 지나갔다. 서울올림픽이 열리던 무렵에 17번 국도가 4차선 산업도로로 시원하게 뚫렸다. 몇 년 전에는 순천-완주 간 고속도로가 또다시 개통되었으니, 상전벽해가 아닐 수 없다.

얼마 전에 고향 갈 일이 있었다. 하나의 면 지역인 내 고향은 얼마나 두메산골인가를 실감할 수 있었다. 순천-완주 간 고속도로가 나고는 처음 방문이라 터널이 그렇게 많은 줄을 몰랐다, 갈 때는 일일이 세지 못했다가 돌아오면서 세어 봤었다. 길고 짧은 터널을 대강 세어 보았더니 8개나 되지 않은가. 순천 시내서 20km 남짓 되는 면 지역을 통과하는데 터널 많기로 따진다면 전국에서 제일 많지 않을까 싶다.

내 고향 발산마을 앞을 지나 섬진강을 찾아 흘러가는 황전천은 오랜 세월 풍화작용인 듯싶다. 삼각주를 만들고 이로 인해 수만 평 자갈밭과 모래밭을 만들었다. 지역에선 그 이름도 유명한 발산 강변을 고향 마을이 품게 했던 거다. 기암괴석이 우거진 조그만 동산 아래는 큰비가 내릴 때마다 웅덩이 만들기를 게을리하지 않았나 싶다. 산실동이라고 부르는 아름다운 동산 위쪽엔 아름드리 소나무와 상수리나무들이 꽉 들어찼다. 아래로는 기암괴석이 자리 잡은 소(沼)가 조화를 이룬다. 오래전부터 대대로 연당소(蓮塘沼)로 불려 내려왔었다. 이는 오래된 옛날 소 주변에 연꽃이 만발했던 연못이 있어서였단다.

이런 천혜를 받은 고향 마을은 돌고도는 자연의 섭리를 피할 순 없었다. 대부분 망구 고개가 가깝거나 넘고, 홀로 되신 분들이 많이 살고 계신다. 어머님 품속처럼 이내 맘을 포근케 해주는 곳이다. 이런 내 고향 마을을 시도 때도 없이 떠올릴 수 있어 좋다.

고향(故鄕)

소풍 장소로 정해진 마을

    고향 마을 뒷산들은 야트막하고 병풍처럼 둘러쳐져 있다. 구랑골이라고 부르는 산봉우리가 제일 높다. 정상 부근에는 벼락으로 인해 두 쪽으로 쪼개진 바위가 있다. 고향마을서는 벼락 바위라고 부르는데 웅장하기 그지없다. 매끈하게 잘생긴 무를 머리 부분부터 두 쪽으로 쪼개 놓은 모양으로 마을을 지키는 수호신처럼 서 있다. 무구한 세월이 흐르는 동안 벼락 바위란 이름을 부여받고는 고향 마을을 지키는 장승 역할을 다했던 것이다.

    구랑골과 고사골로 이어진 산 너머에는 아버지께서 손수 일구셨다. 평생을 지게와 괭이로 평수를 늘려나갔던 천수답이 있다. 계속 올라가면 백운산으로 연결되는 곳이다. 북으론 우리 마을을 아우르는 이웃 산중에선 제일 높은 국사봉이 솟아 있다. 그런가 하면 해가 넘어가는 쪽에는 장엄한 봉두산이 바라보인다. 순천시 월등면과 황전면, 곡성군 죽곡면을 경계하는 해발 753m 봉두산이다. 한국전쟁 때 50여 명에 가까운 경찰부대가 북한군과 싸우다 죽어야 했던 유명한 천

년 고찰 태안사가 있다. 고향에 대부분 마을이 영원히 씻지 못할 한과 비극인 여순사건과 한국전쟁 악몽을 겪어야 했었다.

그렇지만 내가 나고 자란 고향인 발산마을은 일찍이 천혜를 입은 아름다운 마을이다. 섬진강 샛강을 따라 모래와 자갈밭으로 광활하게 펼쳐진 안쪽으로는 미루나무와 소나무 잡목들이 우거져 있었다. 자갈 모래밭 가장자리 쪽으로 할미꽃 대단위 자생지였으며 종달새를 비롯한 새들 낙원이다. 기암괴석 우거지고 아름드리 소나무와 참나무가 들어찼던 산실 동산은 연당소를 품에 안아 아울렀다. 마을 뒤에 대밭등이라 부르는 뒷동산에선 시도 때도 없이 개구쟁이 동무들과 뛰놀았다. 이토록 아름다운 금수강산 고향 마을을 하루라도 잊을 손가.

누구나 초등학교 개구쟁이 시절에 재미있었던 추억은 많을 것이다. 그중에 한둘을 택하라 하면 단연 가을 운동회와 소풍이라고 말하는 이가 많을 것이다. 그러나 나를 비롯한 고향 마을 선후배들은 소풍이란 즐거움을 만끽하지 못했었다. 초등학교 6년 내내 무얼 잃어버린 허전한 느낌이었다. 뭔가 손해 본 느낌으로 학교에 다녀야 했었다.

다른 친구들과는 달리, 소풍날 재미가 떨어지는 이유가 있었다. 학교 교무실 앞 게시판에 나붙은 소풍 장소는 언제나, 내가 나고 자란 마을인 발산 강변이었다. 무구한 세월을 흐르던 황전 천은 삼각주를 만들어 놓았다. 맑은 물이 흐르는 드넓은 강변은 자갈밭과 모래밭이 넓게 펼쳐지게 했다. 일제강점기에 황전국민학교가 개교되고는 언제나 변함없는 붙박이 소풍 장소로 정해져 있었다. 아름다운 경관이 많은 이런 이유로 초등학교 6년 내내 판박이 소풍 장소로 정해졌었나 싶다.

강변에서 기다려도 되지만, 혹시나 소풍 장소가 다른 곳으로 바뀔지 모르니 학교에까지 가야 했었다. 지금 생각하면 왜 그랬을까 싶다. 우리 동네 강변으로 소풍 오는 줄로 뻔히 알면서 말이다. 십 리나 되는 학교까지 먼길을 마다하지 않고 가곤 했었다. 그렇지만 소풍 장소인 발산 강변까지 행진하며 오는 재미가 있었다. 담임을 맡은 선생님이 인솔하며 호루라기를 분다. '구령 맞춰 걸어!' '번호 맞춰 걸어!' '하나 둘 셋 넷.' 구령 소리가 여기저기서 경쟁이나 하듯 앞뒤서 들려 왔다. '산골짝에 다람쥐 아기 다람쥐 도토리 점심 가지고 소풍을 간다.'라고 하면, 뒤따르는 반에서는 '황금을 보기를 돌같이 하라.'며 되받는다. 면사무소 앞을 내려오면 신작로 가에 사는 사람들에게 훌륭한 구경거리가 아닐 수 없다. 소풍날 주인공인 개구쟁이들은 나폴레옹 개선 행렬처럼 당당했었다.

고향 마을인 발산 강변에 도착하면 각종 장사꾼이 미리 도착해 전을 폈다. 면 소재지에 구멍가게나 풀빵 장수, 엿장수 등 장난감이나 과일을 팔기 위해 전을 차려놓고 우리를 맞는다.

이처럼 늘 우리 동네 강변으로 오는 소풍이지만, 손꼽아 기다리지 않을 수 없었다. 이번에는 다른 데로 가겠지, 막연하게 기대하면서 말이다. 그렇지만 역시나 우리 동네인 발산 강변은 변함없었다. 그대신 도시락 먹는 재미는 맛보지 못했다. 어머니께선 점심은 집에 와 먹으라며 도시락은 싸주지 않았지만, 언제나 용돈을 준비해 주시곤 했다.

"엄마, 오늘 소풍 가요. 돈 좀 주씨요." 하면 아버지가 "돈은 무슨 돈이냐? 집에 와서 배부르게 밥 묵으믄 되지."라고 소리를 꽥 질렀었던 때가 생생하다.

'10년이면 강산도 변한다.'라고 하지 않던가. 그때가 1960년대였으니 한두 번이 아니고 여섯 번이나 강산이 변할 만큼 세월이 흘러 버렸다. 천지가 개벽하는 지각 변동은 없었다. 그렇지만 변해도 너무 변해버렸다. 강과 산마저도 몰라보게 달라졌다. 전국을 강타한 산업화 바람 때문일 테다. 이는 내 고향뿐만은 아닐 테다. 방방곡곡 젊은이들이 물동이도, 호밋자루도 우물가 앵두나무 밑에 내던진 것처럼 했다. 어느 곳 할 것 없이 서울이나 부산, 도회지로 단봇짐을 싸 버린 탓이다.

내가 다녔던 모교는 3·1운동이 일어났던 이듬해인 1920년에 황전국민학교로 개교했다. 내 초등학교 때만 해도 학생 수가 1천여 명이 넘던 학교가 지금은 30여 명뿐이라는 거다. 정말이지 변해도 너무 많이 변해 버렸다. 도대체 그 많은 개구쟁이가 다 어디로 가 버렸단 말인가.

품앗이 풀베기 추억

▽
▼
▽

　태어나 자란 내 고향 마을은 50여 호가 되지 않다. 그런데 동갑내기만 해도 어림잡아 열대여섯 명의 소꿉동무들이 우글우글 어우러져 살았다. 그런데 지금은 객지로 다 떠나 산다. 나처럼 금의환향해 돌아와 살리라는 꿈을 가졌을 테다. 같은 마을 선배 형님과 결혼해 사는 친구 외에는 고향 마을로 돌아와 사는 친구는 아무도 없다.

　그때 소년들은 밥만 먹으면 산에 올라 땔나무를 베고 보리 갈 이용 퇴비를 만들기 위해 풀을 벴다. 소녀들은 비단 베에 홀치기 수놓는 부업을 하며 가사를 열심히 도왔다. 요즘은 보리밥보다는 쌀밥만 먹고도 살 수 있는 좋은 세상이지 않은가. 그러므로 보리를 심기 위해 애쓸 필요 없다. 그렇지만 인류가 가장 오래전부터 재배했던 오곡 중의 하나가 보리였단다. 그 시절에 보리란 곡식이 없었다면 지금까지 생을 이었던 사람이 몇이나 되랴. 요즘은 들판에 자라는 보리가 보이지 않는다. 이제 보리밥은 끼니를 잇는 먹거리가 아니다. 성인병을 예방해 주는 귀한 건강식품으로 탈바꿈했다.

삼복(三伏)더위 때는 나무 그늘에 가만히 앉아 있어도 덥지 않던가. 그렇지만 나이가 비슷한 친구들끼리 더위쯤은 아랑곳하지 않았다. 풀베기 품앗이 동아리를 만들었던 거다. 지게를 지고 산에 오르면 땀이 비 오듯 했다. 그때 지게와 벗했던 멤버로 초등학교도 가지 못한 친구도 있었다. 겨우 6년 졸업만 마친 친구들이었다. 또한, 곡성이나 구례, 인근서 머슴살이 온 친구들이다.

품앗이 차례를 치르는 집에서는 새 반찬을 만들고 국을 끓여 점심밥을 차려주었다. 품앗이 풀을 베지 않았다면 집에서 식은 꽁보리밥이나 수제비로 점심을 때울 수밖에 없다. 새로 만든 반찬과 따뜻한 점심밥을 먹는 재미로 품앗이를 이어갔다 해도 틀리지 않는 말이다. 더위를 식히며 부른 배를 소화시키기 위해 고향 마을에 명소인 연당소로 약속이나 한 듯 달려갔다. 물놀이하다 지치면 나무 그늘이 드리운 기암괴석 위에 누워 낮잠도 자고 쉬기도 했다.

그때는 여름방학이라지만 한가하게 책을 펼치지 못했었다. 한낮 더위가 수그러지는 오후 2, 3시쯤이면 먼 산에 올라 오후 풀을 베어 지게에 지고 내려온다. 일렬종대로 군단을 이룬 풀짐들의 행렬은 장관이지 않을 수 없다. 이런 품앗이 일을 초등학교를 졸업하고 어린 나이 때부터 했으니 지금은 재밌는 추억이다.

마을 뒷산인 야산에는 풀이나 나무가 자라기도 전에 베어 버린다. 이 때문에 이웃 마을을 지나 깊은 산까지 가야 했다. 4, 50분 이상, 한 시간 넘게 깊은 산으로 들어가야만 빨리 벨 수가 있었다. 더위가 극성을 부리는 한창 더위 때는 새벽 동트기 전에 산에 도착해 날이 밝길 기다렸다가 풀을 벨 때도 있었다. 더위를 피해 어두운 산길을 지게를 지고 오르기는 나로선 손재주도 없는 데다 밤눈도 어두웠다. 친구들을 따라다니며 품앗이 보리갈이 밑거름용 풀베기는 이처럼 애로사항이 많았지만 극복해 나갔다. 지게에 쟁이는 재주가 없으니 풀짐이 제대로 만들어지는 날이라곤 없었다. 지고 오는 도중에 곧잘 무너져 내렸었다. 세상 사람들이 흔히 쓰는 말로 타고난 팔자란 말이 있길 않던가. 이처럼 나야말로 일하는 재주라고는 서푼 어치도 없이 세상에 태어났었다. 책이나 읽으라 하면 잘 읽을 뿐이었다. 그렇지만 손으로 하는 일은 둔자 중에 둔자였다. 그리고 손방 중에 손방이었던 터라 어려움을 겪고 살아야만 했다.

다른 친구들은 담배도 피워가며 여유를 부리며 풀을 벤다. 그렇지만 나는 죽기 살기로 베어도 언제나 꼴찌다. 그런데 산에는 온갖 풀베기에 방해꾼들이 많았다. 한참 풀을 베고 있으면 뱀이 지나간다. 온몸이 소름이 끼친다. 그때는 에덴동산에 선악과 사건을 모를 땐데 신기할 따름이다. 뱀을 그냥 살려 보내질 않았으니 하는 말이다. 쐐기벌레에 다리나 팔을 쏘이게 되면 사타구니와 겨드랑이에 가로 톳이 금방 솟는다. 팔다리를 움직이기가 힘들 지경이다. 나로선 차라리 벌에 쏘인 것이 백번 나았다.

한참 풀을 베다 보면 푸나무 가지에 벌집을 짓고 도사리고 있는 걸, 인지하지 못하고 풀을 베어 나간다. 그들로서는 생사가 달린 일인데 잠자코 있는 건 만무하지 않겠는가. 죽기 살기로 공격해댈 태세다. 이럴 때는 쥐고 있던 풀을 벌집 쪽에다가 잽싸게 던져 날아오름을 더

디게 한다. 그러고는 삼십육계 줄행랑을 치는 것이 장땡이다.

삼복더위를 무릅쓰고 풀을 베러 산에 오를 때는 더위만 힘들게 하는 것이 아니다. 이처럼 난데없는 장애물이 많이 나타난다는 얘기다. 그렇지만 그때를 더듬어 보면 재미있는 추억이 아닐 수 없다.

두레 정신으로 뭉친 마을

　내 고향 발산마을은 순천 시내서 북쪽으로 20km 떨어진 산간 지역이다. 황전면 소재지에서도 곡성 구례 쪽으로 멀리 떨어진 곳이다. 그야말로 전형적인 두메산골 오지가 아닐 수 없다.

　악몽 같았던 여순사건과 한국전쟁 때는 별로 죄도 아닌데도 좌익 부역자로 몰려 억울하게 죽었던 사람이 많다. 대부분 초등학교도 가보지 못했으니 낫 놓고 ㄱ자도 모르는 까막눈이었다. 당연히 공산주의 사상이나 이념을 어찌 알랴. 이런 모진 일을 겪고도 마을 사람들은 다른 곳으로 떠나지 않고 살았다. 남의 집 작은 문간방을 얻어 어린 자식과 곁방살이하는 미망인이 사는 집도 있었다. 여순사건과 남북전쟁때 남편을 잃은 엄마가 많은 자식을 거느리고 보따리 장사를 했다. 열두내라는 산속 마을에 살던 부모님께서는 8·15해방 전에 내가 난 고향마을에 찾아와 자리 잡았다. 남의 집 문간방에 삼 남매와 같이 곁방살이하다가 초가삼간 오막살이 집을 장만하셨던 거다. 그러고는 또 삼 남매를 낳아 보탰다.

아버지는 어린 열두 살 때부터 남의 집 머슴살이를 했고 5십이 훨씬 넘도록 땅 한 평 마련하지 못했다. 그렇지만 고향을 떠나지 않으셨다. 어린 나이 때 머슴살이가 힘들었던 아버지는 친구 한 사람과 전주로 도망가 살자며 가출했었다는 것이다. 그때는 자동차가 없었던 때라 비촌이란 마을에서 일주일 걸려서 갔던 곳이 남원이라 하셨다. 그러나 할아버지에게 붙잡혀 오고 말았다. 전주까지 거리의 절반 밖에 이르지 못하고 붙잡혀 돌아왔다는 것이다. 이처럼 온전한 전주를 가지 못하고 반전주만 가고 말았다는 얘기를 심심찮게 들었었다.

그런데 아버지처럼 농토가 없는 사람들이 도회지로 나가 살면 벌어먹고살기가 쉽지 않겠는가. 그때 아버지께서 객지 생활에 성공했더라면 지금 나의 존재가 어떻게 되었을지 궁금하다. 앞에서 밝힌 것처럼, 산 좋고, 물 맑고, 경치 좋고, 인심 좋은 천혜의 고장을 떠날 수 없는 이유였는지 싶다. 서로가 배려하는 따뜻한 인정도 작용했으리라.

예나 지금이나 도회지라면 집주인들이 방세를 꼬박꼬박 챙겨 받지 않던가. 그러나 그때 마을에선 누구 한 사람 방세를 달라 하는 사람이나 주는 사람도 없었다. 아마도 남을 도와주면 나도 도움을 받는다는 품앗이로 두레 정신이 작용한 듯싶다.

불이나 집이 불타버렸다면 마을 사람들이 개미나 꿀벌처럼 울력으로 집 짓는 일을 도왔다. 어떤 집에서 상이라도 당하게 되면 아무리 바쁜 일이 있어도 뒤로 미뤄 놓았다. 상갓집에 달려가 일손을 도우며 장례가 끝나도록 밤을 새워 빈소를 지켜 주었었다.

순천 하면 넓은 곡창지대로 알고 있는 사람이 많을 것이다. 하지만 남쪽이라야 넓은 들인 평야 지대다. 북쪽 지방은 산악지대라서 넓은 들이 별로 없다. 섬진강으로 흘러내려 가는 황전천변에 조성된 조그마한 건(乾)들에 4개 마을 사람들이 목을 매고 살기에는 턱없이 모자랐다. 산자락에 천수답과는 달리 벼와 보리를 2모작 했다. 들논 서너 마지기만 있으면 대여섯 식구는 그런대로 살 수 있었다. 풀대 죽을 끓여 먹지 않아도 끼니 걱정은 면하고 살 수 있었다. 그렇지만 마을 주민 태반이 건들에 논 한 평도 없었다.

그때도 김제 익산이나 경기평야 지대에는 1백 마지기 이상 농토를 소유한 농가가 많다고 않던가. 어지간하면 수백 마지기 농사를 짓는다고 고향 마을에 알려졌었다. 그쪽은 추운 지방이라 남쪽 지방보다 모내기가 일찍 시작된다는 거였다. 모내기 철만 되면 젊고 힘깨나 쓰는 여자들은 해마다 원정 모심기에 나섰다. 품삯이 마을 사람들이 주는 값보다 두 배도 넘었기 때문이다. 10여 명 이상씩 팀을 이뤘다. 윗녘에 모내기를 마치고 내려오면 고향마을도 모내기가 시작되기 때문에 농사엔 지장이 없었다.

남자들은 새경이 비싼 위쪽 지방으로 머슴살이하러 가기도 했었다. 새경이 두 배가 넘기 때문이다. 아내가 어린아이를 데리고 살았다. 이는 웬만하면 고향을 떠나지 않으려 하는 맘 때문이 아니었을까 싶다.

건들논 열 마지기만 가져도 부잣집으로 통했었다. 농사일은 머슴들이 맡아 하면서 품앗이로 농사를 지었다. 주로 보리 수확해서 타작하기, 모심기와 논매고 벼 베기, 보리를 심기 위해 풀을 베어 퇴비 만들기, 이런 일들이 품앗이로 하는 일이었다.

그때는 모든 농사 과정은 몸을 직접 움직여 손으로만 했었다. 보리를 베고 모를 심는 일이 때와 시기가 있다. 모내기 철이 일 년 중 가장 바쁘고 힘이 든 때다. 오늘은 아랫집에 모심기, 내일은 이장네 집이다. 이런 식으로 날마다 품앗이 일이 계속된다. 아침 일찍부터 저녁때까지 무논에서 모심기 작업을 하는 것은 여간 힘든 일이 아닐 수 없다. 자기 집에 일이다면 쉬엄쉬엄하면 된다. 오늘 못하면 내일 하면 되니 말이다.

품앗이 공동체 모내기는 어느 한 사람이 자세가 흐트러지면 팀워크가 무너지고 만다. 서로서로 손이 맞지 않으면 힘은 더 들면서 일에 능률도 떨어질 수밖에 없다. 일을 마치고 집에 돌아오면 지친 몸은 파김치가 되고 만다. 그렇지만 다음 날 품앗이마당에 나오면 다시 또 힘이 솟는다. 힘든 일을 하지만, 재미가 있어 금방 하루가 갔다.

그때 열대여섯 어린 나이 친구들이 어른들처럼 품앗이 흉내를 냈던 이유는 여럿이 어울려 하는 일이라 재미가 있었기 때문이다. 새로 지은 따뜻한 점심과 맛있는 반찬에 배불리 먹는 즐거움도 있기 때문이다.

이처럼 두레 정신으로 형제지간처럼, 자매지간처럼, 서로 돕고 의지하며 오순도순 살아가던 고향 마을이었다. 그러나 서울 쪽에서 불어오는 근대화산업화 바람만큼은 피해 가지 못했다. 갓난아기 울음소리가 그친 지 오래다. 한 집 건너 빈집이며 대부분 80 넘은 노인들이 사는 마을로 변해버렸다.

그때 추억 이야기

    나로선 손재주라고는 없으니 일하는 재주도 없는 거는 당연했다. 풀을 베어 짊어지고 오는 도중에 여지없이 무너져 내리는 거였다. 다시 풀짐을 정리해 짊어지고 와야 하니 부피가 절반으로 줄고 작게 보일 수밖에 없다.

    풀짐이나 나뭇짐뿐만 아니다. 나락 짐이나 보릿단을 지게에 나를 때도 마찬가지다. 짊어지고 오는 도중에 자꾸만 무너져 내려 버리니 애를 먹는다. 이런 까닭에 친구들이 하는 얘기가 있다. "행구, 나뭇짐이나 풀짐 잘된 것 봤냐? 염생이 물똥 싸는 걸 봤냐?" 이런 말들이 오죽하면 만들어졌을까 싶다.

    금방 무너져 내릴 것 같은 풀짐을 오른손에 든 낫으로 엉거주춤한 자세로 붙잡고 오니 항상 웃음거리였다.

    벌써 60년이 다 된 얘기다. 요즘 고향 친구들을 만나 술잔을 기울일 때 제일 재미있는 추억 얘기 제1호는 당연히 그때 품앗이 얘기다. 손재주가 없으니 애로사항이 많았던 나로선 그때 있었던 이야기 잔치가 벌어지면 단연, 주인공이 된다.

"그때 말이여 내가 오해받았던 얘기를 할란다. 풀짐이 말이다. 지고 오는 도중에 버그러져 뿐단 말이다. 새로 풀짐을 만들다 보믄 부피가 절반으로 줄어 뿐단 말이다. 남들이 볼 때는 반 짐으로 보인다니까. 윤기 주인집에 품앗이할 때다. 엽이 누나한테 오해를 받아 뿌렀당게. 내가 지고 오는 풀짐이 반 짐처럼 보였단 말이다. 부엌에 서 보고는 쫓아 나와 가꼬 품앗이 풀을 멀라고 허냐? 날도 더운데 땀 뻘뻘 흘리면서 불 때서 밥해주기만 힘들다고 푸념하더란 말이다." 고향 친구들과 술자리를 만들고 얘기 잔치를 벌일 때마다 내가 단골로 하는 말이다.

품앗이 일을 하지 않을 때는 아침에 지어 놓은 식은 꽁보리밥을 먹을 수밖에 없다. 사카린 몇 알 푼 냉수에 밥을 말고 달랑, 신 열무김치 한 가닥 반찬 삼아 먹을 수밖에 없었다. 이런 형편이니 초등학교 갓 졸업한 우리로선 품앗이 동아리를 만들었던 거다. 이처럼 보리갈이용 퇴비를 마련하기 위한 풀베기 품앗이는 따신 점심 먹는 재미가 쏠쏠했다. 점심 저녁 따뜻한 밥상을 받아먹는 호사를 누렸었다. 그뿐만 아니다. 그때 우리 품앗이 동아리가 논에 김매기를 할 때는 새참으로 막걸리도 나왔다.

요즘으로 본다면 중학생 나이인 어린아이들이 무슨 술을 먹느냐고 할 사람도 많을 것이다. 그렇지만 마을에 공동작업인 울력이라도 할 때는 어른이나 우리처럼 소년들도 똑같은 일을 했었다. 그때는 술만 마시는 것이 아니고 담배도 피웠다. 어느 것 하나 어른 흉내를 내지 않은 것은 없었다. 어른들이 하는 논밭 일과 산에 나무와 풀 베는 일

등 모든 일을 똑같이 해냈었다. 담배는 맞대고 피우지 못했지만, 막걸리 잔치가 벌어질 때는 술을 쳐주는 건 우리 몫이었다. 그러고는 으레 어른들과 같은 자리서 마셨다.

논매기는 일반적으로 초벌 매기, 중벌 매기, 끝 매기로 나눠서 했다. 초벌 매기는 모를 심어놓고, 얼마 지나지 않았을때를 말한다. 벼가 많이 자라지 않아 별로 힘들지 않다. 두 번째 매기부터는 벼 포기가 제법 자랄 때라 이때부터는 힘들어지기 시작한다. 그렇지만 여럿이 하는 일이라 그런대로 재미있는 편이다. 그런데 끝 매기인 3번째 매기는 정말 힘들며 고통스럽다. 푹푹 찌는 삼복더위라 엎드리면 논바닥 물에서 훈김이 올라와 숨이 콱 막힐 지경이다. 완전 어른 벼로 자랐으니 논에 들어서면 배 위에 가슴까지 올라온다.

엎드려서 김매기를 하다 보면, 벼 잎 끝부분이 눈을 찌르기도 한다. 벼 포기를 이리저리 젖혀 나가다 보면 양 손목 부분과 팔꿈치가 벼 포기들에 깎여 발갛게 핏발이 서기도 한다. 거기에다 논물이 뜨거울 정도로 태양열에 데워져 있다. 김을 매기 위해 엎드리면 숨이 콱 막힐 지경이다. 온몸과 얼굴에는 땀범벅이다. 논흙 묻은 손을 논물에 씻고 땀을 훔친다. 여러 번 되풀이 땀을 훔치다 보면 논흙이 눈에 들어가 쓰리고 얼굴도 쓰리다. 온종일 엎드려서 하는 작업이라 허리는 끊어질 듯하니 보통 힘이 드는 게 아니다. 메리야스가 허리 위로 올라가 등허리가 돌출된다. 이때를 기다렸다는 듯, 소에 붙어 피를 빠는 왕파리인 둥구란 놈이 공격한다. 돌출된 허리 살갗에 주둥이를 처박고 피를 빨면 저절로 비명을 지른다. 쇠파리나 모기에 물리면 참을 만하

지만, 동물 피를 주식으로 삼는 둥구란 놈은 항우장사도 못 견딜 테
다. '아야!' 비명부터 지른다. 논흙 묻은 손은 논물에 씻을 여유를 부
릴 수도 없다. 손바닥으로 냅다 내려치면, 놈은 벌써 감지한다. 공중
으로 날아올랐다가 곧바로 또다시 공격한다. 옷이 땀에 젖었다가 뜨
거운 햇볕이 수분은 거두어 가 버리고 나면 하얀 소금꽃이 피어난다.
이런 일을 혼자서 하라면 도무지 해내지 못했을 것이다. 그렇지만 보
리풀베기 작업할 때와 다르다. 논매기 때는 오전 오후 새참으로 막걸
리가 피로를 달래 준다. 이때 술맛은 말로 표현할 수 없다. 두세 사발
씩 마시고 나면 술기운이 몸을 한 바퀴 돈다. 허리 아픔도 잊고 더위
도 잊는다. 전국에 유행하는 '두만강 푸른 물에 노젓는 뱃사공 흘러
간 그 옛날에 내 님을 싣고 떠나던 그 배는 어디로 갔소!' 이어서 '이별
의 부산 정거장', '목포의 눈물' 등 그때 유행이던 유행가를 해가 지도
록 합창하면 고달픔은 멀리 사라져 버린다.

　가끔 그때를 회상해 본다. 그토록 힘든 일들을 어떻게 해내고 살았
을까 싶다가도 미소를 머금을 때가 많다. 불현듯 구례와 곡성서 머슴
살이 왔던 친구 윤기와 정호가 그립고 보고 싶다.

* 행구 : 고향에서 불리던 필자 이름
* 술을 치다. 술을 쳤다 : 큰 그릇에 담긴 술을 작은 그릇에 담아 술꾼에
　게 건넨다는 말이다.
* 둥구 : 크기가 말벌만큼 크다. 주로 소에게 빌어 붙어 피를 빠는 놈이다.
　학명으론 왕 쇠파리라고 부른다. 고향 마을에서는 둥구라고 불렀다.

다슬기 잡는 소녀

▽
▼
▽

고향 얘기를 연이어 들추어 내다보니 누이가 애타도록 보고 싶고 그립다. 그때 고향 마을 앞으로 섬진강을 찾아가는 냇물 풍경도 그립다. 오후만 되면 삼삼오오 무리를 이뤄 고동 잡는 소녀들이 평화스럽기만 했다. 그 틈에는 나와는 다섯 살 터울인 여동생이 언제든지 들어있었으니 말이다.

마을 앞으로 흐르는 황전천은 물살이 그리 세게 흐르지도 않고 그다지 깊지 않았다. 이 때문인지 다슬기가 서식하기에는 안성맞춤이었는지 싶다. 늦은 봄부터 초가을까지는 고동(다슬기) 마니아들이 날마다 거르는 날이 없다. 쉼 없이 잡아내도 언제든지 한 소쿠리 가득가득 잡아 온다. 아니 주워 온다고 해야 옳은 건지 모르겠다.

한 소쿠리 가득 잡아 오면 다른 양념 재료는 필요 없다. 두어 바가지 물을 부어 삶아 우려낸 진국은 짙은 초록색이다. 재래 집 간장과 약 오른 풋고추와 부추를 약간 썰어 넣은 것 외에는 다른 양념이 필요치 않다.

고둥 국물 끓이는 방법이야말로 5, 60년이 지난 오늘날에도 달라진 것은 별로 없다. 조미료를 첨가한다거나 다른 양념거리를 추가하면 국물 본연의 맛은 사라지니 말이다. 비록 쌀알 한 톨 섞이지 않은 꽁보리밥이었지만, 밥도둑이었다. 진국인 국물에 식은 밥 한 덩어리를 말아보라. 한 대접 가득 깐 고둥알에 초고추장을 부어서 버무려 밥상에 올리면 다른 반찬을 뭐하게 찾으랴.

그때 누이의 모습이 눈앞에 또다시 성글인다. 여름철이라 마당 장독대 앞에 걸려 있는 백 솥이다. 큰 바가지로 두어 바가지 물을 부어 끓인 후 고둥을 털어 붓고 삶는 모습이다. 탱자나무 울타리에 실한 가시를 꺾어온다. 일일이 고둥알을 꺼내는 모습이 선명하게 그려진다.

한 알 두 알 대접에 모으다가 옆에서 입만 벌리는 철부지 오빠에게 한 알 입에 넣어 준다. 그때 그 맛은 60년이 지난, 지금까지도 그 맛을 잊을 수가 없어 군침이 절로 솟는다. 고둥알을 들어내 초무침을 만드는 여동생을 그려 보다가 그만 눈시울이 뜨거워진다.

결혼하면 '아내와 고둥을 잡아 와 삶아낸 국물을 우려먹고 고둥 알을 밤이 깊도록 꺼내먹으련다. 오순도순 미주알고주알 재미있는 얘기를 나누며 계수나무 아래 산토끼 부부처럼 알콩달콩 살련다.'라고 이런 행복한 꿈을 오래전부터 꾸었었다. 그래선지 아내를 만나고 진주에 살면서 틈만 나면 고둥잡이에 나섰다. 국물을 우려먹고 밤이 깊도록 알을 꺼내먹고 정다운 얘기를 나눴으니 오랫동안 일명 고둥 부부로 살았던 때가 새롭다.

여동생은 미처 날도 풀리기 전에 냉이를 캐고 봄나물을 뜯어다 날랐다. 그리고 고둥을 잡아다 날랐다. 그때만 해도 꽁보리밥마저도 배불리 먹기는 힘들었다. 말하자면 '고둥이야말로 우리 가족이 살아가는 데 훌륭한 양식이 되어주었다.'라고 해도 과언이 아니다. 이처럼 먹을거리 장만을 훌륭하게 감당해 냈던 누이는 삼천포에 시집가 어부 아내로 살았다. 슬하에 남매를 남기곤 고깃배 사고로 세상을 등지고 만지도 30년이 훨씬 넘었다. 세월이 흐르고 나이를 먹었지만, 잊히지 않는다. 오늘 같은 날은 여지없다. 주마등처럼 내 눈앞을 지나가면서 눈물 글썽이게 한다.

늦은 나이에 누이를 늦둥이로 갖게 된 부모님은 돌아가신 지가 오래다. 어머니 돌아가신 지가 30년이며 아버지가 돌아가신 지가 40년이 지났다. 일가친척도 땅 한 평이 없으니 고향을 자주 찾을 수는 없다. 그렇지만 아직도 나이가 아흔이 넘는 친구들의 노모가 살아계신다. 가물에 콩 나듯 인사를 드리기 위해 찾아가면 우연의 일치인지는 모르지만, 삶은 고둥을 내놓곤 했었다. 그때가 벌써 10년이나 지나버렸다. 맘 같아서는 일 년에 한두 번씩 찾아뵙고 싶으나 자가용차가 없다는 핑계일는지 모른다. 고향에 가기가 쉽지 않다.

결혼하고서는 줄곧 자영업으로만 살아왔었다. 처음 진주 왔을 때는 물만 흐르는 곳이라면 어딜 가도 지천이었다. 아내와 둘이서만 나서기도 했고 가끔 친구 부부를 태우고 나서기도 했다. 그때는 큰 고무함지박에 가득 차게 잡아 올 때도 많았다. 이처럼 십몇 년 전만 해도 고둥 풍년이었다. 시내를 벗어나 지리산 쪽이나 합천 방면으로 나섰었다. 아무 곳이나 개울에 들어서기만 하면 부부가 풍족하게 먹을 만큼은 잡아 올 수 있었다.

그런데 몇 년 전부터는 고둥 잡기에 나서보았지만 가는 곳마다 허탕만 치고 돌아올 수밖에 없었다. 깨끗한 일급수에서만 자생하는 놈들은 물이 오염된 탓으로 자취를 감추고 말았다.

요즘은 고둥알을 맛보고 진국을 먹어본 지가 까마득하다. 진주 인근에는 이들이 서식하는 곳을 찾아볼 수 없는 것이 안타깝다. 고둥이란 단어를 입에 오르내릴 때마다 그때 고둥 잡는 소녀가 눈앞에 어른거린다.

* 다슬기가 표준어다. 고향에서처럼 진주지역에서도 다슬기라 부르지 않고 고둥이라 부르니 지역어를 인용해 글쓰기를 했다.

그때 고등 국물이 그립다

▽
▼
▽

고향 마을에서 나고 자랐던 그리운 소꿉친구들이 서울로 부산으로 다 떠나 산다. 몇 년 전에 고향 친구들이 순천에서 술잔을 부딪치며 회포를 풀었었다. 밤이 이슥도록 술자리를 하고 난 후 숙취를 풀기 위해서였다. 다슬기탕 집에 갔던 때가 떠올려진다.

교직에 있던 친구가 퇴직하고 순천 시내에 살면서 친구들이 그리웠었나 보다. 각지에 흩어져 사는 친구를 불러 모으는 거였다. 마침 서울에 사는 두 친구도 내려온다고 하기에 고향을 찾았던 적이 있었다.

매화꽃 향기를 맡으며 대낮부터 시작해 밤늦도록 술을 마셨으니 오죽하겠는가. 나이도 나이지만 과음했지 않았는가. 뒷날 아침이 되자 속 쓰림이 여지없이 엄습했다. 한 친구가 민물매운탕 잘하는 집에 찾아가 속풀이를 하자는 거다. 그 바람에 우리는 순천 시내를 벗어나 주암호 방면으로 차를 몰았다. 차창 밖으로 '다슬기탕'이라는 간판이 들어왔다. 일찍이 고등 국물에 익숙했던 터라 나도 모르게 다슬기탕이라고 고함을 질러댔다. 그 바람에 운전하는 친구가 매운탕 집으로 가려던 계획을 포기하고 다슬기탕 집으로 들어가질 않는가.

우리처럼 지난밤에 술을 많이 마셔서 숙취를 풀기 위해 온 모양이다. 아직 이른 시간이지만 듬성듬성 서너 테이블에 앉은 팀들은 중년 남자들이다. 고둥국을 호호 불며 마시기도 하고 숟가락으로 떠먹는 모습이 우리처럼 밤새 술을 마셨던 모양이다.

곧이어 우리에게도 뚝배기 안에서 푸르스름한 국물이 펄펄 끓는 채로 나왔다. 모두 뜨끈뜨끈한 뚝배기를 두 손으로 움켜잡는다. 호호 불어 가며 한 모금씩 마시면서 '아! 시원하다.'라며 연발 비명을 지른다. 뜨거워서 입으로 호호 불면서도 시원하다는 비명 아닌 비명이다. 오래전에 세상 떠난 부모님을 흉내 내는 소리가 터져 나온다. 부모님 두 분은 뜨거운 국물을 마시며 '시원하구나.'라는 소리를 곧잘 하셨다. 그런데 친구들 모두가 그때 어른들 흉내를 그대로 내고 있다. '영락없이 늙은이가 되어버렸다.'라며 모두 한 소리씩 한다.

어느새 내 맘속에는 옛날에 여동생이 끓여 주던 고둥 국물이 맘속 한 편에 자리 잡는다. 국물 맛이 아내가 끓여 주던 때와 누이가 끓여 주던 그때 맛과는 비교할 수 없다. 하긴 업소에서는 이익을 창출해야 하는데 그때 여동생이 끓여 주던 진국 맛이 나길 바랄 수는 없는 일이다.

얼마 전에 고향에 다녀왔다. 6년 선배 형님에게 "고향에 올 때마다 고둥을 잡고 싶은 맘이 꿀떡 같습니다. 아직도 있는지 모르겠네요?"라고 물었다. "지금은 물이 차가워서 고둥 잡는 사람이 보이지 않지만, 내년 봄 날씨만 풀리면 외부에 사는 사람들이 쉴새 없이 찾아올 것이다."라고 고향을 지키는 선배 형님은 내게 위로하듯 말했다. 고향 마을 앞으로 흐르는 냇물에는 고둥이 아직도 많다는 말에 반가운 맘 감출 수 없다.

그때는 내 고향 발산마을 앞으로 흐르는 황전천에 은어와 피리를 비롯한 물고기도 많을뿐더러 다슬기도 많았다. 나이 열 살을 갓 넘은 여자아이들뿐만 아니다. 나이 지긋한 아낙들이 떼 지어 날마다 잡아 냈다. 다음 날 같은 장소에는 어디에 숨었다가 나오는지 모르겠다. 다음날도 같은 장소에 변함없이 나타나는 걸 보면 신기할 뿐이다.

진주 시민의 젖줄이었던 남강도 요즘은 눈에 띄게 깨끗해졌다. 가정생활에서 발생하는 생활 오수와 공장이나 사업장에서 발생하는 공장 폐수도 마찬가지다. 배수관을 통하게 해, 한데 모아 정제해 강으로 내보내기 때문이다. 비가 내리지 않은 날이 계속되면 진양호서 남강 쪽으로 방류량이 적어지거나 중단될 때가 있다. 이때 강바닥 지대가 높은 곳은 맨살을 내면 고둥을 잡는 사람들이 많다. 나도 많은 양은 아니지만 한 사발 정도 잡아 왔었다.

그런데 남강에 서식하는 놈들은 일반 냇물에 고둥 국물맛을 갖고 있지 않다. 일반 냇물서 자란 놈들은 껍질도 얇고 표면에 골도 패지 않았다. 꽁무니를 이빨로 깨고 쏙 빨면 알갱이가 훼손 없이 쏙 빠져나온다. 그런데 남강에 서식한 것들은 한결같이 껍데기는 두꺼웠고 골이 팬 것들이었다. 이빨로 꽁무니를 깨뜨렸다간 금세 이가 망가질 판이다. 탱자나무 가시나 대나무로 만든 이쑤시개로 알을 꺼내 먹을 수밖에 없다. 요즘도 가끔 껍데기에 골패인 고둥을 시장에 팔기 위해

내놓은 걸 본다. 어디서 건져 올린 것인지 알 수 없다. 선뜻 사고 싶은 맘이 내키지 않는다.

얼마 전까지만 해도 진주에서 어느 쪽이든 조금만 차를 타고 나가면 냇물에 지천이던 고둥이 사라져 버리고 없으니 안타까운 일이다. 깨끗한 물에만 서식하는 놈들이라 어디로 갔는지 모른다. '물이 오염되어 살지 못하고 떠나버렸다.'라고 모두가 이구동성이다. 과연 누구의 책임이란 말인가.

2, 30년 전인 것 같다. 지리산에서 흘러 내려오는 덕천강이나 경호강에 수심이 깊은 곳에서 사는 놈들은 크기도 클뿐더러 둥근 모양으로 우렁이 같았다. 물안경을 쓰고 2, 3미터 잠수하면 검고 둥그런 모양의 고둥이 지천이었다. 우렁이보다도 굵은 놈들을 양파 자루로 그득하게 잡곤 했었다. 앞으로는 그런 시절은 영영 오지 않을 성싶다.

술 마신 다음 날 주당들에게는 고둥을 삶아 우려낸 푸르스름한 진국은 두말해 무엇하랴. 해장국으로는 이보다 더 좋은 것은 없을 테다. 이를 어찌 재첩국과 비교하리.

술 마신 다음 날이면 내 머릿속에는 고둥 삶아낸 푸르스름한 국물이 맴돌기를 한다. 아! 누이가 끓여 주던 그때 고둥 국물이 먹고 싶다. 아! 옛날이여! 그때가 그립다.

은어 잡기 추억

▽
▼
▽

　그때 고향 마을 앞으론 섬진강을 만나러 가는 샛강인 황전천이 사시사철 유유히 흘렀다. 너울을 오르는 은어 떼들이 힘차다. 강여울과 은어 떼가 합세해 만들어 내는 윤슬은 장관이었다. 수정처럼 맑은 여울에 그때 은어 떼 노는 모습이 그립다. 그때 고향 마을 앞 냇물에는 횟감으론 단연 으뜸으로 쳐주는 은어가 다른 어종보다 유달리 많았다. 물 반 은어 반 지천이었다.

　섬진강에서 훌치기 낚시법으로 잡아 올린 은어를 예나 지금이나 식도락가들은 최고로 쳐준다. 내 고향인 구례구역 앞에 줄지은 식당가는 구이와 횟감으로 전국에 알려져 있다. 이처럼 내 어린 시절에도 그랬지만 지금도 은어는 단연 최고 횟감으로 인기를 누린다.

　우리나라 사람이라면 회 싫어하는 사람은 별로 없을 테다. 회 좋아했던 마을 사람들은 횟집에 회를 먹으러 간다는 건 그때는 꿈도 꾸지 못했다. 아무 때나 먹고 싶으면 그때그때 마을 앞에 흐르는 강에 가 와 줄과 그물을 챙겨 나가 해결한다. 또한, 집마다 지천으로 자라던 대나무에 낚싯줄만 매달고 나가면 즉석에서 피리 회는 실컷 먹을 수 있었다.

은어회야말로 갖은양념 버무린 초고추장이나 깻잎이나 상추를 번거롭게 갖출 필요 없다. 고추장에 식초만 가미한 초장만 있으면 그만이다. 금방 그물에서 잡아 올린 은어를 툼벅툼벅 썬다. 막걸리 한 대접 마시고는 초장에 찍어 볼이 터지도록 움질움질 씹어먹던 그때가 그립다.

매운탕이면 바닷고기나 민물고기든 아버지께선 가리지 않았다. 그러나 무슨 회가 되었든지 회는 좋아하지 않으셨다. 나도 영락없이 아버지를 닮고 태어났다. 특히 민물회는 비린내가 심하게 받쳤으며 뱃속에서부터 거부 반응을 일으켰다. 그렇지만 은어회만큼은 비린내도 나지 않고 고소하며 수박 향이 났으니 좋아할 수밖에 없었다.

이제는 그때 고향 마을 사람들이 은어를 잡았던 방법을 소개해야겠다. 살아 있는 은어를 낚싯줄에 빈 낚시와 함께 매단다. 동료들을 유인해 낚시에 걸리게 하는 방법이 훌치기다. 그때 우리 마을서는 이런 방법은 많이 사용하지 않았었다. 은어는 물이끼를 먹고 사는 어종이다. 벌레나 지렁이를 사용해 낚시질로도 잡지 못했었다. 징검다리 바윗돌 사이를 지나가는 놈을 진도 울둘목에 숭어 잡는 것처럼 뜰채로 잡아 올렸다. 그리고 투망을 던져 잡는다든지 방법이 많다.

물에 잘 뜨는 오동나무나 가벼운 수종인 나무를 물오리 모양으로 얇게 깎은 것들이다. 4, 50센티 간격으로 긴 줄에 매달고 물에 띄운다. 두 사람이 양쪽 강가에서 끌고 은어 떼들을 쫓아 올리면 놈들은 진짜 오리 떼인 줄 알고 쫓겨 올라간다. 그물 든 사람도 은어 떼를 조심조심 따라 올라간다. 적당한 자리에 이르거든 가와 줄잡이는 한쪽 가장자리 구석으로 유인해 모이게 한다. 이때 그물잡이는 재빨리 그물을 빙 둘러치는 방법으로 잡는다. 이때 세 사람의 호흡이 잘 맞지 않으면 허탕 치는 수가 종종 있다.

이 같은 물고기 잡기에 재주가 없는 사람에게는 막고 푸라는 말이 있질 않던가. 나처럼 몸동작이 둔하며 재주가 없는 사람에게 어울리는 은어 잡기를 소개한다.

우리나라 전 지역에 강이나 냇물 가에 여뀌라는 잡풀이 자생할 것이다. 그리고 때죽 열매와 돌감도 가까이서 볼 수 있는 것들이다. 이것들을 절구통에 찧어 즙을 만들어 은어 떼가 노는 여울에 뿌려 잡는다.

돌감이나 때죽 열매보다는 마을에선 여꿀대라고 불렀던 여뀌가 효과적이었다. 강가에 지천으로 자생했기 때문이다. 한 짐 가득 베어 바지게에 지고 집으로 온다. 먼저 작두에 짤막짤막하게 썬다. 그리고 절구통에 쿵쿵 찧는데 이때 파편이나 즙 방울이 눈에 들어가지 않게 주의해야 한다. 양동이에 나눠 담고 냇물에 은어 떼가 노는 곳 위로 올라간다. 한꺼번에 여뀌즙을 흘려보내면 아래서 놀던 은어 떼들이 하얀 뱃살을 드러내며 뒤집힌다. 이때 다른 어종들은 꿈쩍도 하지 않지만, 피리와 은어만 하얀 뱃살을 드러냈다.

돌감과 때죽나무 열매즙은 말복이 지나야 물고기 잡기에 사용할 수 있다. 여꿀대처럼 절구에 찧어 즙을 내야 하는데 많은 양을 확보

하기가 어렵다. 조그만 개울에 놀고 있는 송사리나 피리를 잡을 때나 사용하는 방법이다.

김치를 담글 때나 매운탕을 끓일 때 양념으로 사용하는 젬피나무 (초피나무)도 있다. 뿌리나 나무껍질을 잘게 썰고 볶아 가루를 내, 물 흐름이 적고 잔잔한 곳 바위틈에 풀면 뱀장어나 메기를 잡을 수 있었다.

독성이 강한 독초즙을 추출해 강물에 뿌리는 방법으로 물고기를 잡는 것은 독극물 범류에 속해 인체에 해롭지 않겠느냐고 의아해할 독자가 있겠다 싶다. 인터넷에 여뀌를 찾아보았더니 독극물이 아니고 한방 약재로 사용한다는 거였다. 지혈 작용을 하며 자궁출혈, 치질 출혈, 내출혈 등 출혈을 막는 작용을 한다. 잎과 줄기에는 타닌이 많다. 항균 작용을 하며 휘발성 정유 성분이 혈관 확장 작용하여 혈압을 조절해 준다고 기록돼 있었다. 이를 보더라도 여뀌 생즙을 물에 풀어 잡는 물고기가 인체에 해로울 리는 만무하지 않겠는가.

일본어로 고향에서만 통하는 이름인 듯싶다. 개랑꼬라 불리는 나무 뿌리인데 가루를 내어 물에 뿌리면 물고기들이 죽었다. 다만 인터넷에서 찾을 수 없어 아쉽다.

요즘은 많이 없어졌지만 싸이나라고 부르는 청산가리, 농약 등 독극물을 강물에 풀어 물고기와 야생동물을 잡는 일은 지탄받아야 하겠다. 농약 얘기가 나왔으니 하는 말이지만 그때는 제초제로 물고기 잡이에 사용했었다. 요즘 세상에서 내다볼 때는 도무지 이해하기 어렵다. 그때도 청산가리나 독극물을 풀어 잡은 물고기를 나는 먹지 않았다. 그러나 다른 사람들은 아무런 거리낌 없이 먹었는데 탈 난 사람은 보질 못했다.

물고기뿐이 아니다. 꿩이나 산토끼 같은 야생동물도 독극물을 사용해 잡는다. 콩이나 찔레 열매속을 파내고 청산가리를 채운다. 양초 농으로 봉인해 야생동물이 잘 다니는 보리밭에 놓았다가 먹게 해 잡는 방법이다. 옛날에는 이런 방법으로 잡은 야생동물을 시장에서 사기도 하고 팔기도 했다.

가끔 철새도래지에 약물 중독된 청둥오리나 기러기 등 철새들이 떼죽음하는 현장을 신문과 방송을 통해 접하게 된다. 요즘도 이런 식으로 물고기나 야생동물을 잡아 돈벌이 수단으로 삼는 사람이 있는 모양이다. 참으로 안타깝기 그지없는 일이다.

그런데 이들에게 몸 보신용으로 사 먹는 몰지각한 사람도 있다. 세상은 참으로 요지경 속이 아닐 수 없다.

---

* 오동나무로 깎아 만든 위장용 물오리를 줄에 일정한 간격으로 매달았던 걸 가와줄이라고 내 고향 마을서는 부른다. 은어 떼를 그물 치기 적당한 곳으로 몰아가는 사람은 가와꾼이고 그물을 빙 둘러치는 사람은 그물잡이라고 부른다. 다른 지방에서는 뭐라고 하는지 인터넷을 뒤졌지만 찾지 못해 아쉽다.

고향

꽝 소리에 죽는 물고기들

　그때 고향에 살면서 물고기를 잡았던 방법을 몇 가지 소개했다. 오래전부터 고향 마을서 사용했던 특정 명칭들이다. 세월이 흐른 지금은 고향서 쓰는 이름들이라 인터넷서도 찾을 수 없어 아쉽다. 이런 얘길 하다 보니 꽝 던진다는 얘길 하지 않을 수 없다. 소리와 진동을 일으켜 놀라게 해 물고기를 잡는 방법이다.

　이를 읽는 분들께 이해를 돕기 위해 2010년에 백령도 앞바다에서 있었던 천안함 사건 얘기를 인용해 보기로 한다.

　북한 잠수함이 남쪽으로 내려와 어뢰를 쏴 폭발시켜 46명이나 되는 젊은 해군 장병이 숨졌던 적이 있었다. 남쪽 지역에 내려와 군함을 침몰시키고 유유히 돌아가게 했다고 비난이 쏟아졌었다. 그런데 그때 백령도 근해에는 까나리란 어종이 산란기라 물 반 고기 반처럼 많았다는 거였다. 이때 천안함이 어뢰를 맞고 수십 명의 해군이 멀쩡한 채로 죽었다. 그렇다면 폭발음에 놀라 죽은 물고기가 떠오르지 않을 수 없다는 것이다. 이런 이유로 '천안함은 북한 잠수함이 어뢰로 공격해

두 동강 났던 거가 아니다. 암초에 부딪혔거나 다른 이유로 두 동강 난 것이다.'라고 주장했던 사람들이 많았다.

이처럼 물고기를 잡기 위해 물속에 폭발물을 설치하고 터뜨리면 폭발 소리에 물고기들이 죽거나 기절하여 하얗게 떠오르는 것을 고향 마을에선 꽝을 던진다고 표현했다. 아마도 다이너마이트라는 단어가 복잡해서인 듯싶다.

내 고향에는 유리 원료로 사용하는 차돌 광산이 봉두산 자락에 지금도 있다. 일본 사람들이 차돌을 자기 나라로 옮겨 가기 위해 개발했다. 해방 후에는 한국업체에서 관리했다. 차돌을 캐낼 때 쓰는 다이너마이트다. 우리나라가 해방되면서도 유출되었던 걸 보관하던 사람들이 있었다. 그런가 하면 광산 관계자들에게 건네받은 사람도 있었나 싶다. 이를 물속에 던져 터뜨리면 20m 정도 둘레 안에 있는 물고기들이 폭음에 놀라 하얗게 죽어 떠올랐다.

내 고향 발산마을에 연당소라고 불리는 곳은 무구한 세월을 풍화 작용으로 기암괴석을 만들었다. 위로는 수백 년 된 소나무와 상수리나무 고목들이 우거져 아름다운 곳이다. 지금이야 7, 80 넘은 고령자들만 사는 마을이라 발길이 끊어졌다. 내가 살던 때만 해도 추운 겨울이랄지 계절 가리지 않고 주민의 발길이 끊이질 않았다. 아무 책이나 한 권 들고나오면 더위를 식히기에 안성맞춤이었다. 깊은 곳이라야 보통 사람 키 두 배쯤이었으니 개구쟁이들의 물속 놀이터가 되었던 곳이다. 물속에도 크고 작은 바위들이 많았다. 그때만 해도 면 소재지나 지역에 콧바람깨나 일으키는 자들이 있었다. 걸핏하면 다이너마이트를 터뜨렸었다. 그 바람에 물속에 집채만 한, 바위들이 산산조각이 나 버린다. 내가 쓴 고향 얘기에 자주 등장하는 아름다운 경치로 이름난 연당소(蓮塘沼)가 아니던가. 아름답고 빼어난 경관이 하루아침에 사라지곤 했다. 그때는 다이너마이트를 터뜨리고는 남겨놓고 간 물고기들을 줍는 바람에 마을 사람들이 본체만체했었다. 자연보호운동이 활발히 펼쳐지는 요즘이라면 어림없는 일이다.

이처럼 작은 바위나 돌 밑에 숨은 물고기를 놀라게 해 죽이거나 기절한 물고기를 잡는 다른 방법도 있다. 일본 말로는 오함마라고 부르는데 마을서는 겐노라고도 불렀다. 대형 쇠망치 하나만 있으면 금방 물고기 한 바가지쯤은 손쉽게 잡는다. 무릎 위로 올라오는 깊은 물보다는 정강이 아래 잠기는 물이라면 안성맞춤이다. 물고기가 있을 만한 바윗돌이나 큰 돌멩이를 내리친다. 놀란 나머지 기절한 물고기가 떠오르면 건져 올리기만 하면 된다. 다른 방법을 사용할 수 없는 무 재주꾼이 사용하는 방법이다. 지금처럼 가슴까지 올라오는 장화가 달린 방수복이 있는 시절이 아니었다. 맨발로 물속에 들어가야 하니 발이 시리고 손이 시려 참기 힘들었다. 물가에는 항상 모닥불을 피워놓고 대기하고 있어야 했다.

고향 마을 앞으로 섬진강을 찾아 흐르는 황전천에 지천인 은어 잡는 방법들을 소개했다. 여뀔대 즙을 내고 초피나무 껍질로 가루를 만들어 흘려보내는 방법을 앞에서 소개했지 않은가.

이런 특별한 재주가 없는 사람들이 물고기를 잡는 방법은 많고도 많다. 웅덩이 물을 막고 뚝심으로 퍼낸다. 냇물이 흐르는 물길을 막아 다른 곳으로 흐르게 한 다음에 마른 바닥에서 잡는 방법도 있다. 이런 방법들은 많은 수고를 아끼지 않아야 한다. 물론 수량(水量)이 많은 강물에서는 불가능하겠다. 내 고향 마을 황전천은 가뭄이 계속될 때는 급격히 수량이 적어질 때가 있다. 그야말로 물고기 잡는 재주가 없는 사람들이 신나는 때다. 막고 푸는 건, 나와 같은 재주가 없는 사람들이 하는 방법이다. 그때는 여럿이 하는 일이라 힘든 줄 몰랐다.

'천렵 나간다.'라는 말은 많이 들어봤을 것이다. 물고기 잡기란 수고가 없이는 이루어질 수 없다. 괭이와 삼태미를 이용해 주변에 크고 작은 자갈과 돌들을 긁어모아 막는다. 강가에 뗏장을 떠서 바지게에 저 날라 물이 새어 나가지 못하게 단단히 막는다. 물길을 막아 옆으로 흘러가게 하는 것이다. 그야말로 우리가 흔히 쓰는 막고 푼다는 말이다. 지금 세상이라면 비닐 천막류로 물막이해 물고기를 잡았더라면 좋았지 싶다. 손쉽게 잡는 물고기보다는 이처럼 땀 뻘뻘 흘려가며 공력을 들여 잡았던 물고기맛은 훨씬 맛이 좋았다.

고향

물고기 잡는 방법은 많고도 많다

　그때 걸핏하면 친구들과 천렵을 나갔다. 강물에 지천인 물벌레를 이용한 피리 낚시질을 많이 했다. 투망을 던져 잡는 방법도 있고, 물속에 잠수해 바위틈새 숨은 놈을 손 더듬이질로 잡는 방법 등 다양하다. 특히 그때는 자라가 많았다. 모래밭에 산란하기 위해 나타 났는지도 모르겠다. 이럴 때는 횡재하는 날이다. 연당소 위에 상수리나무 그늘 아래서 더위를 식히며 일광욕을 하려는지 떼 지어 바위 위에 올라와 있다. 그런데 돌멩이를 던지면 도무지 명중이 되지 않는다. 가끔 명중되어 물로 떨어지지만 쫓아 내려가면 어디론지 가고 없다.

　또한, 우리 마을 위에는 저수지가 있었다. 수량이 많지 않은 계곡물이 흘러 내리다 황전천과 합류했다. 오랜 가뭄으로 냇물이 흐르다가 수량이 적어지면 맨바닥이 된다. 오랜만에 가을비라도 내리면 조금은 물이 불어나는 걸 보고 참게들이 산란 여행에 나서는 모양이다. 계속해 비가 내릴 줄로 알고 나섰으리라. 그런데 비가 내리다 그치고 개울이 바닥을 드러내면 참게들은 여행을 멈출 수밖에는 없다. 흐르던 골짝 냇물이 바닥을 드러낸 곳에서 꼼짝 못 하고 멈춰 있다. 비가 내리길 기원하며 맨바닥 위에 모여 서성이는 놈들을 손쉽게 생포했다. 이때는 손재주라곤 없는 둔자인 나도 뜻밖에 어부지리처럼 횡재했던 때도 가끔 있었다.

물총이나 작살을 사용한다든지 주낙을 놓는 방법으로 자라를 잡는데 이들은 전문가 반열에 오른 사람들이다. 나처럼 재주가 없는 사람들이 물고기를 잡았던 방법들을 몇 가지 더 소개하련다.

비가 많이 내려 홍수 때는 흙탕물이 흐른다. 물고기들이 떠내려가지 않기 위한 것인지 싶다. 강 가장자리로 물살을 피해 풀 섶으로 모여든다. 두 사람이 한 조가 되어 한 사람은 족대를 들이대고 있고 또 한 사람은 풀 섶에 숨은 물고기들을 밖으로 쫓아낸다. 그물 족대를 시장에서 사려면 돈이 들어야 하므로 큰 삼태미를 들고 나서면 혼자서도 가능했다. 바케츠에 금방 가득 잡아 오곤 했다.

이처럼 황전천에 황토물이 범람하는 홍수 때 물고기를 잡는 방식은 마을에선 갓재비라고 불렀었다. 이때 제일 많이 잡히는 어종은 큰 새웃과인 징검이가 압도적으로 많았다. 두 번째가 망둥이와 비슷했는데 뭉치, 또는 불룽텡이라고 불렀다. 그리고 붕어, 피리, 빠개사리, 메기, 꺽지, 미꾸라지, 다슬기까지 온갖 물고기들이 잡혔다.

나처럼 손재주도 없고 물고기 잡는 재주가 없는 사람이 안성맞춤인 방법은 많다. 요즘 같으면 스마트폰 전등이면 만사형통일 테다. 그런가 하면 머리에 두르는 헤드 랜턴이라도 있을 때라면 무슨 걱정을 하랴. 이런 것들을 사용하면 단 몇 분이면 바위에 시커멓게 붙어 있는 고둥도 한 소쿠리 잡기는 일도 없을 테다.

  마른 대나무들을 잘게 쪼개든지 가느다란 거로 마당 빗자루 만들 듯이 묶어 불을 붙이면 횃불이 된다. 물에 비추고 살펴보면 얕은 물가로 나와 잠자는 물고기들이 많다. 이처럼 새웃과인 징검이는 아무나 쉽게 잡을 수 있다. 그렇지만 얕은 물가로 나와 엎드려 잠자고 있는 물고기는 맨손으로는 잡기 힘들다. 매미채 모양의 망으로 잡으려 해도 호락호락 망 안으로 잘 들어가지 않는다. 부엌칼이나 쇠창작살로 내리쳐 잡는데 이를 불부치기라고 했다. 불빛을 비추어 고기 잡기라는 단어가 줄어든 말로 생각된다. 이때 한참 물고기 사냥 삼매경에 빠지다 보면 횃불잡이가 '여기도 있네.'라고 하며 횃불로 지목하느라 물에 잠가버리고 만다. 이처럼 본연의 임무를 착각할 때가 많이 있었다. 당시에는 지청구 들어야 했으나 세월이 흐른 후에 술자리에 모이면 재미난 추억 애깃거리가 된다.

  앞에서도 밝혔듯이 내 고향 황전천에는 징검이가 많았었다. 계절이 봄에서 여름으로 바뀌는 무렵이 산란기가 아닌가 싶다. 요즘처럼 성능 좋은 후레쉬나 스마트폰이 없을 때다. 아까도 말했듯이 죽은 대무들로 횃불을 만들어 들고 나갔었다. 크고 작은 징검이들이 짝을 지어 즐비하게 나와 있었다. 나는 재주가 없고 손동작이 느리지 않는가. 그렇지만 다른 물고기들처럼 징검이들은 날래지 않았으므로 쉽게 잡을 수 있었다. 어렸을 때는 주로 세 살 터울인 형님이 횃불을 들고 다녔다. 징검이들을 잡는 것이 아니라 주워 담았고, 나는 바케츠를 들고 따라다녔다. 그때 우리 형제뿐 아니고 잡는 사람이 많았으니 양동이 바케츠가 가득 찰 만큼 잡는 날도 많다. 다른 물고기는 비린내가 난다. 따라서 요리법도 손이 많이 간다. 그런데 징검이는 양념이 필요 없다. 애호박이나 풋고추만 썰어 넣고 지지거나 볶아내면 되었다. 보기 좋은 떡이 맛있다는 말처럼 새빨갛고 모양이 곱다. 비린내로 민물고기를 좋아하지 않는 사람도 입맛이 당기지 않은 이는 없을 테다.

이처럼 물고기 잡는 방법을 일일이 나열하자면 온종일 얘기해도 모자랄 만큼 많다. 이만 생략하기로 하고 참게잡이를 밝히지 않을 수 없다. 봄이면 강 하류 바닷물과 합류되는 데서 태어나 자라던 놈들이 상류로 올라온다. 성계가 되는 의식을 치르기 위해서인지 싶다. 섬진강을 타고 올라와 강 상류에서 봄여름을 지내다가 가을이면 산란을 위해 다시 강 하류로 돌아간다. 이때를 놓치지 않아야 한다. 야트막한 곳을 찾아 대나무를 쪼개 엮은 것들로 양옆으로 울타리를 친다. 가운데는 가느다란 통대나무로 발을 만들어 비스듬히 가로로 펼쳐놓는다. 참게가 발을 통과할 때 양동이에 주워 담기만 하면 된다. 이들은 주로 비가 내리려는 징조가 있을 때 집단으로 이동한다. 달빛이 있는 날 물에 떠내려올 때는 쇠똥이 둥둥 떠내려오는 것과 흡사하다.

이때 참게 발을 밤새워 지킬 수 없는 노릇이다. 암탉이 병아리를 품고 밤을 지새울 때 사용하는 닭 우리 모양과 흡사하다. 이런 포획 통발을 설치해 놓았다가 아침 일찍 거두어 오면 된다.

또 다른 참게잡이 방법이 있다. 수수를 일찍 수확하고 나면 새끼 이삭이 자란다. 이걸 긴 새끼줄에 엮어 강물 바닥에 설치해 놓는다. 금강산도 식후경이라는 말이 있질 않던가. 참게들이 먼길 가기 위해선 바쁜 길을 멈추고 식사를 하고 가기 위함인 것 같다. 덜 여문 수수 알 뜯어 먹는 데만, 정신이 쏠려 있다. 이때 횃불을 들고 나서면 식사 중인 녀석들은 손쉽게 포로가 된다.

그때는 도랑물이 흐르는 곳이라면 어디나 참게가 서식했다. 요즘 가재처럼 지천이었으니 지렁이나 미꾸라지 같은 미끼를 이용해 낚아 내는 재미도 쏠쏠했다.

이처럼 내가 소개했던 대로 물고기를 잡는다면 맛도 맛이지만 재미도 있다. 요즘 초저녁잠이 깨고 나면 그 옛날 아버지가 그랬던 것처럼 오랜 시간 잠들지 못할 때가 있다. 이럴 때는 그때 추억 영상을 되돌려 보다 보면 저절로 잠이 드는 효과가 있다.

제
4
부

⋮

지긋지긋한 이야기

고향 마을을 떠나지 못했던 사람들

여순사건과 6 ·25 한국전쟁이 발발하면서다. 애먼 아름드리 소나무들이 속수무책 쓰러져야 했다. 당국에선 아버지를 비롯한 지역주민들을 무보수로 동원해 무차별 베어 눕혔다. 패잔병으로 남아 빨치산으로 활동하는 북한군이 숨지 못하도록 하기 위해서였다.

전후 10여 년이 흐른 뒤다. 마을 인근엔 땔나무가 귀했으므로 멀리 가는 수밖에 없다. 해발 753m인 봉두산 너머 태안사 뒷산에까지 다녔다. 도시락을 싸 짊어지고 어두운 새벽에 나서야 했다. 고주바기 관솔 나무 한 짐을 지고 집에 돌아오면 한밤중이었다. 전쟁이 끝나고 세월이 지나면서 그때 베어낸 뒤 썩어 고주바기가 되고 관솔로 남은 소나무가 지천이었다.

이처럼 땔나무를 하러 가고 고사리를 채취하러 갔다가 봉두산 정상에서 내려다볼 때다. 내가 태어나 자란 발산마을을 쳐다보면 한 폭의 산수화를 보는 것 같아 감격하지 않을 수 없다. 마을을 빙 둘러 야트막한 산들이 병풍처럼 펼쳐져 있어 동네 뒷산서 내려다보는 재미

고향

와는 다르다. 여름에는 동네 앞으로 대마(大麻)밭이 숲을 이루고, 가을에는 무와 배추가 푸르게 자라는 마을에 감나무녹음이 우거진 마을은 절경이었다.

동네 뒷산에 올라 가까이서 내려다보는 마을풍경의 아름다움도 뒤지지 않는다. 옹기종기 모여 있는 초가집들이 평화롭다. 마당 멍석 위에 마르도록 펼쳐 놓은 빨간 고추가 감나무 사이로 보였다. 앞쪽도 산, 뒤쪽도 산이요. 양옆에도 산으로 병풍처럼 바람막이를 해주니 포근하기 이를 데 없다. 가을이면 발갛게 잘 익은 감이 단풍이 발갛게 물든 감나무 잎새 사이로 숨바꼭질한다. 지붕에는 박넝쿨 잎새로 보름달처럼 둥근 알궁둥이를 드러내놓고 일광욕을 즐긴다. 흥부네 박보다 하얗고 크다며 그만그만한 박들이 자랑한다. 그러다 지치면 감나무 잎 그늘을 이불 삼아 잠을 청하는 모습은 아름답기 그지없고 평화스럽다. 어느새 모여든 고추잠자리가 공중 맴돌기를 하는 그때 고향마을이 그립지 않을 수 없다.

황전천이라 불리는 강물이 섬진강을 찾아 흐르면 황금 들판엔 벼들이 누렇게 익어간다. 신작로를 달리는 트럭이 흙먼지로 황금색 터널을 만든다. 때맞춰 괴물 기차가 검은 연기를 뿜으며 지나가는 풍경은 유명한 화가가 그린 한 폭의 한국화였다. 이처럼 한 폭의 그림을 즐기는 건 사계절 내내 어렵지 않다. 야트막한 마을 뒷산에 땔나무를 하러 올라가면 언제라도 이런 풍경을 볼 수 있었다.

일찍이 마을 사람들은 일제강점기를 견디어 냈다. 여순사건을 겪으면서 곧바로 6·25 한국전쟁을 겪고도 어르신들은 아무렇지도 않

은 듯 살아 냈다. 품팔이로만 먹고 살던 고향분들이 이런 천혜의 고
향 마을을 두고 다른 데로 떠나 살지 못했던 성싶다. 이웃이 서로서
로 정감넘쳤다. 마을 회의서도 의견충돌로 고성은 오고 갔을 일이 있
을지언정 어느 한 사람 마을에서 따돌리는 일은 없었다.

이런 평화스러운 마을에 재앙이 닥쳐왔다. 일제에 해방되면서 미군
정으로 말미암아 금수강산은 혼란에 빠져들었다. 좌우 이데올로기에
빠지더니 급기야 여순사건이 일어났다. 순식간에 14연대 좌익군이 여
수순천지역을 장악했다. 그렇지만 면사무소와 지서에 근무하는 사람
을 친일파라며 죽였었지만, 일반인은 죽이지 않았었다. 그때 한청이라
고도 일컫는 대한청년단과 경찰에 의해 죄없이 죽은 사람은 너무 많
았었다. 그러나 서로의 이해관계로 인해 관청에 고자질할 줄 모르고
오순도순 살았었다. 이웃 간에 다툼이 벌어져 법에 송사를 의뢰하는
일도 없었다. 바로 이런 이유로 마을 사람들이 다른 데로 떠나 살지
못했나 보다.

여순사건이며 한국전쟁이란 운명의 장난질에 난데없는 벼락을 맞았
던 사람들의 진실을 밝혀주기 위해서다. 우여곡절 끝에 여순사건 특
별법이 국회에 통과되었다. 억울함을 당했던 사람들이 이른 시일 안
에 진실이 밝혀지길 기대한다. 제주도 사람들처럼 명예 회복되었으면
하는 지역 사람들의 간절한 바람이다.

봉두산에 땔나무를 구하러 갔을 때는 한가하게 마을풍경을 쳐다볼
겨를이 없다. 그렇지만 고사리를 채취하러 갔다가 아름다운 마을 전
경을 쳐다보면 경치에 취하지 않을 수 없다. 감탄한 나머지 '참 아름

다워라 주님의 세계는 저 솔로몬의 옷보다 더 고운 백합화 주 찬송하는 듯 저 맑은 새소리 내 아버지의 지으신 그 솜씨 깊도다.'라며 찬송이 절로 나왔다. 바로 이런 이유로 사람들은 고향을 떠나지 못했었나 보다. 대를 이어 오래도록 눌러살고 있었는지 싶다.

지긋지긋한 이야기

▽
▼
▽

　지긋지긋했던 일제강점기를 겪어 보지 않았다는 부모님 또래 어르신들이 어디 있으랴. 압박과 설움 속에서 모진 세월을 사셨다. 우리나라가 해방될 무렵에 미군정이 들어서기 전, 그때까지는 좌가 무엇이며 우가 무엇인지 어찌 알랴. 정말이지 아무것도 몰랐다. 미군정이 들어서고부터는 좌와 우란 자들이 설쳐댔다. 마을 사람들로선 저승사자보다 더 무서운 존재였다. 끝내 좌익과 우익의 사상과 이념은 터득하지 못한 채였다. 그리고 우리 문화와는 맞지 않은 혼란스러웠던 미군정을 체험했던 건 비극이지 아닐 수 없다. 오죽했으면 일제강점기 때가 좋았다는 말을 공공연하게 했을까 싶다.

　대한민국이 세워지고 두 달 남짓 지났을 때다. 10월 19일 난데없는 여순사건이란 날벼락이 지역에 소용돌이쳤다. 내 고향 마을도 얄궂은 운명이란 놈은 한국전쟁까지 동반하고도 피해 가질 않았었다.

　그때 육 남매 중에 누님 둘과 큰형님만 태어났을 때다. 바로 위에 세 살 터울 형님은 갓난아기였을 때니 자라면서 부모님께 들었던 얘기다.

고향 마을 부모님 세대 대부분은 이처럼 여순사건을 호되게 겪어야 했었다. 용케 살아났기는 했지만, 그 후유증은 막심했다. 대인 기피증이며 정신질환과 각종 장애를 안고 살았던 사람도 많다. 아버지들은 덜한 편이지만 어머니들은 배짱이나 심장이 강하질 못했다. 각종 질환을 많이 앓을 수밖에 없었다. 일명 가슴에 피라는 질환은 현대의학에서는 위경련이라 칭하지 싶다. 어머니로선 원치 않은 불청객을 맞아들여야 했던 것이었다.

마을 앞을 지나가는 전라선 철길을 따라 길게 펼쳐진 마을에 저승사자와 같은 이들이 들이닥쳤다. 한청이라고 불리기도 했던 대한청년단과 일제 때부터 특혜를 누렸던 경찰이었다. 그들은 마을을 향해 공포탄을 쏘면서 빨갱이들은 다 죽이겠다며 철길을 오르내렸다. 그래놓고선 해가 지면 도망가기에 바빴다. 또다시 날만 새면 마을에 나타나 주민을 공포에 휩싸이게 했다. 말하자면 밤에는 빨치산들이 낮에는 경찰과 대한청년단이 설쳐댔다. 어쩔 수 없이 낮에는 경찰에게 밤에는 좌익군에게 파리 손을 비벼 대며 목숨을 구했으니 얄궂은 운명이지 않은가. 그리고 좌익에 곡식을 빼앗긴 것인데 식량을 내주고 부역했다는 명목이었다. 죄 없는 사람들을 총살하는 장면들을 목격하면서다. 천하장사나 항우장사인들 이런 참상을 보면서 기겁하지 않을 수 있으랴.

그 바람에 어머니들이 아침이나 점심 먹었던 것들이 영락없이 급체하곤 했었다. 마을 사람들이 가슴에 피라고 부르는 위경련을 유독 호되게 앓았던 대표적인 분이 내 어머니시다. 이승만 정부가 한강대교를 끊어 피난 가지 못했었다. 인민군에 부역했다며 서울시민을 족쳤던 장면이 불현듯 눈에 아른거린다.

그때 어머니·아버지들이 비극의 여순사건을 겪어야 했던 내 고향 황전면은 지리산은 섬진강을 건너야 했지만, 백운산이 가까운 곳이다. 대부분 산간지대로 면적 또한 광활해 40여 개 자연마을이 형성돼 있다. 그중에서도 건구 7동이라고 불리는 분지 지역인 7개 마을과 삽재 8동이라고 불리는 8개 마을은 황전면 중에서 오지(奧地)에 속한다. 일반적으로 건구 7동, 삽재 8동이라고 칭한다.

면 소재지에도 병원이나 약국이 없었다. 있다손 치더라도 그때는 점쟁이나 무당 찾는 일에 익숙할 뿐이니 일명 손 비빈다는 거였다. 무당이나 점쟁이들은 병이 난다든지 우환이 있는 집에 불려 간다. 이때 무당은 '건구 7동 주왕신, 삽재 8동 주왕신이 가만두지 않을 거다.'라는 주문은 꼭 외었다. 여순사건과 6·25 때 다른 지역보다 주민들이 많이 죽었는데, 그때 죽은 영혼들을 불러내어 위로한 성싶다. 요즘 젊은이들은 생소한 말이지만 내 어렸을 때만 해도 무당을 불러다 굿을 벌이며 손 비비는 의식을 자주 치렀다. 그때 원통하게 죽은 영령들이 구천을 떠돌다 살아 있는 사람에게 찾아오면 병이 난다는 거다. 이를 떠나보내기 위해선 무당을 불러 굿이나 손을 비벼야 한다는 것이다.

황전면 지역은 평야가 많은 남쪽 지역과는 달랐다. 전 지역이 산간지역이라 빨치산들의 활동이 쉬운 조건이었다. 순천지역에서도 황전면 지역은 단연, 최고 희생자를 냈다. 그중에 내 고향 마을인 발산과

고향

본황마을이 포함된 황학리에서 제일 많은 인명피해가 났다.

6·25 한국전쟁이 여순사건에 이어서 발발했을 때다. 함평지역 양민 학살과 산청·함양, 그리고 거창 등 전국 곳곳에서 천인공노할 사건이 벌어졌다. 대한민국 국군에 의해서다. 말도 안 되는 견벽청야 작전에 죄 없는 양민이 몰살당했었다. 각기 몇백 명씩, 또는 7, 8백 명씩이다. 순박한 양민들을 국가가 보호하기는커녕, 천하보다 귀한 생명을 빼앗았다. 그래 놓고선 선량한 양민을 공산군이 학살했던 것처럼 정부에선 선전했다.

이처럼 여순사건과 곧바로 이어진 6·25를 겪으면서다. 죽을죄를 짓지 않은 지역민들이 재판장에는 서 보지 못하고 죽어야 했었다. 그때 상황을 참고로 황전면 지역에서만 보면 발산마을이 속해 있는 황학리가 제일 많았다고 앞서 밝혔으니 한 예를 들겠다.

사건 난 지 50년이 지난 후였다. 여순사건 진상조사위원회에서 사망자 피해 신고를 받았다. 조금만 더 일찍 진상 신고를 받았더라면 더 많은 유족 신고가 있었을 테다. 내 고향서는 지긋지긋한 죽음의 공포를 여순사건을 이어 한국전쟁 때까지 장장 5년 동안 겪으며 살아야 했다. 건구 7동 중의 한 마을인 상검마을 뒷산 중턱에서 좌익군과 국군과 경찰이 전투를 벌였었다. 양측이 많은 희생자를 내고 빨치산은 백운산으로 도망쳤다. 이때 사살된 사람의 노획물에 50여 청년들의 주소와 이름이 적힌 수첩이 들어있었다. 여순사건이 일어나기 훨씬 전에 적어 둔 거였다. 친구 관계였던 일종의 황전면 청년 친목 모임 주소록이었던 것이었다. 수첩에 적힌 이름들은 각 마을에 흩어져 사는 사람들이었다. 우익이니 좌익이니, 이런 단체하고는 아무런 관련이 없던 사람들이었다. 경찰에서는 좌익혐의자 명단이 적힌 수첩이라 인정하고, 황전면 각 마을에 흩어져 사는 사람들을 모두 잡아다 총살했었다.

그 명단 속에 아버지와는 친구며 이웃이었던 분이 포함되어 있었다. 친구분은 붙잡히기 직전 뒤란 대밭으로 빠져나가 산으로 피했었다. 굶주림을 참지 못하고 며칠 후 다시 내려왔을 때는 그분이 살던 집은 한청과 경찰에 의해 불태워졌다. 그리고 가족은 면사무소 뒷마당으로 소개된 뒤였다.

그때 집에 찾아온 친구분에게 저녁 식사를 제공했던 거다. 경찰에 알려지게 되면 전 가족이 몰살당할 것이라 내다본 어머니는 두려움이 앞섰다. 봉두산 자락에 열두내골 산속으로 도망가자며 아버지를 졸라댔다. 두 누님과 형님인 삼 남매를 데리고 갓난아기 형님은 등에 업었다. 그런데 대한청년단과 경찰에 붙잡혀 지서에까지 끌려갔었다. 운 좋게 한청에 활동하는 아버지와 친구분의 도움으로 가족이 모두 구사일생으로 살아날 수 있었다.

여순사건 진상조사위원회가 2000년도에 밝힌 바에 의하면 상검마을 뒷산에 빨치산을 토벌하는 과정에 노획한 문서에 이름이 나왔다고 하여 황전면민 50여 명이 1949년 8월 4일 집단으로 희생되었다. 희생자 유족 중에는 고재옥(유족 고화석·아들), 최경식(유족 최용식·동생)이 유일하게 신고했었다.

이때 수첩에 적힌 50여 명이나 양지멧골에서 죽었던 사람들의 유가족은 많은 세월이 지난 뒤라 어디에 나가 사는지도 모른다. 여순사건 진상조사위원회에서 신고 접수를 했지만, 성과가 미미했다는 것은 안타깝기 그지없는 일이다.

순천지역 피해실태조사보고서에 신고 접수된 상황을 볼 때 여순사건 당시 순천지역 양민 피해 사망자는 1천661명이며 가장 많은 피해자가 발생한 곳은 황전면이라는 조사 결과가 나왔다.

이런 사실은 지난 2006년 10월 21일 발표된 순천지역 피해실태보고서에서 밝혀졌다. 이 보고서는 지난 2000년 여수지역사회연구소가 발간한 '여순사건 실태 조사보고서'를 보완한 것이다. 여순사건 진상조사위원회 조사위원들이 2년여 동안 각 읍·면을 돌며 자료 수집했다. 피해 유족과 목격자 등의 증언만 청취해 만든 것이라 했다. 50년이 흐른 뒤라 그때 유족은 전국에 뿔뿔이 흩어져 버렸다. 이러니 피해자가 밝혀진 건 사하라 사막에 한 줌의 모래일 수밖에 없다는 말이다.

당시 황전 지서에서 좌익에 부역자라며 학살 장소로 이용했던 양지멧골이란 농곡마을 앞산으로 황전면과 월등면 경계 지역이다. 청소년을 위한 배움터인 월전 중학교가 자리한 곳이다. 중학교 오른쪽에는 깊지 않은 완만한 능선이 있는 골짜기다. 여순사건 진압 과정에서 집단 학살이 이곳서 많이 이뤄졌다. 황전면과 월등면에서 좌우 양 진영의 사상과 이념이 무엇인지도 모르는 선량한 주민들이 번갈아 끌려왔던 거였다. 그때 날마다 총성이 들리지 않은 날이 드물었다는 곳이다.

그렇다고 그때 양지멧골서만 총살했던 건 아니다. 각 마을 현장에서 즉결처분하기도 했다. 산 고개나 모퉁이 같은 음침한 곳 아무 데서나 죽이면 그만이었다. 그리고 지서에서도 학살은 수없이 이루어졌다는 것이다. 정말이지 안타까운 일이지 않을 수 없다. 대부분 초등학교고도 가지 못했다. 낫 놓고 ㄱ자도 모르는 이들이 뭘 알겠는가 말이다.

여순사건 진상조사위원회는 '사건 발생 후 실태 조사가 너무 늦게 이뤄진 것이다. 희생자 유가족과 목격자를 제대로 찾을 수 없었다. 그때 사건에 관한 증언을 많이 담지 못해 밝혀진 숫자는 빙산의 일각이다.'라고 그들은 밝히고 토를 달았다. 그런데 한국전쟁을 겪으면서 전국 곳곳에서 이런 천인공노할 일들이 대한민국 이승만 정부하에서 일어났다는 것이다.

어머니가 앓던 위경련

▽
▼
▽

　그때 저승사자와 같은 한청 사람이 싫고 무섭지 않은 사람이 어디 있으랴. 그때 비단 누나들과 형님, 아버지 어머니, 우리 가족뿐이 아니었다. 제주도 사람들은 서북청년단이 무서웠을 것이고, 이곳 여수 순천지역 사람들은 대한청년단이라 이름했던 한청 사람들을 무서워했었다. 악랄하기로 친다면 친일 경찰을 버금갔기 때문이리라.

　우리나라가 해방되고 이승만 정부를 이어 군사쿠데타 정부가 세워지고도, 변하지 않았다. 마을에 친일 경찰이 가겠다고 통보가 있으면 우리처럼 어린 꼬마들은 숨기에 바빴었다. 옛날 왕조시대에 민가를 찾아온 이방을 대하듯 마을 이장은 그들에게 굽실굽실해야 했다. 동구 밖까지 마중 나가 집으로 모셔 들였다. 닭을 잡고 술상을 차리고 극진히 대접했다. 보낼 때는 돈 봉투를 만들어 아랫주머니에 찔러 넣어 주어야 했었다.

　'주머니 벌리며 손사래를 친다.'라는 속담은 여순사건 배경삼아 썼던 대하 장편소설 『무죄』(전 9권)에서 여러 번 언급했었다. 내 고향 발산마을에서 겪었던 친일 경찰을 두고 빗댄 말이다. 인터넷에도 우리나라 속담 모음에도 없는 말이다. 내가 대하소설을 쓰면서 지어낸 말이다. 한국속담에 등재해도 손색없다고 본다. 그때 경찰은 술과 닭을 잡아 술과 식사를 대접받고 가려는 중이었다. 돈 봉투를 이장이 건네주면 사양하는 척했다. 겉으로는 돈 봉투를 주지 않아도 된다고, 오른손을 흔들어 대며 손사래 치면서다. 바지 아랫주머니를 왼손으로 벌리는 건 넣어 달라는 뜻이 아닌가. 내가 어렸을 때도 친일 경찰의 이런 모습을 직접 본 적이 있어 하는 말이다.

일제강점기부터 군사독재 정부 때까지 친일 경찰은 도시민보다는 힘 약한 농민들을 괴롭히면서 모든 걸 간섭했다. 제일 먼저 농사를 지으면 공출로 쌀을 빼앗는 데 관여했으며 근로정신대. 위안부, 징용, 징병, 모집에도 관여했었다. 끌려가지 않기 위해 일제 경찰에 뇌물을 제공해야 했었다는 그때 어른들의 한결같은 얘기다.

친일 경찰은 우리나라가 일본에 강제 점령당하고 있을 때부터 가난한 농민을 괴롭혔다. 해방된 조국에서도 미군정은 일제 때 경찰 행정을 그대로 따라 했다. 이승만 정부를 이은 군사독재 때까지도 친일 경찰이 날뛰었던 거다. 그들은 국민의 지팡이가 아니었다. 국민은 무소불위의 권력을 행사하던 친일 경찰은 겁나고 무서운 저승사자와 대낮 술 취한 망나니 같았다.

설이나 추석 때 그리고 조상들에게 제사 지낼 때 쓰기 위해 집에서 술 빚는 것도 못 하게 했다. 일제강점기 때 했던 방식을 그대로 군사정부에서도 이어받아 금지하고 단속했다. 농민들이 즐겨 피우는 담뱃

잎 한 잎이라도 피우다 걸리면 벌금을 내지 않기 위해서였다. 뇌물을 친일 경찰 주머니에 찔러주어야 했었다.

악랄했던 친일 경찰을 빗대기 위해 우리나라 전래동화인 호랑이와 곶감 얘기로 이해를 돕고자 한다.

며칠째 굶은 호랑이가 배를 채우기 위해 민가에 내려왔다. 어슬렁 거리다가 우는 아기를 달래는 집 마당에 들어섰다. '우는 아기는 도깨 비가 잡아간단다.' 또는 '호랑이가 우는 아기는 잡아간다.' 해도 아기는 울음을 그치지 않았다. 그런데 '곶감 주겠다.'라고 하니 울음을 뚝 그 쳤다. 이에 호랑이가 곶감이란 말에 겁을 내고 도망갔다는 얘기는 우 리나라 전래동화 이야기다.

일제강점기와 미군정 그리고 대한민국 이승만 정부에 이은 군사독 재 때 친일 경찰이 이와 같았다. 전래동화에 등장하는 호랑이가 곶감 무서워하는 것보다 무서운 존재였다. 얼마나 횡포가 심했기에 오죽했 으면 우는 아이가 순사 온다, 하면 울던 울음을 뚝 그쳤을 것인가 말 이다.

이처럼 악랄하기로 유명했던 친일 경찰을 벌주기는커녕 오히려 우대 하는 어처구니없는 일이 미군정 때 벌어졌다. 지역민들에게는 철천지 원수나 다름없는 이들을 상전 모시듯 하게 했으니 말이 되는가 말이 다. 이보다 더 슬픈 일은 우리나라가 분단된 채, 70년도 훨씬 넘게 고 통받지 않은가. 그들의 신탁통치 때문이란 걸, 모르는 국민이 몇이나 되랴. 이러니 당시에 90%나 되는 국민이 미군정을 반대하며 싫어했었 다. 이런 실정이었으니 미국이란 나라에 어찌 정감이 갈 수 있으랴.

미군정을 이은 이승만 정부에서는 폭력 행사를 일삼는 깡패 집단
들에게 서북청년단과 대한청년단(한청)이란 명칭의 유령 단체들을 만
들어 날개를 달아 주었다. 경찰권을 부여해 독재의 바벨탑을 미리 견
고히 했다. 제주 4·3 봉기 때는 서북청년단이었다면 여수·순천 사건
때는 대한청년단이 지역주민들에게는 저승사자와 같았다. 이들은 친
일 경찰보다 더 설쳐대며 좌익에 부역했다는 혐의로 양민들을 총살했
었다.

이승만의 사조직인 이들 단체의 횡포는 이처럼 악명 높기로 유명했
다. 지역민들은 그들을 친일 경찰보다 더 두려워했다. 우는 아기에게
순경이나 한청 사람 온다, 하면 울음을 뚝 그쳤다. 나도 어릴 때는 한
청 사람이 나타날까 봐 겁을 안고 자랐으니 말이다. 참고로 말하지만
내 고향 마을엔 그때 사건을 겪으신 어르신들이 아직 살아계신 분이
많다. 그렇지만 좌익과 우익진영이 내세우는 사상과 이념을 제대로
아는 분이 없다. 또한, 초등교육도 받지 못한 이런 분들이 그때 좌익
이라는 올가미를 쓰고 수없이 죽었으니 안타깝기 그지없는 일이다.

태어날 때부터 심장이 약해서였는지 싶다. 당신과는 상관이 없는
사람의 다툼만 봐도 온몸을 벌벌 떠시는 분이 어머니였다. 좌익과는
아무런 연관이 없는데도 부역했다는 명목으로 마을 청년들이 총살당
하던 장면에 치를 떨었다. 어머니는 본디 약한 심장으로 태어나셨다.
이를 버텨내지 못하고 가슴에 피라고 일컫는 위경련을 부여안고 고생
해야 했다.

여순사건이 6·25 한국전쟁으로 이어지고 남북 전쟁이 한창일 때

고향

내가 태어나고 초등학교 졸업할 때까지도 어머니는 고질병인 가슴에 피 위경련을 떨쳐내 버리지 못하셨다.

물론 고통스러운 사람은 방 네 구석을 기며 신음을 질러대야 하는 본인일 테다. '나 죽는다.'라고 발광하는 어머니 등을 두들겨 대고 따라다녀야 했던 아버지를 어렸던 삼 남매가 공포 속에서 지켜봐야 했었다. 이처럼 주기적으로 악질 손님인 불청객 위경련이 연약한 어머니에게 다가와 괴롭혔다. 온 가족이 공포에 질리던 그때가 지금도 잊히지 않고 생생하다.

소설은 독자를 흥미 있게 하려고 필자가 적당히 꾸며 쓴 거로 독자는 알고 있다. 그러나 내가 쓴 대하 장편소설『무죄』속에는 이처럼 실제 있었던 사실을 쓴 것이 많다.

그때 그 사건

▽
▼
▽

　악몽 같았던 여순사건으로 인해 부모님을 비롯해 일가족이 한꺼번에 죽을 뻔했다. 정말이지 구사일생으로 살아 돌아왔던 그때를 돌이켜 보면 소설도 이런 소설은 없을 테다. 이 같은 얘기를 어렸을 때부터 부모님을 통해 수없이 들었다. 매번 들을 때마다 손에 땀을 쥐며 긴장했던 터라 머릿속에 차곡차곡 저장되어 있다.

　그때 이웃집에 살았던 분이 아버지와 나이가 비슷해 친구로 지냈던 사이였다. 그런데 좌익에 부역했다는 터무니 없는 혐의로 경찰을 피해 입산했었다. 야음을 틈타 산에서 내려와 저녁 식사 대접을 받고 다시 산으로 돌아갔었다고 앞서 밝혔었다. 그런데 14연대 군인이나 인민군은 지역민은 살상하지 않았던 걸 다시 한번 밝힌다. 다만 친일 경찰이나 공무원, 그리고 친일파로 알려졌거나 악질 지주로 소문난 사람만 가려 죽였다. 그렇지만 어찌 된 영문인지 '대한민국 경찰과 대한청년단은 지역민의 목숨을 파리나 모기 다루듯 했다.'라고 부모님께서나 마을 어르신들 말씀은 한결같았다. 이런 사실은 군사정부 때까지는 철저히 숨겨졌다. 6·25 전쟁을 일으킨 공산군에 의해 죄 없는 수많은 국민이 죽은 것으로 학교서 나도 공부했지 않은가. 그런데 그게 아닌 거로 최근에서야 밝혀졌다. 대한민국 정부가 국민을 보호하기는커녕 하늘보다 귀한 목숨을 빼앗았다. 말하자면 경찰과 그리고 국군을 앞세웠다. 제주서는 서북청년회에 그리고 여순 지역에선 대한청년단에게 하늘보다 귀한 목숨을 잃었었다. 더 안타까운 것은 이승만 대통령이 독재정권을 유지하기 위해서였다. 경찰권을 부여한 사조직 단체에 의해 죽음이었다.

이처럼 천인공노할 일을 겪은 어머니께선 벌렁대는 가슴이 금방이라도 터질 것 같아 도무지 참을 수 없었다. 이웃에 살던 분에게 저녁 식사 대접했던 일이 두려워 견딜 수 없었다고 생전에 회고하셨었다. 저승사자 같은 경찰과 한청 단원이 들이닥칠 것만 같았다. 한시바삐 '날이 새기 전에 집에서 벗어나 산속으로 도망가자.'라는 터무니없는 주장을 펼치셨다는 거였다.

아버지로선 도무지 가당치 않으셨다. 처음엔 줄담배를 피우시면서 완강히 반대하셨다. 그러나 '열 번 찍어 넘어가지 않는 나무 없다.' 하지 않던가. 끝내 아버지는 받아들일 수밖에 없었다. 어머니가 그대로 죽는 것을 보고만 있을 수 없었던 거였다. 붙잡히게 되면 서로 말을 맞추기 위해 가족회의를 열었다. '할아버지가 열두내서 소개되어 사는 데서 병환이 깊어지셨다. 태어나 살았던 곳에서 죽기가 소원이라 하셨다. 어쩔 수 없이 움막이라도 짓고 거기서 임종하시게 하려고 가는 길이다.'라고 가족이 입을 단단히 맞췄다는 것이다.

동짓달 그믐께 겨울비 내리는 밤이라 사위는 칠흑처럼 어두웠다. 열두내라는 산속으로 가기 위해서는 마을 앞을 지나가는 전라선 철길을 넘고 강에 징검다리를 건너야 한다. 건들이라 불리는 들판을 지나 17번 국도인 신작로를 통과해야 했다. 그런데 곳곳에 길목마다 대한청년단과 경찰이 지키고 있었다. 이야말로 언제 터질지 모르는 시한폭탄을 들고 지뢰가 묻힌 길 가는 격이었다. 철길을 넘기 전에 터져버릴지도 모르는 일이다. 수시로 철길을 타고 한청(대한청년단) 사람들이 오르락내리락하고 있었다는 것이다.

해발 753m 봉두산 자락인 열두내 골짝을 가기 위해서는 신작로를 지나야 하는데 그게 문제였다. 거기 나들목에는 십중팔구 길목을 지키는 사람들이 틀림없이 있을 것이라고 아버지는 판단하셨다. 단지 조건이 맞는 것은 구름이 잔뜩 끼었고 느개가 내리고 어둠이 깃든 동짓달 그믐께라는 것뿐이었다. 누님 둘과 형님에게 특별히 조심해야 한다고 주의를 당부했다. 조그마한 가마솥과 밥그릇 몇 개를 챙기고 광목 자루에 쌀을 담았다. 이불, 괭이, 삽, 한 자루씩만 챙겨도 한 짐이었다.

그때 나와는 세 살 터울인 바로 위에 형님을 출산하고 얼마 되지 않았다. 산후조리는 아예 안중에도 없었다. 비는 그쳤다지만, 이슬처럼 내리는 느개는 계속 내리고 있었다. 정들었던 보금자리를 뒤로하면서 집에 기르던 돼지, 닭, 이런 가축은 뒤돌아볼 겨를도 없었다. 집을 나서려 하는데 갓난아기였던 형님이 자지러지게 울어댔단 것이다. 순탄치 않은 겨울밤 피난길 위험을 감지하고 울어댔는지 싶다고 부모님

고향

은 내다보셨단다. 젖을 먹고 잠든 지가 얼마 지나지 않았다는 얘기다. 갓난아기가 갑자기 응애응애 하고 울어대기 시작하니 불안했다는 것이다. 지금 벌이는 일이 잘못되어 가고 있는 걸 감지하고 이를 알리기 위해 우는 거로 봤다는 것이다. 아버지도 같은 맘이었다고 생전에 가끔 어머니께서는 담담하게 회고하셨다. '그때 내가 아무리 생각해 봐도 그렇다. 도무지 말이 되지 않는 일을 벌였다.'라고 회고하셨다. 그러나 어머니의 심장이 터질 것만 같았다는 심정도 충분히 이해가 된다.

그때 이미 결정 내린 일이지 않은가. 한시바삐 집에서 떠나야만 어머니께서는 살 것 같았다. 시간이 한참 지난 후에야 아기가 다시 잠에 빠져들었다. 큰누님이 열두 살, 작은누님이 열 살, 큰형님이 여덟 살이었다. '꽃잠에 들었다가 깨우는 바람에 일어났었다. 잠이 쏟아지는데도 무작정 어른들이 이끄는 대로 따를 수밖에 없었다.'라고 지금은 나이가 아흔이 다 된 큰누님이 그때가 생생하다는 듯 회고했다.

칠흑처럼 어두운데 1차 지뢰밭인 기찻길을 넘고 강을 건너는데 징검다리 간격이 잘 보이지 않았는지 싶다. 아니면 졸음이 풀리지 않아서였을까, 큰형님이 그만 물에 빠져 바지가 젖고 말았다. 큰누님이 입었던 아랫도리 내복을 벗어 형님에게 입혔다. 조심조심 발소리를 죽이며 걸었단다. 군데군데 길목을 지키는 보초 근무자를 걱정하지 않을 수 없었다는 얘기다.

이제부터는 건(乾)들을 지났으니 신작로를 넘어가는 것이 큰 문제였다. 신작로만 넘어서면 곧장 자은이라고 부르는 동네 뒤에 산길로 접

어들 수 있다. 삼 남매를 동반하지 않고, 등에 막내를 업지 않았다면
얘기는 다르다. 지게에 짐을 지지 않은 빈 몸만 같으면 별문제 없는
피난길이었을 테다. 신작로를 통하지 않고 산을 타고 간다면 안전하게
열두내 쪽으로 갈 수도 있었다. 그러나 아버지는 등에 짐을 잔뜩 지
셨고 어머니는 아기를 등에 업었었다. 더구나 아직 어린 자식이 셋이
었다. 그때 처한 형편으로는 자은마을 신작로 나들목을 통과해야 하
는 위험을 감수할 수밖에 없었다. 목숨을 건 일가족이 참으로 눈물겨
운 여정이었다. 생전 부모님을 통해 몇 번이나 되풀이 들었었다. 그때
이 일을 함께 겪은 작은누님과 큰형님은 20대 초반 때 고인이 되고
말았다. 세 살 터울인 형님도 다섯 살 아래인 누이도 20년 전후로 세
상떠났다. 지금 생존한 큰누님이 하나뿐인 동생인 나에게 수도 없이
들려주었던 얘기다.

고향

부엉이 울어대는 사연을 누가 알랴

▽
▼
▽

　이웃집에 살던 아버지 친구분이 추위와 배고픔을 견디기 어려워 하산했었다. 또한, 아내와 자식들도 보고 싶었으리라. 그렇지만, 입산자의 집이라며 경찰은 불태워 버렸다. 남은 가족은 면사무소 뒷마당에 천막을 치고 소개해 버린 뒤였다. 가족 소식을 들을 곳이라곤 친구인 아버지와 우리 집밖에는 없었다. 저녁 식사 대접을 받고 다시 산으로 돌아갔다. 이때 친구분의 집안은 풍비박산되어 버리고 말았다. 불타 버린 집터는 논으로 변했다가 지금은 매실나무가 자라고 있다.

　이 같은 사실을 마을 사람들이 알았다 쳐도 누구 한 사람 고자질하는 사람이 있을 리는 만무했었다고 아버지께서 회고하셨다. 그러나 어머니가 바라볼 때는 그게 아니었다. 아무런 죄도 없는 마을에 사람들이 무참히 죽임을 당했었다. 밤에는 빨치산에게 낮에는 한청과 경찰 등쌀에 고통받아야 했다. 이처럼 생지옥 같은 생활을 했던 고향 마을에 부모님을 비롯한 어르신들의 그때 상황을 떠올려 보면 한숨이 저절로 나온다.

'잠자코 머물러 앉아 있어야 한다.'라고 아버지는 주장했지만, 어머니의 주장은 꺾을 수 없었다. 그때는 턱도 없는 짓을 벌였다고 어머니도 인정하셨다. 귀신에게 휩쓸렸던 것이며 천운으로 살아나게 되었다고 회고하셨으니 말이다.

그때 아버지가 염려했던 건, 빗나가지 않았다. 들판을 지나 열두내로 통하는 자은이라 부르는 마을 입구 나들목에서다. 대한청년단과 경찰에 붙잡히고 말았다는 거다.

할아버지께서 임종 때가 다 되었다며 아버지께선 둘러댔었다. 한 번만 봐 달라고 통사정하셨다. 보초 근무자들은 지시받은 대로 할 수밖에 없다며 지서로 가야 한다고 했단다.

만약에 지서로 끌려가면 끝장이라고 부모님과 누님들도 생각에 미쳤다. 이 자리에서 해결해야 한다고 내다봤다. 보초를 서는 사람들에게 통사정했지만, 이들은 끝내 무시했다. 어쩔 수 없이 지서로 끌려갈 수밖에 없었다. 사건 초기 때는 즉결처분 대상이었으나 지서로 끌려가는 건 그나마 다행이지 않을 수 없었다. 그러나 지서에 끌려갔다 하면 주검으로 돌아오더라는 것이다. 그때 부모님은 이래죽으나 저래죽으나 마찬가지 심정이셨을 테다. 한청 단원과 보초 근무자들에게 사지(死地)인 황전면지서로 끌려가야 했으니 가족들의 심정은 글로 어찌 형용하랴.

황전 지서까지는 십 리 길이다. 한참 동안을 가족은 아무런 말도 없이 신작로를 터벅터벅 걸어야 했었다. 누님들은 그나마 현장 죽음을 면해 지서로 끌려가는 게 살아남을 수 있겠다라는 희망이 앞서더란

　　　　　　　　　　　　　　　　　　　고향

다. 신작로에 튀어나온 돌부리를 발로 걷어찰 때마다, 검정 고무신이 벗겨지더란다. 신발을 고쳐 신느라 잠깐씩 걷기가 지체되었다는 것이다.

여덟 살 형님보다 나이가 많아선지, 지서에 끌려가면 죽는다는 거를 알아선지 누님은 퍽 긴장되더라 했다. '발바닥에서 나는 땀 때문에 신고 있는 버선이 흠뻑 젖었다. 지서에 일찍 도착하지 않으려고 단 몇 분이라도 시간을 끌기 위해서였단다. 죽음을 단 몇 분이라도 연장하려고 신이 벗겨지는 것처럼 몇 번이나 되풀이했다.'라고 큰누님은 가끔 그때를 회고했다. 지금 나는 괜스레 화도 치밀기도 하고 눈물이 눈앞을 가린다. 내가 생각해 봐도 소설도 이런 소설은 흔하지 않으니 말이다.

일행은 어느덧 경찰이 좌익혐의자를 총살하는 장소인 황새 고갯마루에 이르렀다. 강 건너로 50여 가구가 옹기종기 펼쳐져 있어야 할 발산마을은 어디로 사라졌는지 불빛 하나 보이지 않았다. 빨치산 진압 작전이 진행되는 기간이라 야간에 불빛이 보이는 집은 총알 세례를 받아야 했었다. 날이 어둡기 전에 일찌감치 저녁 식사를 마치고 잠자리에 들었기 때문에 마을은 암흑일 수밖에는 없었을 테다.

다만 마을 뒤에 구랑골 봉우리 부분에 벼락 바위로 짐작되는 곳에 서였다. 부엉이는 무엇이 그렇게 한스러운 사연이 있는지 울어대더라고 회고하셨다. 부엉부엉 노래하지 못하고 부 우엉, 간격을 두고 처량하게 울고 있더란다. 우리 가족이 죽게 되는 걸 애달파하며 우는 거로 받아들이셨다는 거다. 이번 사건이 있기 전에는 길쌈을 하느라 마을에는 아직 군데군데 불빛이 있을 시간이다.

'부엉 부엉새가 우는 밤 겨울밤이 춥다고 부엉부엉 우는데 우리들은 화롯가에 옹기종기 모여 앉아서 옛날이야기를 듣지요.'라며 나이 어린 두 누님과 큰형님은 겨울밤이라는 동요를 부르다 깊은 잠이 들어있을 시간이었다.

그런데 불빛이라고는 보이지 않은 적막강산이니 어머니는 비로소 현실을 깨닫고 울컥해졌을 테다. 부엉이 우는 소리에 설움이 더 복받쳤을 테다. 어머니는 '부엉이가 울어대는 사연을 누가 알랴. 소낙비 방울 같은 굵은 눈물방울이 마구마구 떨어지더라.'라고 회고하시던 모습이 눈앞에 아른거린다.

떠나온 정든 집과 친하게 지내던 아랫집에 가족이 잠들어 있을 집 위치를 대강 짐작해 봤단다. 죽으려면 어른 둘만 죽으면 될 일을 아무 죄도 없는 생때같은 자식들을 죽이는구나 싶어 쏟아지는 눈물을 끝내 감당하지 못하겠더란다. 지금까지 수많은 사람이 지서에 끌려가고 나면 돌아오지 못했으니 당연하지 않겠는가. 하나같이 총 맞아 죽었다. 살아 돌아온 사람이라곤 없었다. '무모한 짓을 하지 말자.'라며 '말도 안 된다.'라고 극구 반대하는 아버지를 졸라댔었다. 한순간 잘못된 판단으로 사랑하는 가족들을 죽음의 도가니 속으로 몰아넣게 되는구나, 하는 맘에 설움이 북받쳤으리라.

가족들이 지서 마당으로 들어섰을 때란다. 경찰 두 사람과 대한청년단이라는 푸른 완장을 찬 두 사람이 한 무리의 사람들을 앞세우고 지서 마당을 빠져나가더라는 거다. 양손은 뒤로 묶인 채 포승줄로 묶여 끌려가는 모습을 보았다는 거였다. 아버지 어머니는 물론 두 누님도 하늘이 무너지는 것처럼 절망했었다고 그때를 담담하게 회상했다.

지서 마당에는 반으로 자른 드럼통에다 장작불을 피우고 대여섯 사람들이 불을 쬐고 있더란다. 건물 안으로 가족들을 안내했다는 것이다. 통로 우측으로 군복을 입은 두 사람이 졸고 있었으며 왼쪽으로는 경찰 두 사람이 앉아 있었다. 그 앞에는 4, 50대쯤 보이는 남자가 조사받고 있었다고 30년 전에 돌아가신 어머니께서 말씀하셨다. 친일 경찰이었던 그들이 인간 백정 노릇을 거리낌 없이 자행했던 것에 치가 떨린다고 생전에 덧붙여 회고하셨었다.

그때 장면을 마치 엊그제 일어난 일처럼 생생하게 회고하시던 부모님 모습이 눈앞에 자꾸만 어른거린다.

여순사건의 배경

▽
▼
▽

 그때 열 살이던 작은누님과 여덟 살이던 큰형님은 나이가 어려 조사받는 건 면했단다. 그렇지만 죽음이 바로 눈앞에 다가오는 건 직감할 수 있었던 거였다. 젊은 엄마와 어린 돌배기가 함께 총 맞아 죽는걸 마을에서 봤었기 때문이리라.

 아버지가 먼저 조사를 받았다는 거다. 큰누님과 어머니는 밖에 나가 있다가 부르면 오라 하기에 마당으로 나왔다. 지서 마당에 불을 쬐고 있는 사람들이 어린 삼 남매를 측은한 눈초리로 쳐다보더란다. 자리를 좁혀서고 갓난아기를 등에 업은 어머니가 삼 남매와 같이 불을 쬘 수 있게 자리를 만들어 주더란다. 지금은 허리가 굽어 이마가 땅에 닿듯하는 큰누님이 그때를 얘기하며 혀를 내두르는 모습이 떠올려진다.

 평소도 목소리가 컸었지만, 가족들이 자신의 진술을 듣게 하기 위함인줄 알았다는 거다. 그날 저녁에는 더 큰 목소리로 아버지께서 진술하는 말씀이 밖에까지 들리더라는 거다. 아니나 다를까 어머니와 큰누님이 조사를 받고 재조사를 받을 때는 아버지께서 진술했던 내용과 일관되게

고향

했었다. 올해 아흔을 바라보며 허리가 굽어 이마가 땅에 닿는 큰누님은 지금도 생생한 듯 아버지 진술을 흉내 내며 그때를 곧잘 얘기했다.

'열두내는 제가 평생을 살다가 얼마 전에 분가해 나오고 늙으신 부모님이 살고 계시는데 이번 난리로 살던 집은 불타 뿌렀구먼요, 소개 나온 아부님이 병이 나서, 임종을 집에서 허기를 소원했다니까요. 자식 노릇을 하기 위해서였구먼요. 움막이라도 만들어 가꼬, 아부님을 열두내로 모시려고 불가피하게 밤에 가게 되었구먼요.'라고 하시자 조사경관은 책상을 손바닥으로 쾅쾅 내려치더라는 거였다. '낮에 환할 때 가면 되지 왜 밤에 가느냐, 그게 말이 되느냐?'고 하더라는 거였다. '낮에 가면 사람들의 눈에 잘 뜨이게 되지 않겠습니까요? 그래서 밤에 가족을 데리고 나섰다니까요.'라고 할 뿐, 마땅한 답을 찾지 못하셨다고 말씀하셨다. 그때 있었던 일을 손님이 온다거나 이웃과 말잔치라도 벌어질 때면 아버지께서는 앵무새처럼 되풀이 말씀하셨었다.

영락없이 가족 모두 죽을 판이었다. 그런데 '하늘이 무너져도 솟아날 구멍이 있다.'라고 하질 않던가. 다음 날 날이 밝자 아버지와 잘 아는 사이였던 분이 대한청년단 완장을 차고 지서로 들어오는 걸 발견하셨다. 구세주가 오시는 것 같았다고 그때를 회고하셨다. 그 친구를 붙잡고 늘어져 가족이 모두 무사할 수 있었으니 전 가족이 구사일생했었다. 이만 보더라도 그때 이승만 대통령이 조직한 대한청년단인 한청이라는 어용단체는 경찰 권한을 능가했던가 싶다.

여기서 잠깐 제주 4·3사건에 이어 여순사건이 일어나게 된 배경에 대해 내 나름대로 나의 속내를 드러내 보려 한다.

1946년 10월 1일 대구 사건을 보자. 미군정은 국민이 목 터지게 부르짖었던 신탁통치 반대를 힘으로 깔아뭉갰다. 친일 경찰과 그리고 친일했던 말단공무원까지 해방된 조국에 재배치했었다. 이들의 횡포가 극심한 데다 친일 부자들의 매점매석으로 물가파동이 극에 달했다. 노동자와 농민들이 더는 굶주림을 참지 못하겠다며 나섰던 항쟁이 전국으로 이어진 원인이었다.

제주 4·3 항쟁의 원인도 미군정의 실정이었다. 3·1절 기념식에서 말 탄 친일 경찰이 어린아이를 치어놓고 구제하지 않고 경찰서로 돌아갔다. 이를 본 도민이 경찰서로 쫓아가면서 시작되었다는 거다. 말하자면 친일 경찰의 횡포로 시작되었다. 그러잖아도 신탁통치를 전 국민 반대에도 불구하고 밀어붙여 남북이 분단될 위기에 놓인 거에 국민은 우울했다. 거기다 친일파들의 사재기로 물가는 파동이었으며 국민은 입에 풀칠하기도 어려웠다. 그러나 미군정은 배고픈 도민의 민생고는 살피지도 않았다. 친일파나 친일 행정공무원, 친일 경찰 처벌은 고사하고 재배치했다. 친일파 우대와 제주도민 홀대에 있었다. 거기에 단독정부를 세우기 위해 5·10 남한만의 총선거를 강행하려 했던 것도 원인이었다.

여수에 주둔중이었던 14연대 군인들이 여순사건을 일으킨 배경을 살펴보자. 새 제복을 착용했던 경찰에 비해 14연대 군인들은 부실한 식사와 미군이 입던 낡은 제복을 보급한 것 등에 불만이 많았다. 그때는 국군보다는 경찰을 이승만 정부가 우대했다. 그런 와중에 친일 경찰에 대항하는 4·3사건을 진압하라는 특명은 우는 아이의 뺨을 때리는 격이 아닐 수 없었다. 죄 없는 제주도민도 우리의 부모·형제나 다름없는데 총을 겨눌 수 없다며 항명했던 원인이라는 것이다.

내 친구나 이웃이 총에 맞아 죽으면 누구나 이성을 잃고 분개하게 되는 것은 인지상정이다. 3·1절 기념식에 참석한 군중에게 총을 쏘게 명령을 내린 자들이 원인을 제공했다고 봐야 옳다. 말하자면 여순사건이 일어나게 된 실마리는 제주 4·3 항쟁이었으니 말이다.

여순사건도 같은 시기에 일어나 같은 시기에 종결되었었다. 2000년도에 제주 4·3 항쟁 진상규명 및 희생자 명예회복에 관한 특별법이 국회를 통과했다. 2003년에는 제주 4·3사건 진상규명 및 희생자 명예회복 위원회가 활동했다. 마침내 제주도민들에게 명예를 찾아 주었다. 그동안 북에 사주받은 폭도와 빨갱이로 취급되어 핍박받았던 사람들이었다. 호적부에 빨간 줄이 그어진 사람들도 늦게나마 무죄판결 받았다.

그동안 여순사건특별법이 국회에 계류 중 폐기되기를 거듭했다. 2021년 6월에 우여곡절 끝에 통과되어 올 3월부터 특위가 활동에 들어갔다고 한다.

1948년 10월 19일 제주항쟁을 진압하라는 명령을 14연대 군인들은 의거나, 혁명으로 알고 사건을 일으켰으리라 본다. 그렇지만 나는 국가적으로 공식적인 명칭이 정해지기까지는 반란과 항쟁의 중간 사이가 되는 여순사건이라 이름하고 대하소설 『무죄』를 썼다. 합당한 명칭이 붙여질 때까지는 여순사건이라 이름하고 부르며 고향 마을에서 있었던 사건 얘기를 써나갈 것이다.

> ※ 이 같은 내용을 주제로 무죄(無罪)란 제목으로 대하 장편소설 9권을 2022년에 출간했었다.

견벽청야라 해 놓고선

▽
▼
▽

열두내를 품은 해발 753m인 봉두산 자락에 숨기 위해서였다. 는개가 내리는 칠흑 같은 겨울밤에 여섯 식구가 나섰었다. 산등성이 너머에는 천년고찰 태안사가 있다. 바로 아래 조태일 시인 문학관이 자리 잡은 산이 봉황의 머리 같다며 이름 붙여진 봉두산이다. 조그만 냇물에 징검다리를 12번이나 건너야 갈 수 있다고 해 열두내라고 이름 붙여졌다. 행정당국 기록물에는 십이천(十二川)으로 명기된 곳이다.

열두내 골짝으로 숨으러 가자고 어머니가 주장했던 곳은 여순사건이 나기 전에까지만 해도 할아버지 할머니와 함께 살았던 곳이었다. 산속 생활에 적응하지 못해 아버지를 졸라 해방 맞은 이듬해에 바깥 세상으로 나왔다가 여순사건을 맞은 것이다.

여순사건이 나고 할아버지 댁을 비롯한 대여섯 가구가 열두내마을에 살았었다. 그런데 반란을 일으킨 14연대 좌익군들이 숨지 못하게 하기 위해서라는 거였다. 좋은 뜻으로 해석한다면, 견벽청야(堅壁淸野) 작전이었다. 지역에 사는 주민들을 좌익군들이 해치지 못하도록 보호

한다는 명목이었다. 그런데 엉뚱하게도 주민들을 소개하면서 집들을 불태워 버렸었다. 이 과정에서 두 가구 가족이 몰살당했었다. 대책을 세워 주고 집에 불을 지르라며 항의했다는 이유였다. 정말이지 천인 공노할 일이며 소설 같은 얘기가 아닐 수 없다.

날만 새면 누님 또래 친구들은 얼굴 맞대며 소꿉놀이를 즐겼었다. 어른들은 산나물을 뜯고 논밭 일도 같이했었다. 누님 두 분과 큰형 님의 소꿉동무들이 하루아침에 죽어 버린 거다. 그들은 죽을죄를 짓 던 것도 아니고 지극히 합당한 항의였다. 그러나 열두내마을뿐 아니 라 여수·순천 지역의 산속에 마을들은 이처럼 피해 가지 못했었다. 할아버지를 비롯한 마을 주민들이 정들었던 보금자리를 불태워 버렸 다. 머무를 거처를 제공받기는커녕 보리쌀 한 됫박도 보상받지 못했 다. 큰길 신작로가 지나가는 마을에 소개 나와 곁방살이했던 슬픔을 안고 살아야 했다.

왜 이런 일이 벌어진 것일까. 우리나라가 지긋지긋했던 일본의 압박 에서 해방되면서였다. 미국과 소련은 한반도를 두 개로 쪼개 기어이 신탁통치를 강행했던 걸 원망하지 않을 수 없다. 어엿한 망명 임시정 부도 있었는데 그들은 끝내 해산시켰으니 땅을 치고 통곡할 일이다. 그 바람에 70년이 지난 지금까지 7천5백만 동포가 비극에 빠져 있질 않은가. 우리 민족의 바람이었던 친일 청산이라도 해주기를 원했지 만, 미군정은 이마저도 외면했었다. 일제 경찰에 또다시 고통받아야 하는 건 기가 막히는 일이었다. 그 바람에 나라는 극도로 혼란해졌고 크고 작은 사건들이 끊이지 않았었다. 10·1 대구 사건을 이어 제주

4·3사건 이어 여순사건이 발생했던 것도 그렇다. 미군정의 실정과 이승만 정부가 저지른 잘못도 포함된 거라고 봐야 한다.

제주 4·3 추모 행사에 역대 보수 정권 대통령은 참석지 않았다. 그러나 윤석열 대통령 당선인이 참석했으니 명예는 어느 정도 찾았다고 봐야 한다. 또한, 여순사건 특별법이 일찍이 국회에 계류 중이다가 폐기되기를 되풀이했다. 우여곡절 끝에 통과되었으니 진실이 밝혀지리라 본다. 그런가 하면 이승만을 하야케 하고 하와이로 망명케 했던 건 4·19의거였다. 그때는 폭동으로 불리다가 요즘은 4·19혁명으로 고쳐 불린다. 5·16 군사반란을 감행하고도 30년을 넘게 혁명으로 불리어 왔다. 그런가 하면 12·12 반란도 쿠데타로 명명되지 않고 있었다. 민주화 대한민국이 회복되고서야 5·16과 12·12가 반란 또는 군사쿠데타로 정당한 이름을 찾았다. 4·19의거가 혁명으로 합당한 이름을 찾듯 말이다.

한국전쟁 발발 때 전국에 좌익혐의로 죽임을 당할 죄가 아닌 사람들을 교도소에 가뒀다가 학살했었다. 함평, 산청·함양 사건, 그리고 거창 신원면 사건 같은 경우는 일면 견벽청야 작전이었다. 보도연맹사건, 국토방위군 사건 등 전국적으로 죄 없는 양민을 재판도 거치지 않고 총살했거나 죽게 했다. 국민방위군 사건을 보더라도 어처구니없는 천인공노할 일이 아닐 수 없다. 이와 비슷한 사건들이 전국 곳곳에서 벌어졌었다.

제주 4·3 항쟁과 14연대 항명 사건 때도 좌익에 부역했다는 혐의로 죽었던 사람들이 엄청나다. 독재자들이 정권을 움켜쥐고 있을 때

고향

는 유가족들이 빨갱이라는 억울한 누명을 쓰고 살아야 했다. 민주화가 이루어지고 난 이후 진보 진영에서는 '14연대 항명 사건' 또는 '여순항쟁, 봉기'라고 부르자는 사람이 많다. 역사적인 측면에서 볼 때 반란과 혁명의 차이는 하늘과 땅처럼 상반되는 낱말이다. 제주 4·3항쟁, 4·19혁명과 부마항쟁도 그렇다. 또한, 5·18민주화운동이 일어났을 때도 그랬지 않은가. 폭도들이 일으켰던 폭동으로 불리고 정당성을 상실했었다. 역사가 흐른 후에야 정당성을 찾고 올바른 이름을 찾았던 거다.

여순사건이 오랫동안 반란으로 이름 지어져 불리고 있었던 것은 역사적인 정당성을 인정받지 못한 것을 의미한다. 나로서는 여순사건 특별위원회가 그리고 국회서 진실을 밝혀내길 바랄 뿐이다. 역사학자들이 하루바삐 여순봉기 또는 여순항쟁 같은 걸맞은 좋은 이름을 지어주었으면 하는 바람이다. 국민이 정당한 이름을 부르게 해주어야 옳다. 이 글을 읽는 독자들은 일제강점기부터 해방과 신탁통치 과정과 미군정 실정으로 인한 조국 분단의 슬픔을 돌아보았으면 한다. 그리고 이승만 정부 때도 친일파 우대와 반민특위 해산에 관한 배경을 잘 헤아려 주길 바란다. 세상일은 원인이 앞서고 결과는 뒤에 이루어지는 철칙을 잊지 말아야겠다.

그때의 에피소드

▽
▼
▽

　여수에 주둔했던 14연대 군인들이 1948년 10월 19일 날, 반란을 일으켰다. 제주 4·3 소요를 진압하라는 명령을 거부하고 항명했던 사건이라고 앞서 수차례 밝혔었다. 14연대 좌익군을 진압하기 위해 여수·순천 지역에 야간통행 금지와 입산 금지가 동시에 내려졌었다.

　이로 인해 부모님들이 겪었던 여순사건에 이어진 한국전쟁은 그야말로 생지옥이었다. 아직 여순사건이 종결되지 않고 있을 때라 지역민들이 받는 고통은 다른 지역과 유달리 혹독했다. 이때는 호롱불마저 끄고 지내야 했으니 날이 어두워지기 전에 일찌감치 저녁밥을 지어 먹고 잠자리에 들어야 했다. 우리 집처럼 하루하루 품팔이로 생을 이어야 하는 사람들의 고통은 필설로 어찌 형용하랴. 그때 재 너머 산속에 천수답 농사는 입산 금지가 내려져 2년째 짓질 못했다. 어러니 초근목피로 연명해 나가는 삶을 상상해 보라. 그 고통은 글과 말로 어찌 형용하랴.

　그때 하필이면 나와는 세 살 터울인 갓난아기였던 형님이 금방 숨

　　　　　　　　　　　　　　　　　　　　　　　　고향

넘어질 듯 울어대더라는 거였다. 불을 밝힌다면 진압군과 경찰의 총알 세례를 받아 오두막집은 벌집이 될 상황이었다. 재빨리 방문 쪽에 이불을 펼쳐 불빛이 새어 나가지 못하게 가로막고 호롱불을 밝혔다는 거다. 큰 지네가 갓난아기 가슴팍을 물어 놓고 낌새를 느낀 나머지 윗목으로 기어 도망가더라 했다. 부모님의 강인한 DNA를 물려받은 갓난아기 형님이었던 거다. 큰 지네에 물렸지만, 면역성이 형성되어 있어 목숨을 건질 수 있었던 것은 그나마 다행이라 아닐 수 없다.

그때 들논 농사를 짓는 사람은 양식 걱정이 없다. 거기서 나오는 볏짚을 땔감으로 사용할 수 있어 그나마 나았다. 산자락이나 산속에 천수답뿐인 우리와 같은 처지인 사람들은 입산 금지로 농사를 지을 수가 없었다. 이로 인해 식량은커녕 당장 땔감도 구할 수 없었다. 산나물을 뜯어 죽을 끓여 먹기 위해 그리고 땔나무를 구하기 위해 산에 올랐다가 입산 금지법을 어겼다며 죽음을 맞았던 사람만 해도 부지기수였다.

엎친 데 덮친 격으로 북에서 남침을 감행해 6·25 한국전쟁이 발발했다. 내 고향인 순천은 일찍이 여순사건이 일어났던 불순분자의 피가 흐르는 지역으로 낙인찍혔다. 이로 인해 당국에서 지역주민을 옭아맨 올가미는 그야말로 혹독했었다. 인천상륙작전으로 유엔군의 반격이 시작되면서 북한군의 퇴로가 끊기자 패잔병들이 빨치산이란 이름으로 활동했다. 밤만 되면 마을에 내려와 온 집 안을 샅샅이 뒤져 식량과 가축을 빼앗아 갔다. 낮이 되면 군과 경찰, 한청 단원들이 들이닥쳤다. 부모님이나 마을에 어르신들의 얘기를 빌리면 이들은 비겁하기 그지없다. 인민군과 빨치산에 겁내고는 밤이면 철수했다. 마을을 지키지 않고 그대로 빨치산에게 내주고 말더라는 거다. 그러고는 날만 새면 나타나 주민들이 부역했다며 족친다는 거였다. 어쩔 수 없이 빼앗긴 식량인데 좌익군에 부역했다며 무지몽매한 매질이 시작되었다. 이로 끝나지 않았다. 심지어 갓난아기를 비롯한 가족이 몰살당하기도 했던 집이 한둘이 아니었다. 낮엔 군인 경찰과 한청 단원이 날뛰고, 밤이면 온통 빨치산들이 날뛰었다. 공산주의 사상과 이념에 빠진 게 아니었다. 빨치산에게 식량을 빼앗긴 것인데 이들에게 부역했다는 혐의를 뒤집어쓴 거였다. 애먼 지역민들이 겪었던 고통은 필설로 어찌 풀어내랴. 대한민국 헌법엔 '나라는 국민을 보호해야 할 의무(34조 6항)가 있다.'라고 명시되어 있다. 김지회나 지창수 같은 좌익계 군인들이 주축으로 14연대 군인들이 일으킨 반란을 사전에 막지 못한 정부 잘못이 아니던가. 그리고 여수서는 어쩔 수 없었지만, 국군이 재빠르게 투입되었으니 순천서는 좌익군이 시내를 벗어나지 못하게 할 수 있었다는 것이다. 그리고 이승만 정부는 한국전쟁 때도 남침하는 북한군을 막지 못하고 도망치게 바빴지 않은가. 남침 며칠 만에 그들에게 수도 서울을 고스란히 내어 주고는 한강 다리를 폭파해 서울시민은 피난도 하지 못하게 했다. 그들은 재빠르게 도망치더니 결국은 부산을 임시 수도로 삼았지 않은가. 피난하던 시민이 다리가 끊겨 주저 앉을 수밖에 없었다. 살기 위해 북한군이 시키는 대로 할 수밖에 없던 서울시민을 부역자로 몰아 죽인다는 것은 천인공노할 일이 아닐 수 없다.

이런 일이 너무 안타까운 나머지 '독불장군'이란 제목으로 끼적거려

고향

본 시가 있다.

> 수문장 포졸 병졸들과 백성은 다 몰아내고 혼자서 일인삼역
> 다하려고 하면 오랑캐가 침략할 땐 어떻게 하나.
> 자칭 장군이라 혼자서 다 하려는 어리석은 사람들아
> 동네 사람 모두 다 죽이고 나면 동네가 다 네 것 되느냐
> 백성 다 몰아내고 너 혼자 독불장군으로
> 살 수 없음을 언제쯤 깨닫겠느냐.
> 성주(城主) 없는 성(城)은 있을 수 없고 주민 없는 성(城)도
> 있을 수 없다. 백성 없는 나라는 있을 수 없듯 나라 없는 백성도
> 있을 수 없다. 만약에 왕만 있다면 이웃 나라 늑대들과 섬나라에
> 승냥이들이 쳐다만 보고 있을 것인가.

비극의 남북 전쟁이 승리할 수도 있었다. 한때는 압록강까지 치고 올라갔었다. 중공군을 대하자 철수하는 미군을 보고 이승만 대통령이 피눈물을 토하며 반대했다는 일화는 안타까운 일이 아닐 수 없다. 끝내 통일은 이루지 못하고 휴전이 성립되던 해 봄이다. 어머니께서는 돌배기인 나를 등에 업고 온종일 걸어갔다. 구례 산동면에 산수유로 알려진 서시천이 흐르는 마을에 친정 나들이에 나섰다. 외할아버지와 외삼촌 그리고 같은 마을로 시집간 이모가 궁금했던 거였다. 해방 전에 찾아보고 만나지 못했으니 안위가 궁금했다. 그렇지만 더 큰 이유는 따로 있었다. 젖먹이 엄마로 꽁보리밥은커녕 수제비 한 그

릇도 배불리 먹지 못하고 지냈지 않은가. 그때도 완행버스가 있었다는 거다. 그런데 버스에 오르지 못하고 일으킨 흙먼지를 고스란히 둘러쓰며 온종일 걸었다는 것이다. 그놈의 가난 때문에 차비가 없어서였단다.

'외갓집은 우리보다는 비교할 수 없도록 마을서도 큰 부자였던 터라 쌀밥이라도 몇 끼 얻어먹겠다고 기대했다.'라고 어머님은 몇 번이나 생전에 안타까웠던 그때를 회고하셨었다.

첫돌 지낸 나를 등에 업고 나섰는데 무슨 운명의 장난이란 말인가. 하나뿐인 외삼촌과 이모부가 북한군에 의해 죽고 이에 외할아버지 할머니까지도 돌아가신 후였다. 양가 집안의 초상집 분위기는 가라앉지 않았더라는거다. 그때 이모부께서 경찰이었다. 패주하던 인민군들에 의해 죽으셨다는 얘기를 외삼촌께서 접했다. 마을 사람들은 말렸지만, 이를 뿌리치고 면소재지 지서에 내려갔다는 것이다. '우리 매형은 일제 때부터 경찰을 했지만, 지역민들을 괴롭히지 않았다.'라며 고래고래 소리를 질렀다는 얘기다. 그 바람에 어머니로선 하나뿐인 남동생이 인민군에 의해 죽임 당했었다. 이를 보더라도 우리 집안은 북한군에 의해 비극을 당했지 않은가.

노고단이 가까운 지역이라 빨치산들이 내려와 귀신처럼 곡식을 찾아내 빼앗아 가 버린다는 거였다. 먹을 것이 없기론 가난하게 사는 우리 집이나 먹고사는 건 별반 다르지 않더란다. 그나마 보리 몇 말이라도 빼앗길 것을 우려해 마당 어귀 텃밭에 대형 장독을 묻고 보리를 채워 숨겨 놓았다는 거였다. 이모님께서는 보리밥이라도 어머니에게

지어 먹일 요량이었다. 덮은 흙을 걷어내고 널빤지 뚜껑을 열었을 때
는 어느새 빗물이 스며들어 깡그리 썩어 있더라고 어머님은 회고하셨
었다. 배고픔을 면하기 위해 갔다가 청천벽력 같은 고통만 안고 돌아
오는 기구한 여인의 심정을 그 누가 알 수 있으랴. 지금 이 글을 쓰는
동안 나는야 눈물이 앞을 가려 자판이 보이지 않을 지경이다.

그때 고향 마을에 가구 수는 50여 호가 되지 않았었다. 그렇지만
1952년 용띠해에 죽음의 공포 속에서도 출산은 이어졌다. 나를 비롯
한 아직 살아 있는 남녀 친구들이 16명에 이른다. 하나같이 키 크고
체격이 우람한 친구는 없다. 그나마 나는 키가 큰 편에 속한다. 1m
63cm이니 말이다. 이는 모두 사느냐, 죽느냐, 갈림길에서 죽음의 공
포와 스트레스를 받아서란다. 보신탕집 철창에 갇힌 견공 심정이더란
다. 바로 눈앞에서 마을 사람들이 경찰이나 대한청년단에 의해 총살
당하는 걸 목격하길 한두 번이 아니란다. 걸핏하면 주민을 소집해 놓
고 빨갱이들은 다 죽인다며 공포탄을 쏘아대더라는 거였다. 북한이
군중을 모아 놓고 인민재판을 열고 공개 처형하듯 마을 사람들이 지
켜보게 해 놓고서다. 좌익 부역자라며 군과 경찰이 총살하더라는 거
였다. 이런 형편에 목구멍에 밥이라도 편히 삼키겠느냐는 말이다. 죽
음의 공포 속에서 태아를 위해 안정을 취할 수 없었을 테다. 양식도
변변치 못했다. 영양가 있는 먹거리를 섭취하지 못했던 거가 태아의
발육 상태가 정상이지 않은 원인이 아니겠냐는 얘기다.

그때 고향 마을은 두서너 집 건너 한 집은 좌익부역자라며 낙인찍
혀 불귀의 객이 된 걸 보면서 스트레스를 받았다. 이처럼 아수라장

같은 죽음의 공포 속에 부모님들은 사셨다. 하루 이틀도 아니고 긴긴 밤을 캄캄한 어둠 속에서만 지내야 했던 분들이셨다. 수많은 새 생명을 탄생시켰으니 그나마 이 땅의 생태계 유지를 위해선 큰일을 하셨다.

죽느냐 사느냐 판국에서도 부부관계야말로 암흑 속에서도 활발히 이루어졌던 모양이라고 우리 동갑내기들은 모이면 말 잔치를 벌인다. '부모님들께서 금실 좋았던 걸 우리도 받아들여 실천해야 한다.'라고 이구동성으로 맞장구친다. 순천이나 서울에 사는 친구들과 만나 술자리를 벌일 때는 늘 하는 얘기다. 부부관계를 열심히 하다 보면 '어둠 속에서도 아이는 만들 수 있다.'라며 농담처럼 이야기 잔치를 벌이곤 철부지처럼 깔깔댄다.

지금은 칠순을 넘긴 친구들이다. 고향에 머물러 사는 친구라곤 선배 형님과 결혼한 여자친구 한 명뿐이다. 소식이 끊긴 친구도 있고 미국에 산 지 오래된 친구도 있다. 젊었을 때 직장서 숙직하다 세상 떠난 친구 외에는 부고는 들려오지 않는다. 죽음의 공포 속에서 우여곡절 끝에 태어난 친구들이다. 그런데도 모두 칠순을 넘겼으니 이만하면 다행 아니냐며 우리는 만날 때마다 술잔을 기울였었다.

고향

제
5
부
⋮

나의 꿈 나의 소망

가시 물고기

▽
▼
▽

육 남매였던 형제들이 어른으로 성장한 후에 다들 먼 데로 떠났다. 큰형님이 24살 청년 때 말고는 한결같이 결혼해 가정을 꾸린 후였다. 둘째 누님이 제일 먼저 앞장섰는데 내가 너무 어릴 때라 기억이 가물가물하다. 어렴풋이 기억나는 것은 죽은 누님이 시집가는 날인지 싶다. 온 집 안에 사람들이 웅성웅성했다. 큰누님이 뒤란에서 우는 모습이 눈앞에 어슴푸레하다.

옛날엔 할아버지·할머니와 부모님과 아들딸, 3대가 함께 대가족 형태로 살았었다고 하지 않던가. 자녀들만 해도 많게는 8, 9명이고 적게는 네댓 명씩은 되었다니 말이다. 이처럼 장남인 아버지 슬하에 죽지 않고 살았다면 3남 3녀였다. 거기에 따른 후세들도 많았으리라. 이처럼 자식 농사는 다른 집과 비교해 다를 바 없었다.

이런 탓에 아버지께서는 광명천지에 백조처럼 훨훨 날며 나래를 펴지 못하셨다. 슬픈 가시 물고기로 사시다가 돌아가시고 말았다. 그놈의 가난 때문에 육 남매를 남들처럼 먹이고 입히고 가르치지 못했다.

고향

거기에다, 아내와 자식들을 먼저 떠나보내고 늘 회한의 응어리를 품은 채로 사셨던 가시 물고기였으니 말이다.

오랫동안 노총각이었던 아버지께선 그때로선 늦은 나이였다. 서른른 훨씬 넘어 결혼하셨다. 큰누님 작은누님, 다음에 큰형님을 낳으셨다. 그러나 대를 이을 아들을 낳았다는 기쁨도 잠시뿐이었다. 큰형님이 3살 때, 큰어머니께서 이름 모를 병을 앓다가 돌아가시고 말았다. 몇 년째 짝을 잃은 가시 물고기였던 아버지께서는 어머니와 재혼하셨다. 형님과 나와 막내 여동생을 낳아 보탰으니 아들 셋, 딸 셋인 육 남매를 이루었던 거다.

재산이라고는 땅 한 평도 없었다. 살 집도 없이 남의 집 곁방살이 돌던 삼 남매를 둔 홀아비 가시 물고기였으니 말이다. 이처럼 자식이 셋딸린 홀아비에게 어머니께서 시집오셨던 거는 어쩔 수 없는 운명이던 것이다. 어린 삼 남매를 키우며 당신 소생인 삼 남매를 또 보탰으니 가지 많은 나무처럼 편한 날이 없었으리라. 아버지를 만나기 전, 어머니께서는 제법 넉넉한 집에 태어나 자랐었다. '농사일이나 거친 일이라고는 해 보지도 않고 꽁보리밥이란 걸 모르고 살았었다. 그런데 일제 정신근로대에 끌려가지 않기 위해서였다. 외할아버지가 부랴부랴 짝을 찾다가 급한 나머지 아버지에게 보내셨다는 거다. 삼 남매를 맡아 키우려고 보니 여간 신경 써야 하는 일이 아니었다. 나쁜 계모란 소리를 듣지 않기 위해 무던히 애를 썼다.'라고 생전에 회고담을 들은 적 있다.

가시 물고기 한 쌍은 날마다 남의 집 품팔이 농사일만 죽도록 했지만, 새끼들을 먹여 살리기는 쉬운 일이 아니었다. 물려받은 유산이 없었던 아버지였으니 하루하루 목구멍에 풀칠하기도 어려웠다. 머슴살이와 품팔이로는 다람쥐 쳇바퀴 돌리는 형국일 수밖에 없었다. 이런 형편으론 농토를 장만하고 재산을 늘린다는 건 하늘의 별 따기만큼이나 힘든 일이었다. 당연히 누님 둘과 큰형님은 초등학교도 다니지 못했다. 대대로 가난이 가져다준 우리 집안의 비극은 이때부터 시작되었던 거였다.

옛날에는 병이 나 죽을 지경인데도 넉넉지 못한 경제 사정으로였다. 병원에 가 치료받는 데 익숙지 못했다. 그놈의 돈이 없으니 병원에 가지 못해 죽을 수밖에 없었다. 병이 나면 병원에 가야 옳지만, 그때는 누구나 마찬가지였다. 가난과 무지 때문인 것도 같다. 그때 우리 집 형편으론 병원이 멀기도 했거니와 갈 형편도 되지 못했다. 그야말로 병이 나면 안타까운 죽음을 맞이할 수밖에 없었으니 생각해 보면 안타깝기 그지없다.

둘째 누님이 그랬다. 출산 중에 과다 출혈로 내가 초등학교에 가기 전에 어릴 때 세상을 떠났다. 엄마 잃은 갓난아이 조카를 어머니께서 안고 와 암죽을 끓여 먹였었다. 얼마 후에는 엄마를 따라가고야 마는 안타까움을 겪었다. 지금 세상이라면 병원에 가고 분유를 먹였으면 둘 다 살 수 있었을 테다.

비극은 또다시 이어졌다. 다음은 큰형님이 세상을 떠났다. 24살 한창 꽃다운 청년 때 여름이었다. 그저 시름시름 앓다가 무슨 병인지도 모른 채 세상을 떠나고 말았다.

이토록 슬픈 가시 물고기로 평생 사셨던 아버지께서 어디론가 가
버린 새끼들을 찾기 위해선지 먼길 떠나셨다. 남편 가시 물고기를 떠
나보내고 홀로 남은 어미 가시 물고기도 슬픔을 맛봐야 했다. 여동생
이 난데없는 배 사고로 죽으면서 슬픔에 빠져 헤어나지 못했다. 결국,
불쌍한 어미 가시 물고기는 시름시름 앓다가 세상 떠나셨다.

　20년 전에 나와는 세 살 터울인 형님이 돌연사로 세상을 떠나버리
고 말았다. 어머니께서 돌아가신 후였으니 그나마 위안 삼아야 하는
건지 모르겠다. 이제는 나이 차가 17년인 큰누님과 나만 덩그러니 살
아남아 20년 째 살고 있다.

　'부모보다 먼저 가는 놈은 자식이 아니고 원수다.'라고 그때 동네 어
른들께서 한결같으신 말씀을 하셨다. 불쌍한 가시 물고기 부부였던
부모님을 위로하는 소리가 지금도 생생하다.

　그때 아버지께서 마을 분들과 나누시던 말씀이 잊히질 않는다. '죽
은 자식들을 땅에 묻는 것이 아니고 가슴속에다 묻었다. 결국은 안질
(眼疾)이 찾아와 눈이 나빠지더라.'라는 말씀이 아직도 뇌리를 떠나질
않는다.

간짓대

▽
▼
▽

'너희는 간짓대 같은 사람이 되어라.' 초등학교 조회 때 단상에 오른 교장 선생님께 하신 말씀이다. 그런데 아무리 생각해 봐도 간짓대나 장대 역할은 나로선 별로 해 보지 못했다.

네이버 국어사전에서 '장대'라는 단어를 찾아봤다. 나무나 대나무로 만든 긴 막대기라고 적혀 있었다. 그렇지만 나로선 장대란 말은 익숙지 않다. 내가 태어나고 자란 고향에서는 간짓대라고 불렀으니 말이다.

용도가 참으로 다양했다. 적당한 길이로 자른 대나무 3개로 삼발 모양을 만들어 양쪽에 세운다. 그 위에 간짓대를 건너지르면 빨래를 널어 말리는 데 쓰이는 빨랫줄 역할을 했다. 이를 튼튼하게 받쳐주고 높낮이를 조정하는 바지랑대 역할도 대나무 장대가 감당했다.

요즘엔 콤바인으로 수확한 벼를 곧바로 정미소로 옮겨 가 버리니 농부는 편하기 그지없는 세상이다. 덕석이나 멍석에 보리나 벼를 말려야 하는 수고도 덜었다. 옛날엔 참새가 멍석 위로 날아와 쪼아먹기

고향

도 하고 닭들이 대들어 곡식을 찍어 먹기 일쑤였다. 그러나 덕석 머리에 마냥 앉아 지키고 있지도 못할 형편이지 않은가. 부모님께서는 방문을 열어놓고 간짓대를 문턱에 걸쳐놓으셨다. 아버지께서 안방에 누워 고전소설을 읽으신다든지 어머니께서 바느질이라도 하실 때다. 불청객인 참새나 닭 떼가 덕석에 여지없이 나타난다. 이때 방 문턱에 걸쳐놓은 대나무 장대인 간짓대를 좌우로 흔들어 댄다. 휘어, 휘어! 소리를 지르면 이들은 겁을 내고 도망갔었다.

그런가 하면 제기차기를 하며 놀 때였다. 지붕 위로 날아가 버릴 때면 간짓대의 도움을 받았었다. 또한, 감을 딸 때도 요긴하게 쓰인다. 요즘 농촌에서는 단감나무와 홍시용 감, 그리고 곶감용으로 대단위 면적에 심는다. 가지치기해, 높이 키우지 않는다. 그렇지만 내 어린 시절 감나무들은 대개가 수령이 100년이 넘는 고목이었다. 높이는 10m가 훨씬 넘으니 감을 딸 때는 나무에 올라가 간짓대로 만든 전짓대로 따는 수밖에 없었다. 대나무 밑동 아래쪽을 2, 3mm쯤 벌어지게 깎아 내 만든 전짓대는 뉘 집 할 것 없이 서너 개씩은 있었다. 이처럼 대나무로 만든 간짓대가 없었다면 감나무 우듬지에 발갛게 잘 익은 홍시는 그림의 떡이 되고 말았을 테다. 이처럼 간짓대뿐 아니다. 바구니, 소쿠리, 등 각종 용기(用器)가 대나무가 재료였으니 그 용도는 참으로 무궁무진했다. 또 있다. 그때는 뉘 집 할 것 없이 방바닥자리는 대나무로 만든 초석이었다. 지금으로 말하면 모노륨 장판 역할로 오랫동안 자리매김했었다. 그때 삼 남매가 방바닥서 뛰놀면 새까만 흙먼지가 초석 틈새로 올라왔다. 그때는 신문지나 종이가 귀할 때라 맨

바닥에 그냥 깔았기 때문이다.

옛날 전형적인 농가에 담장을 따라 크고 작은 감나무들이 빙 둘러 자리 잡은 풍경이야말로 아름답고 절경이지 않던가. 텃밭 가장자리로 하늘 높이 자라는 나무들에서 감이 발갛게 익어가는 풍경은 한 폭의 그림이었다. 그때는 발갛게 잘 익은 감을 간짓대를 이용해서 수확하는 것이 부(富)의 상징이 되기도 했었다.

내 어릴 때만 해도 오두막 집터와 텃밭에는 남들처럼 간짓대를 이용해 딸 수 있는 감나무가 없었다. 친구 아버지께서 간짓대를 이용해서 발갛게 잘 익은 홍시를 따주는 모습은 얼마나 부러웠는지 모른다. 그런데 그런 부러움도 얼마 가지 않아 해소되었다. 어느 날 아버지께서는 사립문 쪽에 고욤나무를 심으시고는 대봉감 모양인 열매가 큰 감나무 접목을 하셨다. 무럭무럭 잘 자랄 무렵에는 텃밭 가장자리에도 심으셨다. 마당 사립문 쪽과 텃밭 가장자리에 심은 감나무들이 경쟁이나 하듯 무럭무럭 자랐다. 간짓대를 이용해 잘 익은 감을 따게 되면서는 그 뿌듯함을 감출 수 없었다. 내가 초등학교를 졸업할 때쯤에다. 우듬지에 홍시를 간짓대로 따 먹을 수 있을 만큼 큰 감나무로 자랐던 거다.

한창 더위가 수그러지는 말복이 지나고, 처서(處暑) 절기가 지나고 나면 감은 훌륭한 간식거리가 되었다. 벌레 피해를 보아 땅에 떨어진 감을 물에 담가 둔다. 하루나 이틀 우려내면 떫은맛이 가셨으니 그때 간식거리로 이만한 것은 없었다.

이제는 아침저녁 부는 바람이 제법 시원하다. 벌레에게 피해를 입

　　　　　　　　　　　　　　　　　　　　　　고향

어 빨갛게 변한 달콤한 홍시 맛을 즐길 때다. 매미나 잠자리를 잡을 때 사용하는 매미채 주머니를 간짓대 끝에 매달아 홍시 따 먹던 때가 그립다. 이처럼 간짓대 추억 얘기는 해도 해도 끝이 없다.

얼마 전 KBS 〈인간극장〉에 출연했던 왕년의 헝가리 복서 김종길 씨가 말했던 꿈 얘기가 떠오른다. 사랑하는 아내에게 밤하늘에 반짝이는 별을 따주기 위해서였다는 거다. '부안 해안가 백사장을 간짓대를 들고 얼마나 헤맸는지 모른다.'라고 했던 말에 눈시울이 찡했었다. 그는 지지리도 가난했던 자신에게 시집온 사랑하는 아내에게 선물해 줄 것이라고는 아무것도 없었다. 밤하늘에 반짝이는 별을 따다 주는 방법밖에 없었단다. 그런데 실제처럼 꿈이 꾸어졌다는 거다. 그때 꿈 장면 얘기가 얼마나 맘이 찡했던지 지금까지 뇌리에서 떠나질 않는다.

동무들아 나오너라 달 따러 가자 장대 들고 망태 메고 뒷동산으로 뒷동산에 올라가 무등을 타고 장대로 달을 따서 망태에 담자…….

나도 모르게 달 따러 가자는 윤석중 님의 동요가 흥얼거려진다.

그때의 수제비 사건

▽
▼
▽

　어제 오후에 시작된 비가 아직도 내린다. 계속 이어지는 장마가 점심때가 다 되어가는데 그칠 기색이 없다. 창밖을 물끄러미 바라보다 보니 불현듯 누이가 수제비 끓이는 모습이 떠올려진다.

　내가 17, 18세쯤이었나 싶다. 보리갈이용 퇴비를 만들기 위해 빗속을 뚫고 풀을 베어 왔다. 풀짐을 부려놓고 마루에 누워 땀을 식히는 중이었다. 장독대 앞마당에 여름만 사용하는 간이 아궁이에서다. 다섯 살 터울인 누이가 수제비 끓이는 장면이 생생하게 눈 앞에 그려진다. 모를 낸다거나 밭에 고구마나 들깨, 고추, 등 모종을 옮길 때는 비를 맞고라도 나가야 한다. 이런 일이 끝나고 비 오는 날 점심때가 되면 어머니는 으레 수제비를 끓이셨다.

　누이가 수제비를 끓이던 그때도 지금처럼 장마철인가 싶다. 빗물에 젖은 거무적 땔감으로 불을 지피던 누이가 수제비를 끓이는 모양이 그려지니 말이다. 여름 장마철이면 아궁이에 불 지필 땔나무를 잘 간수한다지만, 젖기 일쑤다. 사는 형편이 좋은 집이나 부잣집이라면 비

　　　　　　　　　　　　　　　　　　　고향

에 젖은 땔나무가 아닐 테다. 충분하게 저장해 놓은 마른 솔가지로 불을 지핀다면야 무슨 걱정이랴. 바짝 마른 소나무 땔감은 불 담도 좋고 훨훨 잘 타서 먹거리를 끓이고 볶을 때 수월하다. 소유한 산이 없는 대부분 가정에서는 마른 소나무 땔감을 부엌에서 사용하기란 언감생심일 수밖에 없다. 볏짚이나 보릿짚, 그리고 산에서 베어 온 거무적(마른 풀)*을 땔감으로 사용했다. 비에 젖기라도 하면 연기만 뿜으면서 잘 타지 않는다. 반면에 젖지 않았을 때는 금방 훨훨 타버린다. 그래서 수제비나 칼국수를 끓일 때는 불을 때 주는 사람이 있어야 쉽다. 끓는 물에 밀가루 반죽을 빠르게 떼어 넣어야만 정상적인 수제비가 되니 말이다.

그때 점심 식사를 책임진 누이가 수제비를 끓이느라 애쓰는 모습이 또다시 그려진다. 비가 잠시 멈춘 틈을 탄 것이다. 불타다 말고 꺼지는 아궁이에 머리를 처박고는 후후 불어 불 살려놓는다. 수제비 반죽을 떼어 두어 서너 알, 솥에 떼 넣는데 아궁이 불이 야속하게 꺼져버린다. 다시 또 후후 불다 보면 매운 연기가 입을 통해 폐 속 깊이 들어갔을 것이다. 콜록콜록 기침해 대면서 얼굴엔 땀범벅이다. 두 눈에 눈물이 줄줄 나오고 눈물 콧물이 수제비 솥에 직통으로 떨어질 듯 위태롭다. 먼저 떼어 넣은 몇 알은 이미 흥얼흥얼 풀어질 테다.

숙달된 어머니가 좋은 땔감으로 끓인다고 할지라도 삼복더위에 힘들 테다. 그때 아직 초등학생이던 누이가 눈앞에 자꾸만 어른거린다.

어렸을 때부터 잔병치레를 많이 했다. 병원을 가지 않았기에 무슨 병인지는 모른다. 부모님은 막연하게 해소 천식이라고만 알고 계셨다.

너무나 가냘프고 허약한 몸매였다. 하나뿐인 여동생이라 위해주고 싶은 생각은 간절했었다. 그런데 그때는 워낙 열악한 농촌 환경이었다. 공민학교였던 중학교를 졸업하고 인가도 받지 못한 고등학교는 몇 년 후에야 갔다. 당시의 집안 형편으로는 어찌할 수 없던 때였다.

가난한 집안 형편이라 병원 치료도 못 했고 먹거리마저 부실했다. 어머니가 밭에 일 나가시면 누이는 여월 대로 여윈 가냘픈 몸으로 끼니마다 수제비 끓이는 임무를 부여받았다.

좋은 환경에 태어났다면 검은 머리는 두 갈래로 따서 묶고, 또래 애들하고 조잘거리며 몰려다닐 때가 아니던가. 책가방을 들고 방학 숙제를 한다며 마실을 왔다 갔다 하며 놀 때였다. 그런데 무더운 여름 장마철이다. 소나무나 바짝 마른 땔감이 아닌, 젖은 거무적 땔감이다. 이마에 땀 훔치랴, 꺼져 가는 불사르기에 바쁘다. 연기가 눈과 코, 입, 가리지 않고 막무가내로 공격했던 것이다. 평소에 기침을 많이 했던 누이라 계속 콜록거렸다. 흘러내리는 눈물 콧물이 자기 딴에는 얼마나 힘들고 고통스러웠을까. 무거운 풀짐을 지고 왔던 내가 아니던가. 마루에 누웠지만, 삼복더위에 땀을 많이 쏟아 몸 가누기가 귀찮은 상태였다. 철부지 오빠였던 나는 모른 척했어야 옳았다. 아니면 쫓아가 불이라도 때 주었어야 좋은 오빠였다.

'야 멍청아! 불을 똑바로 때고 수제비를 바로 떼어 넣어라'라고 누운 채로 고함을 질렀었다. 세상에 이런 소리를 듣고 어느 누가 아무 말 없이 수제비만 떼어 넣고 있을 사람이 있겠는가. 누이가 들릴락 말락 했던 푸념을 못 들은 척해야 옳았다. 나는 곧장 뛰어 내려가 큰 주

먹으로 머리를 내리갈겼다. 힘센 장사라 할지라도 뒤로 넘어가지 않는 장사는 없으리라. 세월이 60년 가까이 흘렀건만, 그때 일이 잊히지 않는다. 지워질 만도 하건만, 시와 때를 가리지 않고 생생하게 재생될 때가 많다.

진주에 자리 잡으면서 불러와 얼마 동안 누이와 함께 살았다. 삼천포에 고깃배를 가진 어부와 결혼시켰다. 아들 낳고 딸 낳고 잘 살 줄로 기대했었다. 토끼 같은 조카들이 서너 살, 댓살 무렵에 부부가 고기잡이를 나갔는데 뜻밖에 배 사고로 세상을 떠나버리고 말았다. 수제비 사건을 정식으로 사과나 위로도 받지 못한 채였다. 오늘처럼 장맛비 내리는 날은 누이가 애타도록 그립다. 이런 걸 보고 애간장이 녹아내린다고 표현하는가 싶다.

점심때가 되어가는데도 비는 내리다 말기를 번복한다. 아내가 수제비가 먹고 싶은 모양이다. 어렸을 때 나처럼 수제비나 칼국수를 많이 먹고 자랐다는 얘기는 한두 번 들은 것이 아니다. 오늘처럼 장맛비가 내린 날은 멸치로 맛국물을 내고 대파 송송 썰어 넣고 수제비 끓여 먹자고 성화다. 친구들을 만나면 보리밥집도 가지만 수제비를 먹으러 자주 간다는 거다. 오늘 같은 날은 별미인데 내가 완강히 반대한다며 불평이다.

나야말로 어린 시절과 청년에 이르도록 줄곧 꽁보리만 먹었다. 쌀밥이라곤 명절이나 제사 때 외에는 먹어 본 적이 없다. 여름만 되면 점심 저녁은 매일 수제비였다. 어쩌다 칼국수를 만들어 먹을 때는 특식을 먹는 만찬이지 아닐 수 없다. 그놈의 가난이라는 멍에는 밀가루

반죽을 늘려내어 칼국수를 끓여 먹을 만큼 여유롭지 못했다. 그러니 허구한 날 수제비였다.

아내와 결혼한 지가 어느덧 45년이다. 그렇지만 나야말로 수제비나 칼국수는 아예 먹지 않고 지금까지 살았다. 칼국수나 수제비를 해 먹자는 얘기를 꺼낼 때마다 아예 입도 벙긋 못하게 엄포를 놓았었던 거다. 그 옛날 허구한 날 수제비였으니 질렸던 거다. 그렇지만 수제비를 먹기 싫어했던 건, 그때 있었던 누이 사건이 내 맘속 깊이 잠재해 있기 때문이다.

오늘처럼 여름 장맛비가 내리는 날은 눈앞에서 그때 일이 활동사진처럼 재생되고 있다. 아궁이에서 연기만 난다. 누이의 크고 둥근 두 눈에 눈물이 글썽거린다. 콜록콜록 기침해 대며 수제비 알을 떼어 넣는 모습이 성글어진다. 눈을 감고 다시 한번 돌려본다. 오래된 일이니 흐려질 만도 하건만 생생하게 재생되고 있다. 사무치게 그립고 애타도록 보고 싶다.

> * 일년초 억새 종류 풀이다. 툭구폭시라고 많이 불렀다. 고향 마을에선 거무적이라고 부른다.

고향

나를 슬프게 하는 것

1
...

어느 문학 카페서 읽은 글이다. '자식은 내 것이 아니다.'라는 제목의 글이 영락없이 나를 빗대 쓴 거 같다. 몇 번을 읽어 보고 또 읽어 보곤 했었다. 구구절절 옳은 말이다. '자식은 내 자식이 아니다.'라는 작자 미상의 화자는 어쩜 내 맘을 꿰뚫어 보기나 한 것처럼 썼을까 싶다. 내 맘속에 품고 있는 것들을 어떻게, 들추어내듯 썼는지 모르겠다.

이 글에서 필자는 '자식과 나와는 완전 별개가 되어야 한다.'라고 주장한다. '자식들의 통장이 되어서는 안 된다. 손자들을 키우다 보면 몸과 맘은 늙어 버린다. 손자들도 돌봐주어서는 안 된다.'라는 얘기다. '해외여행을 하며 경치 좋은 곳을 찾아다녀라. 맛있는 것도 골라 먹고 취미 생활도 하며 부부가 즐겨야 한다.'라고 주장하는 거였다.

그렇지만 나와 아내는 이름 모르는 필자가 주장했던 것처럼 하지 못했다. 일찍이 품었던 꿈 나래를 펼치지 못하고 말았다. 이미 황혼 길에 들어섰으므로 물거품이 되어버렸으니 하는 말이다. 이제는 맘도 육체도 지치고 늙어 버리고 말았다. 외국에 패키지여행이나 크루즈 여행을 하고, 미국에 그랜드 캐니언을 관광한다. 그리고 나이아가라 폭포를 구경하며 유럽에 아테네나 로마를 관광하겠다는 꿈은 우리 부부에겐 사치였다. 또한, 이미 물거품이 되어버렸다. 비용이 얼마 들지 않는 중국의 황산이나 태항산이랄지 이런 명산들이라도 가보는 꿈으로 하향 조정했다. 그런데 소박한 이런 꿈들이 자꾸만 뒤로 밀려만 난다. 10년 전까지만 해도 활발하게 전개되다 중단된 금강산마저도 가보지 못하고 말았다. 그야말로 슬프디슬픈 우물 안 개구리로 살고 말았다.

흔히 주위에서 말하기를 '다리가 꼿꼿할 때 구경 다녀라.'라고 권한다. 몸에 이곳저곳 탈 나지 않고 병나기 전에 건강할 때 다니란 말이다. 그러나 이런 꿈을 이루지 못하고 말게 되는지 싶다. 이제는 몸에 여기저기서 고장 나고 늙어 버렸다. 세월이란 놈은 나만 유독 빨리 늙게 했던가 싶다. 머리끝에서 발끝까지 정상인 곳이 별로 없다. 내 몸 건강은 내가 관리해야 한다는 수칙을 지키지 못해선지 싶다.

내가 태어나길 지리산이 가까운 곳에서 태어나 자랐다. 결혼하고도 곧장 진주에 살았다. 평생을 지리산 아래서 살았다 해도 과언은 아니다. 그런데 아직, 천왕봉을 오르질 못했다. 정상을 올라보지 못하고 생을 마감하게 된다면, 나 자신이 부끄러운 일임을 느꼈다. 그래서 작년 여름에 친구 둘과 등산을 강행했었다.

등정 시작 두 시간도 되지 않았는데 고질적인 허리 협착증 때문인 성싶다. 다리가 마비되는 현상을 겪었었다. 허리가 끊어질 것 같아 말로 표현할 수 없을 만큼 힘들었다. 한 살이라도 건강하고 젊었을 때

등산도 해야 했다. 어느새 망가져 버린 내 몸을 비로소 되돌아보고 깨달았던 거다. 그런데 고향 마을서 자라던 소꿉동무들과 오는 가을에 제주도를 여행하기로 했다. 한라산도 등정하기로 한 약속 날짜가 다가온다. 허리 협착증 때문에 약속을 지키지 못할 것 같은 맘이 앞선다. 조금이라도 젊고 건강했을 때 다녀와야 했었다.

백두산 탐방도 내 맘속에 포함되어 있었는데 이런 꿈은 달성하기 어려울 성싶다. 물론 관광여행 비용을 모아 놓지도 못했다. 내 몸을 움직여 돈벌이 일손을 오래전에 놓아 버렸으니 말이다. 궁색한 형편이 나아지리라고 바라볼 수도 없는 현실이다. 우리나라이지만 북한으로는 갈 수 없는 곳이다. 중국을 통해서라지만 진작에 우물 안 개구리를 벗어났어야 했었다.

요즘 세상은 아들보다는 딸 가진 사람이라야 효도를 많이 받는다고 않던가. 하지만 우리 부부에게는 어울리지 않는 말이다. 옛날에는 부모가 60세에 이르면 회갑 잔치를 열어 기념해 주었다. 그런데 요즘은 회갑 기념은 사라지고 대신 해외여행을 시켜 주는 자식이 많다는 거다. 우물 안 개구리로 살아온 나로선 넓은 세상 구경을 시켜 주겠다는 선물을 은근히 기대했었다. 그런데 물거품이 되는 성싶다. 어느새 내 나이 70이 다가오고 있다. 딸들이 태워주는 비행기는 고사하고 결혼기념일 축하 한번 받지 못했다. 두 딸자식은 우리 내외의 생일이랄지 결혼기념일을 맞아 해외여행 한번 시켜 주겠다는 말은 지금까지 없으니 하는 말이다. 우리 속담에 '스님이 자기 머리 깎지 못한다.'라고 하지 않던가. 딸자식과 사위에게 해외여행 시켜달라, 호강시켜달라는 말을 어떻게 꺼내랴.

2

...

우리 부부는 남이 겪지 않는 큰 불행을 겪고 사는 가시 물고기와 같다. 왜냐면 교통사고로 다리가 불편한 아내가 앞으로도 얼마 동안이나 딸자식을 위해 험한 일터에 더 나가야 하는지 모르겠다. 얼마 전까지만 해도 삼포 세대란 신조어가 유행했다. 어느새 4포 세대에서 5포 세대란 신조어가 우리 사회에 생겨났다. 연애, 결혼, 출산, 내 집 마련을 포기하고 산다는 거다. 그런데 인간관계도 하지 않고 꿈도 포기해 버린다는 것이다. 바로 우리 부부가 이런 딸자식으로 인해 슬픔을 겪고 있으니 하는 말이다.

어릴 때부터 기대했던 둘째며 막내딸이라 참으로 가슴 아프다. 몇 년째 5포 세대에서, 6포 세대로 사는 딸자식은 세상과는 담을 쌓고 낮이나 밤이나 방콕만 하고 있으니 안타깝기 그지없다. 아내와 나야말로 이를 바라보며 한숨짓는 가련한 가시 물고기다. 여자 나이 마흔이 되면 출산하기가 어려워진다고 않던가. 짝 찾아가길 바라는 맘 급한 부모의 바람을 극구 무시한다. 둘째에게는 외손주를 품에 안아 볼 꿈이 점점 멀어만 가는 성싶다. 이런 형편이니 자식에게서 기쁨과 보람을 느낄 수 있는 행복한 꿈은 이미 물거품이 되어버린 성싶다. 그나마 큰딸 부부가 우리에게 위안을 준다. 초등학교에 다니는 쌍둥이를 거느리고, 주말이면 집을 찾으니 다행이라고 위안 삼아야겠다.

나야말로 오지 벽촌에 산골 마을서 지지리도 가난한 집에서 태어 났었다. 서른이 다 되도록 늙으신 부모님 때문에 농촌에서 도시로 떠날 수가 없었다. 70년대 말에는 기계화농사바람으로 인해 재 너머 천수답 농사는 더는 짓지 못할 형편에 처했다. 그런데 오두막집도 금방무너질 것 같은 위기에 처했다. 어쩔 수 없이 부모님을 형님이 모시겠다며 천수답을 헐값에 팔고 모시고 가면서 비극은 시작되었다. 고향 떠나기 싫어하는 부모님은 영영 돌아오지 못하셨다. 첫날부터 부부싸움이 시작되고 부모님은 오지 벽지에 현대판 고려장을 당해 살다아버지께서 세상을 등지고 말았던 거다.

늦은 나이에 무작정 떠난 서울은 호락호락하지 않았다. 그야말로 실컷 고생만 하면서 무의미한 서울 생활이었다. 그런데 운이 좋았는지 싶다. 세상에서 흔히 말하는 불알 하나 차고 아내를 만났었다. 우리 부부는 우여곡절을 겪으며 두 딸아이를 낳아 기르고 대학에 보내 가르치면서 고생고생하며 살아왔다. 딸자식들이 성장하면 우리를 위로해 주며, 호강 받을 거라고 기대했었다. 그러나 말짱 도루묵이 되고 말았다. 어느새 늙어버리고 몸과 맘도 다 망가져 버렸으니 슬픈 일이 아닌가.

앞글에서 이름 모를 필자가 '자식은 내 것이 아니다.'라고 했던 주장을 받아들여야겠다. 딸자식의 덕을 보고 사는 것은 이미 물거품이 되어버렸으니, 자식은 내 소유가 아니란 말을 인정하고 살아야 맘 편하리라.

'인간은 환경의 지배를 받는 동물이다.'라고 누군가 말했었다. 초등학교 때부터 문학 작가가 꿈이었던 건 돌아볼 겨를이 없었다. 홀로된 어머님을 진주로 모셔와 돌보며 먹고 살며 자식을 기르고 가르치느라 깜박 잊고 살았었다. 환갑이 넘은 후에야 어렸을 때의 꿈을 되돌아보게 되었던 거다. 내 나름대로 시와 수필, 그리고 장편소설까지 쓰기 시작한 글들이 쌓여만 가고 있다. 그런데 내로라하는 유명한 작가분들의 책도 팔리지 않는 세상이라 자비출판 한다고 한다. 책 한 권 내는 데는 비용이 몇백만 원 든다고 하지 않던가. 나로선 우선 10권 분량의 책만 낸다 해도, 몇천만 원이 있어야 한다니 슬픈 일이지 아닐 수 없다.

내 고향 순천에 문학 동아리에 2018년 동인지 주제수필이 '나를 슬프게 한 것들'이었다. 내 나름대로 몇 가지로 주저리 부저리 해봤다. 그러나 나에게는 40년을 큰 나무가 되어 버티어 줬던 아내가 언제나 변치 않고 옆에 버팀목으로 서 있다. 앞으로도 계속해서 시원한 그늘을 만들어 주며 눈비 바람을 막아줄 것이다. 내가 진 무거운 짐을 나누어 져 줄 것이다. 나야말로 해바라기가 아니라, 아내 바라기로 살아야겠다.

어렸을 때 설계하고 꿈꿨던 청사진들이 하나하나 물거품이 되어가고 있지만, 반전의 기회도 올 수 있으리라. 허리 척추 수술로 건강한 허리를 찾으면 백두산을 오르고 중국에 유명한 산들도 오를 수도 있을 것이다. 그리고 6포 세대에 빠진 딸자식이 세상에 바로 서는 날이 오리라. 그리고 내가 써놓은 글들도 책으로 펴낼 수 있는 비용도 마련되리라.

'나를 슬프게 한 것'이라고 제목으로 삼았다. 한 편의 글을 쓰고 나니 괜스레 아내 보기가 쑥스러운 건 왠지 모르겠다.

2017년 팔마문학 주제수필

나의 꿈 나의 소망

▽
▼
▽

 남들처럼 농토도 변변치 못했다. 따로 벌려놓은 부업거리 하나도 없었다. 연로하신 부모님을 모셔야 한다는 맘으로였다. 젊은 시절을 촌구석에서 어영부영 살아버린 시골 쥐 꼴이 되어버리고 말았다. 아버지께서 늘 가훈처럼 하셨던 말씀이 '농자는 천하지대본'이셨다. 자연스럽게 재 너머에 세 마지기 천수답 농사가 내 삶에 근원이며 철칙처럼 되어버린 것이다.

 서른 나이가 다 이르도록 산에 풀을 베고 나무를 하러 다녔었다. 농사를 짓는다며 땅을 열심히 팠었다. 그러나 뒷산 너머에 골짝논 농사로는 해마다 먹고사는 데 급급했다. 세월만 허송하고 한 발짝 전진하지 못한 다람쥐 쳇바퀴 돌리는 삶이었던 거다. 초등학교 때 꿈인 시를 쓰고 글을 쓴다는 것은 감쪽같이 잊고선 말이다.

 시골 촌구석에 살던 우물 안 개구리가 피치 못할 집안 사정으로 서른이 다 되어 무작정 서울에 올라갔을 때는 가진 돈도 없었다. 어떤 기술을 가진 것도 없었다. 그렇다고 남들처럼 배우지 못했으니 직장을 구할 수도 없었다. 용케도 지금의 아내를 만나게 되었지만, 두 사람 모두 가진 돈이 없으므로 난관을 극복하기는 쉽지 않았다.

자녀를 낳고 학교에 보내고 결혼을 시키고 손자 녀석들을 얻은 후에야 내 삶의 뒤안길을 돌아봤던 거다. 초등학교 때부터 시를 쓰고 소설 쓰기가 꿈인 걸 깨닫게 된 건, 불과 얼마 전의 일이었으니 말이다.

맞벌이하는 딸 사위를 대신해 쌍둥이 손자 녀석들을 맡아 기른다는 명목으로였다. 아내와 운영하던 구멍가게를 접었다. 쌍둥이 녀석들을 돌보는 일은 아내의 몫일 뿐, 나는 별로 할 일이 없었다. 때마침 딸과 사위에게 스마트폰을 선물 받았었다. 카카오스토리며 카톡에 빠지다 보니, 자연스럽게 스토리도 이어졌다. 이때부터 컴퓨터에 도전해 독수리 타법이지만 컴맹을 벗어난 계기가 된 것이다.

아내는 날마다 쌍둥이 녀석들하고 씨름할 때, 나는 컴퓨터를 붙들고 씨름했다. 인터넷 문학 카페를 대하면서 작품공모 광고를 대할 때는 맘부터 설렜다. 내 나름대로는 정성 들여 수필을 써서 보내고 시를 써서 보냈다. 내가 보낸 작품이 당선되었다고 축하한다는 전화를 기다렸다. 이처럼 나는 보랏빛 꿈속에 빠져들었던 거다.

주택복권을 사는 날부터 1등 당첨이란 기대 속에 발표하는 날까지는 얼마나 행복하던가. 글쓰기 시작한 지가 얼마 되었다고, 지금 돌이켜 보면 한심하기 짝이 없다. 졸작을 응모해 놓고선 내가 보낸 시가 모 신문사에 당선되면 당선 소감을 어떻게 쓸까 하고 행복한 고민에 빠져들기도 했었다. 발표 날까지는 당선은 떼 놓은 당상처럼 희소식을 기다린다. 막상 발표 날이 되면 높은 벼랑에서 떨어지곤 했다.

이렇게 이태를 신춘문예에 도전했다가 낙동강 오리 알처럼 되고 만원인 분석에 나섰다. 신춘문예 당선작들을 읽어 보았다. 소감을 발표한 당선자들은 ○○대학, 문예창작과에서 몇 년씩 공부했고 국문학을 전공했던 사람들이었다. '지도해 주신 ○○ 교수님, 그리고 선생님께 감사드린다는 거였다.' 이런 당선 소감들을 읽어 보고서야 나의 교만함을 깨달았다. 다들 글쓰기를 한 연한과 경력이 화려했다. 하나같이 학창 때부터 국문학을 전공하기도 하고, 문학 교실에 나가 실력을 쌓아 온 사람들인 걸 알았다. 나 같은 글쓰기 실력으로 신춘문예에 문을 두드려서는 아니 된다는 것을 깨달았다. 수천수만 응모작 중에 딱 한 사람에게만, 영예가 돌아가는 것을 뒤늦게 알았다. 말하자면 너무 높은 나무를 오르려 했던 거였다. 이제는 오르지 못할 나무를 쳐다보지 않으리라고 다짐하니 신춘계절이 와도 얼마나 편한지 모른다.

물질만능주의 시대에 자유롭지 못한 경제난으로 문학단체 활동비 마련은 고사하고, 원고만 산더미처럼 쌓여만 가고 있다. 책을 낼 수 없는 바로 나와 같은 안타까운 문학인들이 많을 것이다. 어느 땐가부터 대중교통에 출퇴근하는 직장인들의 손을 떠난 책들 대신 휴대용 전화기가 들려 있는 세상이지 않은가. 시나 수필 소설을 읽는 사람들이 눈에 띄게 줄고 있는 지가 오래지 않은가. 그렇지만 문학인으로선 한 권 또 한 권, 책을 내는 것은 자식을 낳아 길러서 출가시키는 것처럼 재미도 쏠쏠하리라.

'호랑이는 죽어서 가죽을 남기며 사람은 죽어서 이름을 남긴다.'라는 말이 있다. 이처럼 내 육체는 죽어서 본향인 흙으로 돌아간다. 하지만 내가 쓴 시와 수필 소설들이 책으로 묶어지면, 내 이름은 세상에 남겨지리라. 산더미처럼 쌓인 원고들을 모두 다, 책으로 탄생케 하는 것이 나의 조그마한 꿈이며 소망이다.

가끔 내가 쓴 글들이 베스트셀러가 되는 꿈을 꾸기도 한다. 2002년 한일 월드컵 때의 '꿈은 이루어진다.'고 그때 금수강산을 뒤흔들었던 함성이 내 귓전을 맴돌고 있다.

2015년 11월 25일 팔마문학 23호 주제수필

고향

독도 탐방기

　우리나라가 경제성장으로 삶의 질이 좋아지면서다. 이름난 명승지나 풍광이 아름답기로 소문 난 곳은 사시사철 관광객이 붐빈다. 그런가 하면 동남아를 비롯한 세계 각 나라에도 우리나라 사람들이 가지 않은 나라가 없다.

　그런데 요즘 일본에는 한국 관광객의 발길이 끊어졌다는 거다. 그 이유는 얼마 전 강제징용 피해자들이 피해 배상을 요구했다. 그런데 난데없는 무역 보복으로 우리나라를 화이트리스트에서 배제했다는 거였다.

　그들이 생산한 물건을 우리나라에 팔지 않겠다는 거다. 우리 국민과 기업들이 크게 타격받게 하고 어려움을 겪게 하려는 속셈이었다. 그러나 이들의 얕은꾀는 여지없이 빗나가고 말았다. 그들 딴에는 우리를 곤욕스럽게 하려는 수작이었다. 똥을 싸놓곤 우리가 밟아 미끄러지게 하려 했다. 그런데 그들은 자기가 싼 똥을 밟고선 미끄러지고 말았던 거다. 우리에게 던졌던 돌멩이가 되돌아가는 부메랑을 맞아들이는 격이 되고 말았으나 말이다.

옛날부터 우리는 국난이 있을 때마다 슬기롭게 대처해 위기를 벗어났다. 임진왜란 때 그랬고 일제 36년도 그랬다. 한국전쟁을 벗어났고 IMF 경제위기도 슬기롭게 이겨냈다. 이런 우리 민족의 저력을 과소평가한 거다. 그들은 화이트리스트에서 배제해 곤경에 빠뜨리려 했었다, 그러나 자기들이 친 올가미에 여지없이 걸려들고 만 것이다.

우리나라 국민은 참으로 슬기롭고 위대했다. 일본산 제품은 사지도 팔지도 않았으며 먹지도 않았다. 인천국제공항 출국장은 일본 관광객으로 붐볐던 발길이 뚝 끊어졌다. 일본에 지자체가 울상이라는 외신 뉴스를 접할 때마다 우리 국민성이 자랑스럽다.

이번 한일관계가 도마 위에 오르기 전이다. 흰 눈이 쌓인 온천에 몸을 담그는 원숭이들이 눈에 들어왔다. 이에 야외 온천여행의 꿈을 키우기도 했었다. 그런데 그들이 무역 보복이라는 카드를 꺼냈던 거다. 거기에다 독도는 자기네 땅이라며 부쩍 망발해대질 않는가. 이에 나라도 맞대응하기 위해 일찍이 계획했던 일본 관광은 하지 않기로 정했다. 그렇지만 서운한 맘은 티끌만큼도 없다.

국내에 알려진 어지간한 곳은 가보지 않은 곳이 별로 없다. 그러나 물 건너는 여행을 해보지 못했다. 하긴 제주도나 울릉도와 독도도 물 건너에 있는 곳이라 하지 않던가.

해외여행 얘기가 나왔으니 울릉도와 독도 여행을 했던 얘기를 하지 않을 수 없다. 아내의 친구들이 친목 모임을 하면서다. 비용을 모아 남편들도 울릉도와 독도 탐방길에 함께하자는 거였다. 일찍이 '독도는

고향

우리 땅이다.'라는 인증샷을 남기기 위해 독도 탐방을 맘에 두고 있던 터라 반갑기 그지없었다. 울진에서 울릉도까지 얼추 네 시간 가까이 배를 탔다. 미리 멀미약을 준비해선지 그런대로 참을 만했다. 그런데 울릉도에서 독도까지가 문제였다. 울릉도에 들어올 때까지는 멀쩡한 날씨가 비가 내리기 시작했다. 거기에다 풍랑까지 심해 배가 물 위로 솟구쳤다. 가라앉길 수없이 되풀이하자 독도 탐방을 포기하고 싶은 맘이 꿀떡 같았다.

풍랑이 심해 되돌아가야 하는 줄 알았었다. '나쁜 놈들아! 독도가 너희들 땅이라고 우겨대지 않았더라면 바위섬 두 개뿐인 독도가 뭣이 볼 것이 있다고 예까지 목숨 걸고 찾아오겠느냐?'고 화장실을 드나들었다. 토사물과 눈물이 범벅인 채 원망을 쏟아 냈었다.

선장은 기어이 항해를 감행했다. 독도 선착장 접안을 몇 번을 시도하더니 어렵게 성공해 독도 땅을 밟게 해준다. 동도와 서도가 버티고 서 있는 웅장한 모습을 보기 위해 그들이 보란 듯이 악전고투하며 달려왔었다. "일본 놈들아!! 독도는 우리 땅이다."라고 맘속으로 외쳐 댔다. 그들이 보고 들으란 듯이 '독도는 우리 땅'이라고 쉼 없이 고래고래 외쳐 대길 계속하는데 눈시울이 뜨거웠다.

비가 쏟아지는 가운데 인증 사진을 남기고 배에 오르니 오늘의 승객들 모두는 행운아라고 선장이 축하 방송을 해준다. 이유는 울릉도를 방문한 10명 중의 3명만 독도의 실제 모습을 볼 수 있단다. 그중에 1명만 독도에 발을 내릴 수 있다지 않은가. 비록 몸은 만신창이가 되고 말았다. 그러나 일본과 큰 싸움을 벌여 승리한 것처럼 기분은 좋았다.

승리의 도취감은 잠시뿐, 돌아오는 뱃길은 아까와는 또 달랐다. 100여 명 넘는 독도 탐방꾼들이 몸을 가누지 못했다. 의자와 의자를 붙잡아 가면서 기다시피 화장실로 향하는 사람들로 인산인해였다. 나 역시 변기를 두 손으로 부여잡고 머리를 처박아야 했다. 정말이지 뱃속에 들어있는 모든 걸 토해냈다. 어제 먹은 것까지 끼억끼억 토해 내면서 이대로 죽는 줄 알았다. 정말이지 일본을 원망하며 성토하지 않을 수 없었다.

이처럼 악전고투 끝에 독도 땅에 발을 딛고 '독도는 우리 땅이다.'라고 보란 듯이 인증샷을 남기고 왔었다. 고래고래 소리 지르며 일본을 원망했던 그때가 자꾸만 머릿속을 맴돈다.

아! 대한민국 국민으로 가슴 뿌듯하다. 평생 '잊지 못할 여행'으로 내 맘속에 오랫동안 자리매김할 것이다. '독도는 우리 땅이다.'라며 확실한 인증 사진까지 남겼으니 그들은 망발을 거두어들이길 촉구한다.

내 맘속의 노래

▽
▼
▽

　초등학교 때부터 시인이 되고 소설가가 되고 글 쓰는 작가가 꿈이었다. 그 꿈은 오매불망 내 맘속의 노래로 자리 잡았었다. 그런데 사는 것이 무언지, 모르겠다. 꿈도 잊어버리고 '내 맘속의 노래'도 잊은 채 허송세월해 버리고 말았던 거다.

　그때 꿈을 깨닫고 내 맘속의 노래를 다시 부르기 시작하고 보니 내 나이가 얼만데 하는 맘에 조급한 맘을 달랠 수 없다.

　그런데 세월이란 놈은 왜 그리 빠른지 모르겠다. 잠시 눈 감았다 뜨면 아침이고 어영부영하고 나면 또 하루가 지나가 버린다. 빠르게 가는 낮과 밤을 문설주에라도 잡아매 놓고 싶은 심정이다.

　어느 글쟁이는 응애하고 태어나면 곧바로 인생길이 시작된다고 하지 않던가. 달려왔던 길을 되돌아보니 세월은 참 빠르고 허무하다. 어느새 인생길 종착역이 눈앞이지 아닌가.

　쏜살같다느니 유수와 같다는 말도 흔히 듣는 말이지 않던가. 어린이나 젊은 사람 외에는 한결같이 두고 쓰는 말이다. 나물 먹고 물 마시며 잠자는 동안에도 흐르는 강물처럼 세월은 빠르다. 이에 시편 (90:10) 기자는 사람의 수명을 말하길 '6, 70년이며 길어야 7, 80년이다.'라고 했다. '해가 뜨고 나면 곧장 사라져 버리는 아침 안개와 같이 인생은 허무하다.'라 않던가. 정말이지 어느새 70 나이가 넘어 버렸으니 앞으로의 남은 생은 얼마 남지 않았다. 일손이 잡히지 않고 괜스레 갈팡질팡해진다. 그렇지만 어릴 때부터 소망했던 꿈을 이루리라. 산토끼 꼬리만큼 남은 삶인데 최선을 다해야겠다고 맘을 다잡는다.

초등학교에 다닐 때다. 서울에 형님이나 멀리 떨어져 사는 친척들에게 편지 쓰기를 부모님께서 시키셨다. 용건 외에는 말해주지 않았으니 글쓰기 교육이었나 싶다. 그때 항상 첫머리에는 세월은 유수와 같다느니 쏜 살처럼 빨리 지나간다는 글귀를 인용해 썼다. 다 쓰고나서 부모님께 읽어 줄 때는 편지를 잘 쓴다며 늘 대견해하셨다. 지금에 와서 그때를 떠올릴 때마다 웃음이 나온다. 한낱 초등학교 다니는 어린 아이가 아니던가. 이런 글귀를 인용함은 세월이 빠름을 느껴서가 아니었다. 편지를 잘 쓴다는 말을 듣기 위해서 꾸며 쓴 것이다.

내 초등학교 5학년 때, 담임 선생님께서는 아직 군대도 마치지 않은 청년 총각 선생님이셨다. 그때 활동부서는 주산부였는데 문예부로 옮겨 주신 적이 있다. 나에게 글짓기를 잘한다고 칭찬도 잊지 않으셨다. '글쓰기 소질이 있다. 공부 열심히 하면 훌륭한 작가가 되겠다.'라는 말씀도 늘 해주셨다. 이때부터 내 꿈은 바뀌게 되었던 거다. 일찍이 가난에 찌든 옹색함을 체험했던 나였다. 돈을 많이 벌어 마을 앞에 들논을 장만해 농사를 짓겠다는 꿈에서 급회전했던 거다. 시인이

고향

나 소설가가 되는 거가 그때부터 내 맘속의 노래와 꿈으로 바뀌었다.

이처럼 내 어렸을 때 초등학교 시절에 어머니와 담임 선생님께서는 '글짓기를 잘한다.'라고 칭찬해 주셨다. 어린 내 맘속에 '내 마음의 노래'와 꿈으로 자리 잡게 해주신 것이다.

좋은 예로 우리나라가 낳은 세계적인 피아니스트며 지휘자인 정명훈 선생은 어렸을 때를 회고했었다. '너는 어쩜 그렇게도 피아노를 잘 치니?' 어머니가 말씀해 주신 이 말 한마디가 오늘의 자리로 서게 했다는 거다. 그런가 하면 일본의 빌 게이츠로 손꼽히는 소프트뱅크를 일군 손정의 회장도 회고했던 말이다. 만나는 사람마다 내 아들이 천재라고 자랑하더라는 얘기다. 이에 열심히 공부했고, 피나는 노력을 했단다. 마침내 오늘날 부와 명성을 얻게 되었다는 얘기다.

작가의 꿈을 심어준 담임 선생님 말씀을 늘 상기했었다. 그래서 내 어릴 때는 빨리 청년이 되고 어른이 되고 싶어 했는가 싶다. 이에 하루 한 달 일 년을 손가락을 꼽으며 셌다. 그런데 내게 찾아오는 시간과 날, 그리고 달과 년(年)은 더디기만 했었다. 이렇게 지루했던 내 삶은 늙은이가 되면서 달라졌다. 지루하고 느리기만 했던 세월이란 놈은 나도 모르게 지나가고 지금에 이르고 말았다. 어느덧 60 고개를 넘고 작가의 꿈을 깨닫고부터는 하루가 금방이고 1년이 빠르게 지나가 버린다.

'내 마음의 노래'였던 시인이 되고 소설가가 되는 꿈은 워낙 옹색한 집안 형편 때문에 이어가질 못했다. 소가 등이 가렵지만 비빌 언덕이 없다는 속담이 있질 않던가. 내 주변에 진치고 있던 환경이란 놈들은

내 맘속의 노래

215

나를 붙들고 호락호락 놓아 주지를 않았다. 목구멍이 포도청이란 말이 있질 않던가. 이는 생계를 유지하기 위해서는 어쩔 수 없었음을 나타낼 때 쓰는 속담이다. 바로 나 같은 사람을 두고 생겨난 속담인 듯싶다. 노쇠한 부모님을 모시며 결혼해 자식을 낳고 기르며 먹고 살아야 하는 무거운 짐을 짊어졌던 거였다. 어릴 때 꿈이었던 시를 쓰고 글쓰기는 깜박 잊은 채 살고 말았던 거였다.

내 몸에 여기저기 노쇠해져 변화가 오고 나서야 어느 날 지난날을 되돌아보았다. 너무 늦은 나이에 어렸을 때 꿈을 되살려낸 것이다. 말하자면 글쓰기 꿈을 늦게야 깨달았다는 말이다. 뒤늦게야 '내 마음의 노래' 되살려 부르기에 매일매일 눈코 뜰 새 없이 바쁘다. 마치 도둑질하는 법을 늦게 배운 도둑놀음 재미에 빠져 날 새는 줄을 모르는 것처럼이다. 뒤늦게야 바빠 죽을 지경이다.

나의 18번지

▽
▼
▽

'세월이 빠르다.' 이런 말은 황혼길에 들어선 사람이 해야 어울리는 말일 테다. 흔히 '유수와 같다'라느니 '쏜살같다'라느니 '번개처럼 빠르다.' 이런 말은 젊은이에겐 어울리지 않는다고 본다.

그러고 보니 지나온 내 삶을 되돌아보지 않을 수 없다. 어느덧 60갑자를 한 바퀴 돌고 다시 또 한참을 달려와 고희를 향해 달려가고 있으니 하는 말이다.

지난 60여 년을 돌아보았더니 정말 아등바등 살아왔다. 슬프고 힘들었던 일을 당할 때는 나에게만 이런 불행이 찾아오는 것 같아 좌절도 했다. 그런가 하면 기쁘고 즐거웠던 행복한 시절도 있었다.

어떤 이는 행복했던 때를 말하길 결혼하기 전, 연애 시절과 신혼 시절을 얘기한다. 어떤 이는 자녀를 낳아서 키울 때가 행복했다고 말하는 이도 있다. 누구나 일단 부모를 떠나 결혼해 살면 가족을 이끌어야 할 막중한 책임이 따르는 것이다. 집안 환경이 부유해서 일류대학을 나오고 좋은 직장에 들어가서 유산을 많이 물려받는다면 금상첨화가 아니겠는가.

그런데 나야말로 이런 조건들은 태어날 때부터 전무했다. 유소년기를 지나고, 성인으로 성장하도록 비전이라곤 없었다. 아내와 짝을 이루고는 잠시도 한눈팔 수 없었다. 가장으로서의 직무를 감당하다 보니 잠시도 뒤돌아볼 수 있는 여유라곤 없었다. 정말이지 숨 가쁘게 살아왔다.

일생에 제일 행복했던 때를 누군가가 나에게 말해 보라 한다면 초등학교 저학년 때라고 말하련다. 그때는 나에게 부과된 책임이 없었다. 부모 슬하에선 밥만 먹고 학교에만 가고 오고, 친구들과 놀거리를 찾아 놀면 되니 그때를 꼽는 수밖에 없다.

그렇지만 초등학교 시절이라고 해, 저학년 때 말고는 6년 동안 마냥 즐겁고 행복하진 못했다. 여름과 겨울방학이라며 친구들 만나 마음 놓고 놀지 못했다. 농사일을 돕고 풀을 베며 땔나무를 해야 했다. 내 나름의 스트레스를 안고 살았으니 하는 말이다. 그런가 하면 1년에 한 번씩 찾아오는 가을 운동회는 스트레스가 단골로 동반했다. 다른 친구들은 그날이 빨리 오기를 손꼽아 기다렸을 테다. 그렇지만 나는 운동회 날이 결정되는 그날부터 스트레스와 고민에 빠졌었다. 운동에는 소질이 없으니 달리기를 못 하기 때문이다. 달리기할 때마다 꼴찌를 하거나 뒤에서 1, 2등은 내 차지였다. 부모님 보기에 미안하고 형제들에게도 떳떳하지 못했다. 그러나 더 큰 고민이 있었으니 바로 음악 시간이었다.

운동회는 일 년에 한 번이지만, 음악 시간은 일주일에 몇 차례씩이다. 그런데 그때는 실기를 왜 그리 중요시했는지 모르겠다. 이론 공부는 다른 친구들과 진도가 같이 간다. 아니 앞서간다고도 해도 무리는 아니다. 그렇지만 노래 부르기는 언제나 낙제 수준이었다. 음악 시간만 되면 선생님과 눈을 마주치지 않으려고 무던히도 애를 썼다. 그러나 선생님은 여지없이 나를 지목했다. 앞자리에 앉았기 때문인 듯싶다. 평소엔 잘 나오던 목소리가 나오질 않고 얼굴은 홍당무가 된다. 몸과 목소리가 동시에 떨어대는 바람에 노래가 제대로 나오지 않는다. 의자에서 일어나 책상머리서라도 부르게 하면 조금은 낫게 불렀을 것이다. 60명이 넘는 친구들 앞으로 나오게 해 노래 부르기를 시키는 선생님이 그때는 얼마나 야속했는지 모른다.

지금 생각해 보면 초등학교 때는 철부지였다. 운동회 때 달리기 1등 못 하는 것이 뭐가 큰 고민거리가 되고 스트레스받을 일이겠는가. 노래 못 부르는 거가 그토록 스트레스받을 일인가 말이다.

초등학교 때부터 노래는 소질이 없다고 못 박아 버려선지 모른다. 학교를 졸업하고 성인이 돼도 마찬가지였다. 유행가를 따라 부른다든지 라디오에서 흘러나오는 인기가수의 노래를 종이에 가사를 적어서 익히려고 하지 않았었다. 그래서인지, 지금 나이에 이르도록 나의 18번지인 '불효자는 웁니다' 말고는 가사를 외는 노래라곤 없다.

그때 서울처럼 대도시에는 룸살롱이며 가라오케가 있었을 테다. 마이크며 음향시설을 갖춘 술집이 있었을 테다. 내가 2, 30대까지만, 해도 안방술집이 유행이었다. 친구들과 술 마시러 갈 때면 도우미들과 젓가락 장단을 맞추며 노래 흥을 즐겼다.

그때나 지금이나 비싼 술집에는 갈 형편이 되지 못했다. 어쩌다 안방술집에 갈 때였다. 다른 사람들은 이골나게 장단 맞춰 신나게 두드려 댄다. 하지만 나는 젓가락으로 상 두드리며 장단 맞추기가 맘대로 되지 않았다. 다른 사람의 젓가락이 올라갔다 내려오면 내가 두들기는 장단 젓가락은 위로 올라갔다. 그러니 무턱대고 술상을 두들겨 댈 수밖에 없다. 이처럼 음정 박자 무시해도 친구들이 즐거워했다. 언젠가부터 안방술집이 시들해진 것처럼 보이더니 가라오케와 나이트클럽이 유행했다. 지금은 노래방이 인기를 누리고 있지만 말이다.

요즘도 가끔 친구들과 어울리면 노래방에 갈 때가 있다. 다른 친구들은 자기가 잘 부르는 노래를 찾느라 고심한다. 그렇지만 노래에 소질이 없는 나는 얼마나 편한지 모른다. 아는 노래가 없으니 제목을 찾을 필요가 없기 때문이다. 무턱대고 번호를 눌러 놓고 자막에 나오는 가사를 따라서 목청껏 소리만 질러댄다. 흥이 돋아나고 하루의 피로와 낮에 받았던 스트레스가 날아가 버리니 좋다.

말하자면 '불효자는 웁니다'란 노래를 내 마음의 노래로 삼은 계기가 있었다. 어느 날 친구들과 1차는 식당에서 술을 곁들여 식사하고 2차 노래방을 갔다. 그런데 원로가수 진방남 가수가 불렀던 '불효자는 웁니다'라는 노래가 내 맘을 사로잡았다. 그때 노래방 도우미가 감정을 넣어 울음이 북받친 목소리로 부르는 거였다. 어찌나 맘에 와닿던지, 노래 속으로 푹 빠졌던 거였다.

그날 도우미에게 자신의 어머니와 어떤 사연이 있었는지 싶다. 평소에 나로선 부모님을 그리며 살았던지라, 이날 '불효자는 웁니다'란 노래를 다시 선곡해 불렀었다. 이토록 살기 좋은 세상을 살아 보지 못하고 돌아가신 부모님을 떠올리며 속죄하는 맘으로 불렀다. 오래전에

고향

돌아가신 어머니를 편히 모시지 못한 거 같아 목매며 살아선지 싶다. 감정이 북받친 나머지 노래도 잘 불린 것 같았다.

그날 이후 친구들과 노래방을 갈 때마다 이 노래를 불렀다. 어느새 나의 18번지 노래가 되고 '내 마음의 노래'로 자리 잡아 버렸다. 요즘은 친구들과 노래방을 가도 내가 일부러 선곡하지 않는다. 내 18번지를 알아차린 친구들이 내 마음의 노래를 선곡해 주니 말이다. '불러 봐도 울어 봐도 못 오실 어머님을 원통해 불러 보고……' 지금은 '내 마음의 노래'가 되어버린 '불효자는 웁니다.'를 부르며 대미를 장식하는 날이 많다.

개똥밭에 뒹굴며 살아도 이승이 낫다 하지 않던가. 그런데 이토록 살기 좋은 세상을 두고 부모님은 다른 세상으로 가셨다. 어머님 돌아가신 지가 20년도 넘고, 아버지께서는 30년이 넘었다. 요즘처럼 풍요롭고 살기 좋은 세상인데 두 분은 호사 한번 제대로 누리지 못하셨다. 평생을 고생만 하시다 돌아가셨다. 원수와 같은 가난 때문에 살아계실 때 잘해드리지 못했다.

그런데 세월은 너무 빠르다. 어느새 부모님 돌아가실 때 나이가 되어가고 있으니 말이다. 지금은 '내 마음의 노래'며 18번지가 되어버린 '불효자는 웁니다.'라고 시도 때도 없이 되뇌며 부모님을 그리며 산다.

*두 번째 수필집인 〈고향〉을 내기 위해 퇴고 중인데 눈물이 앞을 가린다.

2016년 10월 31일

농자는 천하지대본

▽
▼
▽

　4, 50년 전에 농사일은 손으로 다 했었다. 뿌리고 거두는 일은 일일이 손으로 할 수밖에 없었다.

　여든여덟 번이나 손길이 가야 한 알의 쌀로 탄생한다는 거다. 이에 쌀 미(米)라는 글자가 만들어졌다는 뜻있는 사람들의 얘기다. 이런 수고를 했던 사람이라야 한 알의 밥알이 고귀함을 알 수 있을 것이다. 이야말로 '농자는 천하지대본'이라는 굳은 신념을 가지지 않고는 농부로 살 수 없으리라.

　그런데 요즘은 농사일도 기계가 척척 해낸다. 봄에 논갈이에서부터 모내는 일과 김매고 농약을 치며 거두어들이는 일까지 다 해내고 있다. 집에서 탈곡하고 덕석에 말리는 수고도 하지 않는다. 콤바인에서 벼를 받아 싣고 곧바로 정미소로 향하면 금방 쌀로 변하는 세상이다.

　경제성장을 이루고 삶의 질이 좋아진 언젠가부터 우리나라 쌀 소비량이 급감했다. 밥 대신 군것질거리와 먹을거리가 차고 넘치기 때문이다. 하긴 나를 봐도 그렇다. 옛날 청년 때만 해도 큰 사발에 고봉으

고향

로 담은 밥을 삼시 세끼 먹고 살았었다. 사발 안에 밥보다 고봉밥이 훨씬 많이 담긴 밥을 먹었다. 그런데 지금은 어린애 주먹만 한 조그만 밥공기에 반쯤 담은 밥을 먹는다. 그런데도 배가 튀어나오고 비만해진 몸 때문에 고민하는 세상이지 않은가. 이유는 다른 대체 먹거리가 배가 고플 빌미를 주지 않기 때문일 테다. 이처럼 언뜻 생각하기론 해마다 풍년이 계속되고 쌀수확이 늘고 있다. 그런데 모두가 쌀밥 먹는 양은 대폭 줄었다. 이에 남아도는 쌀을 처치 곤란할 것이라고 짐작할 수도 있다. 그렇지만 우리나라는 해마다 엄청난 쌀을 비롯한 곡물을 수입에 의존한다. 이처럼 우리나라는 경제로는 선진국이지 않은가. 식량을 수입해 충당하니 국민이 먹거리 걱정 없이 산다. 그렇지만 지구촌에는 식량부족으로 끼니 걱정을 면치 못하는 나라가 60개국에 이른다는 거다. 2021년 현재 세계은행이 추산하길 세계 절대빈곤 인구가 7억이 훨씬 넘는다고 밝혔다. 하루 2달러 이하의 돈으로 살아가고 있다니 오죽하겠는가.

지구촌에 인류가 늘어나고 머지않아 심각한 식량난을 겪는다는 한결같은 학자들의 경고성 발표. 지구를 떠나 우주에 하나의 별을 선택해 살게 된다는 주장을 하는 학자도 있다. 문명이 발달하고 대체 주식을 만들어 먹는다고는 하지만, 우리 민족은 쌀밥을 먹지 않고는 살 수 없을 것이다. 서양 사람들 또한 마찬가지로 빵을 먹지 않고는 단 며칠도 살 수 없을 테다.

바로, 이런 철학을 갖고 살았던 분이 내 아버지였다. 평생을 농사일만 하시며 농자는 천하지대본으로 삼고 사셨던 분이다. '흙은 거짓말을 하는 걸 한 번도 본 적이 없다.'라고 말씀하셨다. '콩을 심으면 어김 없이 콩이 열렸다. 팥을 심은 데에서는 팥을 거두었다.'라고 말씀하셨다. 이처럼 '자기가 땀 흘린 만큼 거둔다.'라고 자주 말씀하셨다. 농자는 천하지대본이라는 근본은 영원히 우리의 삶에 변치 않는다는 아버지의 철학이며 자식에겐 교훈이었다.

일찍이 서울 바람을 쐰 형님은 장사하면 돈을 벌 수 있다며, 사업 밑천으로 기르던 소를 팔아 달라고 했었다. 그때 아버지께서 펄쩍 뛰던 때가 엊그제처럼 눈앞에 그려진다. '소나 땅을 팔고 집 팔아서 장사하겠다는 놈은 십중팔구 망한다.'라고 노발대발하셨다. 이처럼 콩 심은 데 콩 나고 팥 심은 데 팥 난다는 법칙을 철칙으로 알고 사셨던 아버지셨다. 이런데도 형님은 나와 어머니에게 편지를 보내 설득했었다. 결국은 소를 팔아 올려 주자는 어머니 뜻을 따랐지만, 아버지께서 노발대발하시며 부정하셨던 말씀은 지금도 생생하다. 결국, 장사는 실패하고 말았으니 아버지 말씀이 옳았던 거다.

아버지의 염두에는 항상, '송충이는 솔잎을 먹어야 한다.'라는 의식이 강했다. 농토를 팔아 하는 사업이나 장사는 부정적이셨던 분이시다. 평생 땅만 파 천수답 농토를 늘려나가던 분답게 농자는 천하지대본이라고 주장하시며 사셨으니 말이다. 지금은 들논을 제외한 고향 마을에 천수답들은 대부분 묵정논으로 변했다. 40여 년 전에 돌아가셨던 아버지께서 살아나신다면 재 너머 묵정논을 보시며 어떻게 반응하실지 궁금하다.

60년 전쯤 고향에는 건넛마을 뒤를 지나가는 17번 국도인 신작로

고향

가 있었다. 오일장이 서는 장터로 장짐을 나르는 달구지 마차 행렬을 많이 보면서 자랐었다. 얼마 후에는 경운기가 대신해서 장짐을 운반했었다. 영하 몇 도의 추운 새벽 날씨에 신작로에 장짐을 싣고 달리는 경운기 행렬의 엔진 소리가 요란했다. 이때 아버지께서는 잠자는 삼 남매에게 들으라는 듯 말씀하셨다.

"날도 새지 않고 이렇게 추운 삼동(三冬) 날씨에 벌어 먹고살기 위해 고생하는 것 좀 봐라. 저 사람들은 비가 오나 눈이 오나 장짐을 싣고 나가지 않느냐? 이에 비해 농사짓는 사람들은 얼마나 편하냐? 농사철에 잠깐만 수고하여 추수하면 창고에 쌀가마니 쌓아 놓고 있지 않냐? 눈이 쌓이고 날이 추워도 아무 걱정 없다. 따뜻한 밥 해 먹고, 불 땐 아랫목에 누워있으니 농사짓는 사람이 얼마나 행복하냐."고 하시며 '농자는 천하지대본이다.'시라며 삼 남매에게 늘 일깨우며 교훈하셨었다. 이처럼 아버지께서는 세상에 많은 직업이 있지만 농사짓는 사람이 제일 행복하다는 의식을 가진 분이셨다.

농자는 천하지대본의 근본이라며 식사예절도 가르치셨다. 밥상 앞에 앉을 때는 바른 자세로 앉아야 하며, 숟가락은 절대로 왼손으로 잡아서는 아니 된다고 우리 삼 남매는 교육받아 왔다. 한 알의 밥알이라도 밥그릇에 붙어 있어서는 아니 된다. 식사를 다 한 후에는 밥그릇에 물을 부어 숟가락으로 씻어 먹도록 배웠다. 이처럼 생활예절 가르침은 그때 아버지 나이가 되도록 잊히지 않는다.

그런데 요즘은 자녀들에게 왼손 식사를 권하며, 글씨까지도 왼손으로 쓰게 하는 부모가 있다. 바로 우리 집에 딸과 사위가 그렇다. 쌍둥이 손자들에게, 저네 부모들은 왼손 사용을 권장하는 것처럼 보인다. 그래야만 뇌도 발달하고 운동선수들처럼 양손이 고루 발달하는 거로 보는 성싶다. 손자 녀석에게 몇 번이고 가르쳤지만, 끝내 바른 손 식사법은 전수하지 못하고 말았다. 만약에 일찍이 돌아가신 아버지께서 이런 모습을 보았다면 뭐라고 하셨을까. 틀림없이 노발대발하셨으리라.

요즘 시대가 시대이니만큼 체력과 지능발달에 도움 준다는 왼손 사용을 부정하고 싶지는 않다. 그러나 우리나라는 오래전부터 대대로 내려왔던 농경문화였다. '농자는 천하지대본'이라는 근본 속에 식사예절도 포함했다. 이에 오른손 사용 식사예절은 나 역시도 아버지와 같다. 식사뿐 아니라 누구를 만날 때 악수 예절도 오른손으로 행해야 한다. 곧 오른손이 바른 손이라고 못 박아 놓은 나라들이 많지 않던가. 성경에도 왼손 식사는 부정하다고 가르쳤으니 하는 말이다.

일찍부터 아버지께 들어왔던 농자천하지대본(農者天下之大本) 정신이 앞으로도 계속 이어졌으면 하는 바람이다. 무구한 세월이 흘러서 이 세상이 변한다 해도 영원불멸한 근본으로 이어졌으면 싶다.

얼마 전 우주여행을 하고 돌아온 이소연 박사도 그랬다. 햇반을 먼저 준비했다는 거다. 라면, 떡볶이, 김치를 준비해 우주선에서 식사했었다고 들었다. 이를 보더라도 '농자는 천하지대본'이라는 의식은 버리지 않아야 옳다고 본다. 곧 아버지의 교훈은 이 땅에서 영원히 불변하리라고 의심치 않는다. 그리고 송충이는 솔잎을 먹어야 한다는 말씀도 맘속에 늘 되새기며 살련다.

고향

늙은 아이

　나는 요즘, 걸핏하면 눈물 바람을 일으킨다. 텔레비전에 인생을 얘기하는 다큐멘터리 단막극을 보면서도 운다. 동화를 읽거나 쓸 때도 그리고 소설을 쓸 때도 눈물을 주르르 흘릴 때가 많다.

　늙으면 아이 된다는 말은 예부터 자주 들어 왔던 말이다. 어릴 때 이런 말을 어른들에게 들었을 때는 이해할 수 없었고 별로 맘에 와닿지 않았다. 그러다가 나이를 먹고 환갑이 지나면서는 그때 어르신들 말씀을 실감하며 산다. 걸핏하면 눈물이 주르르 흐를 때가 많다. 영락없는 늙은 아이가 되고 만 거다.

　지난 5월에 내가 나가는 교회에서 어린이 주일 행사가 있었다. 주일학교와 유치부 어린이들이 펼치는 재롱 율동을 보고 난 후 장로님 한 분이 편지글을 읽는 중이었다. 멀리 미국에 사는 사랑하는 손주들이 눈에 밟혀 보고 싶어졌는지 싶다. '사랑하는 나의 손주들에게'라는 제목인 편지글을 읽으면서 울먹거리는 거였다. 늙으면 아이 된다는 옛날 어르신들의 말씀을 실감케 했다. 같은 손자 손녀를 두고 있고, 같이 늙어 가고 있질 않은가. 동병상련의 정이 가지 않을 수 없었다. 그가 손자 손녀들에게 보내는 글을 읽는 내내, 눈동자에 어리는 눈물을 계속해서 손등으로 찍어 냈었다.

그 장로님으로선 조기유학을 보낸 삼 남매가 모두 미국에 정착하고 그곳에서 결혼했다. 손자 손녀들이 다섯이나 재롱을 부리며 자라는 모습이 그려지고 보고 싶지 않겠는가. 수십 년을 대학에서 후진 양성에 청춘을 불태웠다. 명예 교수로 은퇴하고 나서 두 부부만 덩그렇 살고 있다. 미처 느끼지 못했던 세월을 묵었음을 실감하고는 울컥했을 것이다.

우리는 조상 대대로 농경문화가 자리 잡아 내려왔다. 자녀들을 키우고 또 결혼시켜 한집에서 대를 이어 살고 지고 했었다. 이를 오랫동안 미풍양속으로 여기며 살았었다. 그런데 요즘은 산업화 영향으로 핵가족화 시대로 변화하고 말았다. 노부부만 덩그러니 남아 사는 집이 많다. 일찍이 조기교육 열풍으로 자녀를 외국에 유학 보내는 일이 유행하면서 그 나라에 정착해 버리는 일이 비일비재하다. 부모로서는 자식이, 그리고 손주들이 눈에 밟히기만 하고 그리울 수밖에……. 나만 보더라도 자식을 낳고 기를 때보다 손자나 손녀가 더 예쁘고 사랑스럽지 않던가. 또한, 주변 사람들도 모두 나처럼 이구동성이니 말이다.

'사랑하는 나의 손주들아! 하나님은 너희들을 천국의 씨앗으로 이 땅 위에 보내셨다. 그러니 강하고 담대하게 자라야 한다. 너희들 맘과 몸속에는 이미 천국에 비전이 들어있다.'라는 편지글을 읽을 때는 장로 직분을 가진 그가 더 목이 멨나 보다. 한참이나 편지글 읽기를 중단했고, 그의 눈물이 나에게로 옮겨와 고이게 했다.

손주에게 보내는 편지글을 읽으며 눈물을 글썽이던 그에게 나는 아래와 같은 글을 카톡으로 보내 동병상련의 정을 나눴었다.

'민들레 홀씨가 바람에 날려 어느 곳에 정착해 아무렇게 살아가는 듯 보일지라도 다 하나님이 주관하신 것입니다. 자식들과 손주들은 하늘나라의 백성이요. 하나님 나라를 완성하기 위해 파견된 것이라고 봅니다. 장차 천국 일꾼이 될, 손자들이 멀리 떨어진 이국에서 무럭무럭 자라고 있습니다. 아무 때나 달려가서 품에 안고 눈동자를 맞출 수도 있습니다. 우리가 어렸을 때 설날을 하루하루 손꼽듯, 귀여운 손자 손녀를 볼 날을 손꼽는 것도 소망과 행복이 되고 재미도 쏠쏠하리라고 봅니다.'라고 쓰고 '남북 이산가족을 보십시오. 서로 지척에 두고 평생을 그리워하고 애만 태웁니다. 죽을 때 눈도 감지 못하고 애석하게 죽어가고 있습니다. 거리로 따진다면 이역만리 미국이지만 언제라도 맘만 먹으면 달려가 볼수 있습니다. 남북 이산가족에 비하면 행복한 것입니다.'라고 썼다.

명예, 지식, 재물, 지성과 인품, 모든 것 하나 부족함이 없이 고루 갖춘 그가 세월을 오래 묵더니 많은 사람 앞에서 어린아이처럼 우는 모습을 봤다. 세월이 빠르다며 울고, 몸이 노쇠해지는 걸 보며 우는 것처럼 보였다. 자녀와 떨어져 살며, 손자가 보고 싶고 그리워 우는 것 같았다.

그는 인간으로서의 속내를 드러냈다. 부인과 단둘이 살며 세월을 뒤돌아보게 되었으리라. 내처럼 같은 세월을 살았으니 그도 영락없는 늙은 아이가 되어가는 것이 아닌가 싶다.

● 남천(南泉) 강병선(姜炳先)의 『고향』을 읽고 ●

시조 시인이자 작가인 남천(南泉) 강병선(姜炳先)은 처녀작 〈농부가 뿌린 씨앗〉을 발표한 이후, 시와 시조 소설 등 여러 장르를 넘나들며 왕성한 작품 활동을 해 왔다. 최근에도 대하 장편소설 〈무죄〉를 발표한 바 있는데, 이번에 그의 두 번째 수필집 〈고향〉을 출간하게 되었다. 비록, 인생의 가을이라고 할 60대 느즈막에 시작한 문학 활동이지만, 길어내고 길어내도 고이는 샘물처럼 끊임없이 솟아나는 그의 문학에 대한 뜨거운 애정과 창작열에 경의를 표하며 축하의 마음을 전한다.

그의 수필집 〈고향〉을 읽노라면, 누구나 간직하고 있는 고향에 대한 아름다운 추억과 그리움을 떠올리게 된다. 그러나 세월이 흐르고 장성한 후에 찾아간 고향에서 느끼는 감정은 소위 '산천(山川)은 의구(依舊)한데 인걸(人傑)은 간데없다.'가 아닐까? 고향의 자연은 예나 지금이나 크게 다름이 없지만, 변해버린 인간사에 커다란 상실감을 맛보고, 인생이 구름처럼 덧없음을 느끼는 것은 인지상정(人之常情)일지 모른다. 그의 수필을 읽다 보면, 한국 문학사에 등장했던 이와 유사한 주제를 표현한 많은 작품들이 떠오른다. 그러나 그중에서도 최고의 절창(絶唱)이라 할 1930년대 모더니스트 정지용의 시 '고향'을 읊조리게 되는 것은 어쩌면 자연스러운 일일지도 모른다.

고향에 고향에 돌아와도
그리던 고향은 아니더뇨.

산꽁이 알을 품고
뻐꾸기 제철에 울건만,

마음은 제 고향 지니지 않고
머언 항구로 떠도는 구름.

오늘도 메 끝에 홀로 오르니
흰 점 꽃이 인정스레 웃고,

어린 시절에 불던 풀피리 소리 아니 나고
메마른 입술에 쓰디쓰다.

고향에 고향에 돌아와도
그리던 하늘만이 높푸르구나.

— '고향' 전문(全文) (정지용) —

  사람에게는 누구나 자기가 태어나고 자란 고향이 있다. 그리고 그
고향은 언제나 어머니의 품처럼 포근하고 따뜻하며, 자기 감성과 사

고의 토양이 되기 마련이다. 그렇다면 남천(南泉) 강병선(姜炳先) 님에게 고향은 어떤 곳이었을까?

첫째, 그에게 있어서 고향은 낭만(浪漫)과 서정(抒情)의 요람(搖籃)이었다. 〈감나무가 있는 마을〉, 〈고향〉, 〈소풍 장소로 정해진 마을〉, 〈풀베기 품앗이의 추억〉, 〈고향을 떠나지 못했던 사람들〉, 〈그때 추억 이야기〉, 〈두레 정신으로 뭉친 마을〉 등에 그려진 그의 고향은 산 좋고, 물 맑고, 경치 좋고, 인심 좋은 천혜의 고장이었다. 마을 사람들은 서로를 향한 인정이 넘쳤으며 그들에게 고향은 오매불망(寤寐不忘) 잊을 수 없는 마음의 안식처였다. 그는 사랑하는 부모와 형제자매, 그리고 어릴 적 친구들의 기억이 가득한 고향 발산마을을 늘 그리워했다. 섬진강으로 흘러드는 황전천이 마을을 가로질러 흐르고, 구랑골이라 불리는 산봉우리 아래 자리잡은 마을, 산실 동이라 부르는 동산 위쪽엔 아름드리 소나무와 상수리나무들이 가득 들어찼었고, 산실 동산 아래로는 기암괴석이 우뚝우뚝 서 있고 연꽃이 만발했던 연못이 있었다는데, 훗날 연당소(蓮塘沼)라 불렀던 그곳에서 그는 어린 시절 노상 물놀이를 즐겼다. 이처럼 아름다운 그의 고향은 초등학교 시절 붙박이 소풍지가 되곤 했는데, 거기서 태어나고 자란 그가 바라본 하늘과 구름, 산과 나무, 너른 들판과 이름 모를 풀들, 황전천의 은어와 피리떼, 그리고 사랑하는 가족과 이웃에 대한 살뜰한 정은 온전히 그의 서정(抒情)과 낭만(浪漫)의 바탕이요 뿌리가 되었다.

둘째, 그에게 고향은 한국 현대사의 상처(傷處)가 아직까지도 아물지 않고 남아있는 아픔의 공간이다. 여순사건과 6.25를 겪으면서 그의 가족이 당했던 참혹한 상황은 그와 가족의 삶을 옥죄는 족쇄와 차꼬가 되었고, 도피와 이주, 고통과 한숨, 가난과 떠돎의 뿌리가 되었다. 이에 관한 이야기는 〈지긋지긋한 이야기〉, 〈그때 그 사건〉, 〈부엉이 울어대는 사연을 누가 알랴〉, 〈여순사건의 배경〉, 〈견벽청야라 해 놓고선〉, 〈그때의 에피소드〉 등 여기저기에 산재해 있다.

대한민국이 세워지고 두 달 남짓 지났을 때다. 10월 19일 난데 없는 여순사건이란 날벼락이 지역에 몰아쳤다. 내 고향 마을도 얄궂은 운명이란 놈은 한국전쟁까지 동반하더니 피해 가질 않았었다. …… 한청이라고 불리기도 했던 대한청년단과 경찰이 마을을 향해 공포를 쏘면서 철길을 오르내렸고, 밤에는 인민군들, 낮에는 경찰이 설쳐댔다. 어쩔 수 없이 낮에는 경찰에게 밤에는 인민군에게 파리 손을 비벼 대며 목숨을 구했으니 얄궂은 운명이지 않은가. 고향마을 부모님 세대 대부분은 여순사건을 호되게 겪어야 했었다. 용케 살아났기는 했다. 그렇지만 그 후유증은 막심했다. 대인 공포증이나 대인 기피증이며 정신질환과 각종 장애를 안고 살았던 사람도 많다. 아버지들은 덜한 편이지만 어머니들은 심장이 강하질 못했다. 각종 질환을 많이 앓았다. …… 황전면 지역은 순천에서 북동편 지역으로서 백운산자락이고 북쪽으로 섬진강만 건너면 곧장 지리산 지역으로 들어갈 수 있는 곳이다. 평야가 많은 남쪽 지역과는 달랐다. 북쪽 지역은 전 지역이 산간 지역이라 빨치산들의 활동이 쉬운 조건이었다. 순천지역에서도 황전면 지역은 단연, 최고 희생자를 냈다. 황전면 중에서는 내 고향마을인 발산과 본황마을이 포함된 황학리에서 제일 많은 인명피해가 났다. ……
6·25 한국전쟁이 여순사건에 이어서 발발했을 때다. 함평지역 양민학살과 산청·함양, 그리고 거창, 등 전국 곳곳에서 천인공노할 사건이 벌어졌다. 대한민국 국군에 의해서다. 말도 안 되는 견벽청야 작전에 죄 없는 양민이 몰살당했었다.

- 〈지긋지긋한 이야기〉 -

인천상륙작전으로 유엔군의 반격이 시작되자 북한군의 퇴로가 끊어지면서 패잔병들은 빨치산이란 이름으로 활동했다. 밤만 되면 마을에 내려와 온 집안을 샅샅이 뒤져 식량과 가축을 빼앗아 갔다. 그리고 낮이 되면 군과 경찰, 한청 단원들이 들이닥쳤다. 부모님이나 마을에 어르신들의 얘기를 빌리면 이들은 비겁하기 그지 없었다. 인민군과 빨치산에 겁을 먹은 그들은 마을을 지키지 않고 그대로 내주었다. 그러고는 날만 새면 주민들이 부역했다면서 족친다는 거였다. 어쩔 수 없어 빼앗긴 식량인데 좌익에 부역했다며 무지막지한 매질을 하였다. 그러나, 이것만으로 끝내지도 않았다. 심지어 갓난아기를 비롯한 가족이 몰살당하기도 했던 집이 한둘이 아니었다.

- 〈그때의 에피소드〉 -

이와 같은 상황을 몸소 겪으며 살아남기 위해 몸부림쳤던 힘없는 고향 사람들의 가슴 찢어지는 절규(絕叫)와 고통(苦痛)은 고스란히 그의 삶에 절대적인 영향을 미쳤고, 그로 인해 그의 가슴에 묻어두었던 분노(憤怒)와 한(恨)은 절대 잊을 수 없는 돌림노래가 되어, 그의 시와 수필, 그리고 소설 속에 가라앉지 않는 앙금으로 지금까지 부유(浮游)하게 되지 않았을까?

남천(南泉)의 가슴속에 자리 잡은 이러한 고향은 모습은 그의 작품에 어떤 특징을 부여하고 있을까?

우선, 그의 작품에는 순수한 감성과 낭만성이 도처(到處)에서 드러난다. 이러한 감성과 낭만성은 다분히 서정적이며 시적인 문장으로 나타나기도 하는데, 거기에는 예리한 관찰력이 동반된다. 마치 동심을 지닌 어린 시절로 돌아가 순진무구한 어린이의 눈으로 사물을 바라보고 묘사하는 것 같은 문장들은 순간순간 번뜩이는 시인의 안목이 드러나는 명장면이라 하겠다.

가을바람이 불어오면 알궁둥 같은 하얀 박들이 지붕에서 뒹굴며 논다. 그런데 서산으로 넘어가는 해님이 부끄러웠을까. 진초록 잎으로 반쯤 가리다 내놓기를 반복한다. 솔바람이 놀자며 찾아올 때마다 깜박깜박 숨바꼭질하는 양, 하얀 궁둥이를 살짝살짝 선보이다 숨는다.

– 〈감나무가 있는 마을〉 –

이외에도 아카시아꽃이 피기 전 꽃주머니의 모습이 버선발 모양으로 맺혀 있다고 표현한다든지, 고양이와 어미 닭의 모정을 표현한 부분은, 사물을 건성으로 대충 바라보지 않고 예리한 눈으로 관찰하고 묘사할 줄 아는 그의 탁월한 작가적 안목을 드러난 부분이라 하겠다.

또한, 그의 글에는 평범한 생활인의 냄새가 가득하다. 나이 들면서 늘어만 가는 건망증에 관한 이야기에는 빙긋 웃음 짓게 만드는 유머가 있고, 젊었을 때는 여름나기를 힘들었지만, 이제는 겨울나기가 더 어렵다는 고백에는 초로(初老)의 사내가 느끼는 상실감 같은 것이 있다. 아울러, 노년에 건강을 잃고 의기소침해진 모습과, 젊은 날 간직했던 꿈들이 사라져감을 보는 안타까워하는 장면에서 독자들은 가슴이 아림을 느낀다. 지금까지 쓴 글들을 모두 책으로 출판하고자 하는 작가로서의 소박한 소망, 뒤늦게 깨달은 작가적 소명을 다하기 위한 늦부지런에 대한 소회, 할아버지, 또는 아버지로서 느끼는 혈육(血肉)에 대한 기대와 사랑이 어버이날에 자녀들로부터 선물이나 용돈을 받는 기쁨이나 과년한 딸에 대한 걱정 등, 가족에 대한 절절한 사랑과 그리움으로 표현되는 것은 다른 평범한 생활인들의 모습과 오버랩 되면서 지성(知性)이라는 이름으로 포장(包裝)된 허위(虛僞)나 과장(誇張)이 전혀 없이 더욱 친근하게 다가온다.

다음으로, 그의 글에는 역사와 사회 현실에 대한 부단한 관심이 드러난다. 그의 험난했던 가족사를 다룬 부분을 읽다 보면, 독자들은 전후세대를 살아갔던 이들의 아픔과 결핍을 이해하게 되고, 그와 동시대를 살아간 모든 이들은 그 내용에 가슴 저린 공감을 하게 된다. 한편, 그의 역사와 사회 현실에 대한 관심은 현재를 살아가는 힘없고 나약한 자들의 상황에 대한 관심으로 확장된다. 못 가진 자, 비정규직, 일용직 노동자, 생계를 위해 고철이나 폐지를 줍는 노인들, 아파트나 건설 현장의 경비원, 청소부, 요양보호사, 임대인의 횡포에 그저 당하고만 사는 임차인 등, 오늘날 우리 사회의 그늘진 곳에서 힘겹게 살아가는 이들의 고통과 가난을 외면하지 않고, 그들을 애처롭게 바라보는 휴머니즘을 보여준다. 또한 물질문명의 발달과 함께 자연이 파괴되고 훼손되어 가는 모습을 안타깝게 바라보는 문명 비판적 시각으로 확장되기도 한다. '꿀벌을 보호하지 않으면 지구는 망한다.' 연작(連作)은 필자가 한때 양봉을 해본 경험을 토대로 쓴 글이다. 벌이나 꿀에 관한 소소한 이야기들도 흥미롭거니와 이를 산업화로 인한 환경오염, 지구온난화 현상과 연결지어 이야기를 풀어 가는 것이, 바로 그 예라 하겠다.

마지막으로 그의 작품은 토속어나 지역방언의 보고(寶庫)이다. 그의 작품을 읽다 보면 마치 민속박물관에 들어와 옛적 농가나 산골 마을을 들여다보는 것 같은 호기심과 즐거움이 있다.

간짓대, 매미채, 덕석, 멍석, 감나무 우듬지, 뒷산에 나무하러 간다, 잉그락 불, 울력, 품앗이 풀베기, 논매기, 둥구(소에 붙어 피를 빠는 왕파리), 고둥(다슬기), 거무적(마른 풀), '구렁이 알 같은 돈만 날리고 만다.'

등, 지금은 잊혀 가는 농경사회의 지역방언이나 토속어 내지는 토속적 표현이 독자들의 눈과 머리를 즐겁게 한다.

물론, 여기에는 천렵과 관계된 말들이나 표현이 추가된다. 물벌레를 이용한 피리 낚시, 은어잡이에 쓰이는 가와 줄, 돌감, 때죽 열매, 여뀌, 초피나무의 재나 즙, 물총이나 작살을 사용한다든지 주낙으로 자라를 잡던 사람들, 갓잽이 방식이나 족대를 이용하여 잡았던 징검이, 뭉치, 또는 불룽텡이, 불붙이기, 대나무 발이나 수수 이삭을 이용한 참게잡이 등이 그 예이다.

南泉 강병선(姜炳先) 님의 자전적 수필집 『고향』에는, 그의 전작(前作) 대하 장편소설에서 이미 다루었던 내용들이 일정 부분 다시 등장하기도 한다. 그것은 그의 작품의 한계나 사고의 확장에 문제가 있다기보다는 그의 가슴에 남겨진 고향에 대한 그리움과 한(恨)의 깊이가 얼마나 큰 것인지를 여실히 드러내는 것이라고 이해하여야 함이 마땅하다.

그러나 그의 이야기꾼으로서의 본 모습은 이제부터가 시작이라고 생각한다. 지금까지 천착(穿鑿)했던 주제들에서 한발 더 나아가 인생의 깊이를 알고 세상을 보는 눈이 넓어진 만큼 작품의 지평도 더욱 넓어질 것으로 기대되기 때문이다.

쌍둥이 어린 손주를 바라보는 할아버지의 넓은 마음이 인류에 대한 이해와 사랑으로 확장되어 나가고, 물질문명의 발달에 따른 세태 변화를 비판적으로 바라보는 문명 비판적 시각은 앞으로 그가 지향해 나갈 창작의 방향이 아닐까 조심스럽게 예측해 본다. 가을이 깊어 가는 이 계절에 그의 작품세계와 창작활동도 이전보다 더 넓고 깊은 세계를 향해 뻗어나가기를 기대해 보며 힘찬 응원의 박수를 보낸다.

2024년 9월 30일
그루터기 문병직 (전 신일고 교장)

고향

초판 1쇄 2024년 11월 11일

지은이 강병선
발행인 김재홍
교정/교열 김혜린
디자인 박효은
마케팅 이연실

발행처 도서출판지식공감
등록번호 제2019-000164호
주소 서울특별시 영등포구 경인로82길 3-4 센터플러스 1117호{문래동1가}
전화 02-3141-2700
팩스 02-322-3089
홈페이지 www.bookdaum.com
이메일 jisikwon@naver.com

가격 12,000원
ISBN 979-11-5622-895-0   03810